Die drei !!!

Henriette Wich
Maja von Vogel

Die drei !!!

# 1, 2, 3 – Weihnachten!

Kosmos

Umschlagillustration von Ina Biber, München
Umschlaggestaltung von Friedhelm Steinen-Broo, eSTUDIO CALAMAR



FSC www.fsc.org
MIX
Papier aus verantwortungsvollen Quellen
FSC® C014496

Gedruckt auf chlorfrei gebleichtem Papier


ISBN 978-3-440-15038-2
Redaktion: Annemarie Chiappetta
Produktion: Verena Schmynec
Satz: DOPPELPUNKT, Stuttgart
Druck und Bindung: GGP Media GmbH, Pößneck
Printed in Germany/Imprimé en Allemagne

Die drei !!!

# 1, 2, 3 – Weihnachten!

Henriette Wich

Die drei !!!

# Küsse im Schnee

Die drei !!!

# Küsse im Schnee

# Silvesterzauber

»Jetzt erzähl schon!«, sagte Franzi ungeduldig. »Welche Überraschung hast du für mich?« Mit der rechten Hand schob sie ihr Fahrrad, den linken Arm hatte sie um ihren Freund Felipe gelegt. Am letzten Abend des alten Jahres war es so mild, dass sie nicht einmal Handschuhe brauchte.
Felipe legte seinen Zeigefinger auf ihren Mund. »Wenn ich es dir jetzt schon verraten würde, wäre es keine Überraschung mehr. Du musst dich schon bis kurz vor Mitternacht gedulden.«
Franzi drückte ihm als Bestechungsversuch einen Kuss auf den Mund. Er lächelte sie nur lieb an und schüttelte den Kopf. Die dunklen Locken flogen um sein milchkaffeebraunes Gesicht.
Franzi seufzte. Warten hatte noch nie zu ihren großen Stärken gehört. Am schlimmsten war es für sie gewesen, als Felipe zwischen Ostern und Pfingsten seine Familie in Mexiko besucht hatte. Seither war er zum Glück nicht mehr verreist, aber er wohnte viel zu weit weg: Ungefähr 25 Kilometer lag Billershausen entfernt. Dort hatte Felipes Mutter im Freizeitpark *Sugarland* ein mexikanisches Restaurant und er half ihr regelmäßig beim Bedienen. Deshalb konnten Franzi und Felipe sich leider nicht so oft sehen.
»Ich freu mich schon auf den Abend heute!«, wechselte Felipe geschickt das Thema.
Franzi freute sich natürlich auch. Marie hatte zu einer rauschenden Silvesterparty eingeladen, die wahrscheinlich das

letzte Mal im Penthaus stattfinden würde, weil sie voraussichtlich bald umzog. Kim und einige Freunde aus Maries Schule hatten zugesagt und ein paar Freunde von Maries Vater wollten auch kommen. Es würde garantiert ein richtig toller Abend werden. Trotzdem konnte Franzi es kaum erwarten, bis Felipe endlich sein großes Geheimnis lüftete.

»Und du willst mir wirklich nicht sagen, was in deinem Rucksack drin ist?«, versuchte sie es ein letztes Mal.

Felipe lachte. Seine weißen Zähne strahlten mit der festlichen Beleuchtung in den Schaufenstern um die Wette. »Nein, das will ich wirklich nicht!«

Neugierig musterte Franzi den großen Rucksack ihres Freundes. Jetzt hätte sie ein Durchleuchtungsgerät gebraucht, wie es die Sicherheitsleute am Flughafen benutzten. Leider besaßen die drei !!! so ein schickes Teil nicht.

Franzi gab auf, etwas aus Felipe herauskitzeln zu wollen. Kurz darauf standen sie vor dem noblen Altbau, in dem Marie zusammen mit ihrem Vater Helmut Grevenbroich, seiner Lebensgefährtin Tessa und deren Tochter Lina wohnte. Franzi schloss ihr Rad ab, ging mit Felipe hinein und sie ließen sich vom Aufzug ins oberste Stockwerk fahren.

Marie stand in einem hellblauen Kleid in der Tür, das von oben bis unten mit Glitzersteinen besetzt war. Über die nackten Schultern hatte sie eine schwarze Federboa geworfen, die perfekt zu ihren Smokey Eyes und den neuen Ponyfransen passte. »Herzlich willkommen, ihr zwei Verliebten! Schön, dass ihr da seid.« Sie begrüßte Franzi und Felipe mit jeweils drei Küsschen und hinterließ einen Hauch Maiglöckchenparfüm auf ihren Wangen.

Franzi ließ sich von Felipe aus der Jacke helfen und sagte: »Du siehst echt toll aus, Marie!«
Ihre Freundin lächelte geschmeichelt. »Du aber auch.«
»Du bist wunderschön!«, fügte Felipe hinzu und sah Franzi zärtlich an. Zur Feier des Tages trug er ein weißes Hemd und eine dunkle Hose.
Franzi zupfte verlegen an ihrem dunkelgrünen Hosenanzug, den sie mit einem knallroten Gürtel kombiniert hatte. In sportlichen Outfits fühlte sie sich wohler, aber heute hatte es ihr richtig Spaß gemacht, sich zu stylen und zu schminken.
»Ich hoffe, ihr habt Hunger mitgebracht!«, sagte Marie. »Wir haben ein riesiges Buffett vorbereitet.«
Felipe nickte begeistert. Franzi dagegen spürte, wie sich plötzlich ihr Magen verkrampfte. Sie musste an den nächsten Morgen denken. Bisher hatte sie ganz weit weggeschoben, dass sie mit Kim und Marie in den Skiurlaub fuhr und Felipe eine Woche nicht sehen würde. Wie sollte sie es bloß ohne seine Küsse, ohne seine Nähe aushalten?
Felipe, der Franzis Gedanken erraten hatte, flüsterte ihr ins Ohr: »Denk nicht an morgen. Heute wird gelacht und gefeiert!«
Franzi lächelte ihn an. Entschlossen hakte sie sich bei Felipe unter und ging hinüber ins Wohnzimmer, hinein ins Licht und das fröhliche Stimmengewirr der Gäste.
»Felipe, Franzi, da seid ihr ja!« Helmut Grevenbroich klatschte in die Hände. »Hiermit erkläre ich das Buffett für eröffnet!«
Sofort bildete sich eine lange Schlange vor dem Sideboard, das heute als Buffet diente. Marie hatte nicht übertrieben.

Berge von Köstlichkeiten warteten auf die hungrigen Gäste: leckere Salate, Pasteten, Minipizzen, Hähnchenspieße, der berühmte Auberginenauflauf von Maries Vater und eine große Schüssel Vanillecreme mit Himbeeren.

Kim stand vorne in der Schlange und winkte ihren Freundinnen zu. »Ich bring euch was mit!«

Franzi musste lachen. Sobald es etwas zu essen gab, blühte Kim auf. Zu ihrer Verteidigung behauptete sie immer, sie brauche als Kopf des Detektivclubs regelmäßig Nervennahrung. Hinterher beschwerte sie sich dann, sie hätte schon wieder zugenommen, was gar nicht stimmte. Kim hatte eine tolle Figur. Gerade heute sah sie mit ihrer grauen Hose und dem engen weißen Top besonders gut aus.

Felipe reservierte schon mal einen Stehtisch für die drei !!!. Dort kamen sie alle zusammen und ließen es sich schmecken. Franzis Appetit kehrte in dem Augenblick zurück, als Felipe sie mit kleinen Häppchen fütterte.

»Wie es euch beiden geht, braucht man wohl nicht zu fragen, was?«, sagte Kim. Ein wehmütiger Ausdruck lag auf ihrem Gesicht. Sie hatte sich vor einiger Zeit von ihrem Freund Michi getrennt und war immer noch nicht ganz darüber hinweg.

Franzi legte ihr eine Hand auf den Arm. »Ich würde dir gerne was von unserem Glück abgeben.«

»Lieb von dir.« Kim lächelte und beugte sich dann wieder über ihre Fischpastete. »Hmm, schmeckt die gut! Hast du die gemacht, Marie?«

Marie nickte stolz. »Tessa hat mir nur ein bisschen geholfen. Sie kann übrigens richtig gut kochen.«

Franzi warf einen Blick zum weißen Ledersofa hinüber. Dort saß Tessa und prostete gerade Helmut Grevenbroich mit einem Sektglas zu. Franzi konnte sich noch lebhaft an die Zeit erinnern, als Tessa Maries größte Feindin gewesen war. Marie hatte sich erst daran gewöhnen müssen, dass es nach dem Tod ihrer Mutter eine neue Frau im Leben ihres Vaters gab. Aber inzwischen hatte sie ihren Frieden mit Tessa gemacht.

Da kam Lina angerannt. »Marie, kann ich schon die Musik zum Tanzen auflegen?« Sie hatte eine neue Tönung in den rotblonden, schulterlangen Haaren und auf ihren hellen Wangen schimmerte Glitzercreme.

»Jetzt doch noch nicht!« Marie bereute es, dass sie Lina ausnahmsweise erlaubt hatte, ihre Glitzercreme zu benutzen und sich ein Kleid auszuleihen. Es war immer dasselbe: Wenn man ihr den kleinen Finger hinhielt, wollte sie gleich die ganze Hand. Und heute glaubte sie wohl, Maries neue beste Freundin und der DJ auf der Party zu sein.

Enttäuscht zog Lina wieder ab.

»Die Arme!«, sagte Franzi halb spöttisch, halb ernst. Bei ihr zu Hause war es genau umgekehrt. Ihre 16-jährige Schwester Chrissie fand es gar nicht lustig, wenn Franzi an ihren Kleiderschrank ging – was sie übrigens sowieso fast nie machte, weil ihr Chrissies Geschmack viel zu mädchenhaft war.

Marie grinste. »Keine Sorge, Lina wird es überleben. Seht ihr? Sie wickelt schon wieder meinen Vater um den Finger.« Ein Hauch Eifersucht schwang in ihrer Stimme mit, als sie beobachtete, wie Lina auf den Schoß ihres Vaters kletterte.

»Aber du bist und bleibst seine Lieblingstochter«, sagte Kim

und schob sich genießerisch einen Löffel Vanillecreme in den Mund. Dabei sah sie sich im Wohnzimmer um, das mit Lichterketten und Blumen geschmückt war. »Sag mal, Marie, wollte Holger nicht auch kommen?«
»Hmm, ja, schon …« Marie strich sich eine blonde Haarsträhne hinters Ohr. Es kam selten vor, dass sie verlegen wurde. »Keine Ahnung, wo er bleibt.«
Kim und Franzi sahen sich amüsiert an. Obwohl Marie sich schon vor ewigen Zeiten von Holger getrennt hatte und die beiden »bloß Freunde« waren, hatte sie anscheinend immer noch Schmetterlinge im Bauch.
»Gibt's sonst was Neues?«, fragte Marie, um von Holger abzulenken. »Irgendein spannender Fall für die drei !!! in Sicht?«
Kim warf einen schnellen Seitenblick zu Felipe hinüber. Es war ein ungeschriebenes Gesetz, dass sie vor Außenstehenden nicht über ihre Ermittlungen sprachen. Das galt auch für enge Freunde. Andererseits war seit Halloween nichts passiert, was unter die Geheimhaltungsklausel fiel.
»Momentan leider nicht«, sagte Kim. »Ich bin aber ganz froh darüber. Wir hatten im letzten Jahr ziemlich viel zu tun. Das war echt anstrengend.«
Felipe nickte anerkennend. »Ihr seid ziemlich erfolgreich, was?«
»Allerdings!«, sagte Marie selbstbewusst. »Seit unserer Clubgründung haben wir einigen Verbrechern das Handwerk gelegt: Erpressern, Entführern, Fälschern und so weiter. Auch im Ausland haben wir ermittelt, in Frankreich und Großbritannien. In Paris zum Beispiel …«

»Das weiß Felipe doch alles schon«, unterbrach Franzi den Redefluss ihrer Freundin. Marie trug wieder mal viel zu dick auf. Sie wollte später Schauspielerin oder Sängerin werden und neigte leider dazu, Bühne und Leben manchmal miteinander zu verwechseln.

Marie zog einen Schmollmund. »Alles kann er doch gar nicht wissen!« Sie holte Luft, um weiterzureden, da läutete es an der Haustür. Sofort sprang Marie auf und stöckelte in Richtung Flur. »Das muss er sein!«

Kim war sichtlich erleichtert. Sie konnte es nicht leiden, wenn Franzi und Marie sich in die Haare gerieten. »Ich hol mir noch einen Nachschlag vom Buffett«, verkündete sie.

Felipe war verdutzt, wie schnell sich der Tisch leerte. »Franzi, du rennst jetzt aber nicht auch noch weg, oder?«

»Natürlich nicht!«, sagte sie. »Ich bleib bei dir, den ganzen Abend!«

Felipe lächelte. »Gut zu wissen. Schließlich haben wir heute noch einiges vor.«

»Zeigst du mir jetzt endlich deine Überraschung?«, hakte Franzi sofort nach.

»Noch nicht!«, sagte er. Es hatte fast den Anschein, als würde es ihm Spaß machen, sie auf die Folter zu spannen.

Da kam Marie mit Holger ins Wohnzimmer. Freudestrahlend ging sie zur Stereoanlage und legte eine CD mit Partymusik auf. Dann zog sie Holger, der gerade die anderen Gäste begrüßte, auf die Tanzfläche. Die beiden waren ein schönes Paar: der große, sportliche Holger mit seinen pechschwarzen Haaren und die schlanke, blonde Marie. Wenn sie denn ein Paar gewesen wären …

»Komm, lass uns auch tanzen!«, schlug Felipe vor.
Franzi ließ sich nur zu gerne von seinem mexikanischen Temperament anstecken. Seit sie bei einem Hip-Hop-Dance-Workshop im *Rock Camp* mitgemacht hatte, kribbelte es in ihren Beinen, sobald sie Musik hörte.
Felipe war ein toller Tänzer. Er wirbelte Franzi herum, überraschte sie mit komplizierten Drehungen und unerwarteten Moves. Aber er führte so gut, dass Franzi ihm blind folgen konnte. Trotzdem war sie froh, als endlich auch einmal ein langsamer Song gespielt wurde. Franzi legte die Arme um Felipes warmen Hals. Sie tanzten jetzt ganz eng. Franzis Herz schlug so schnell, dass es fast wehtat. Noch nie in ihrem Leben war sie so glücklich gewesen. Plötzlich hatte sie das Gefühl, ihr Glück würde auf die anderen überspringen. Auf Marie, die mit geschlossenen Augen Wange an Wange mit Holger tanzte. Und auf Kim, die eine Zeit lang einsam am Rand der Tanzfläche gestanden hatte, aber jetzt von Viktor aufgefordert wurde, einem süßen Jungen aus Maries Klasse.
Die Zeit stand still. Franzi tanzte und tanzte.
Irgendwann hörte sie Felipe sagen: »Bald ist Mitternacht. Komm mit, ich muss dir was zeigen.«
Erst wusste Franzi nicht, was er meinte, aber als ihr die Überraschung wieder einfiel, war sie unglaublich gespannt. Felipe holte seinen Rucksack aus dem Flur und führte Franzi in Maries Zimmer. Hier war kaum noch etwas von der rauschenden Party im Wohnzimmer zu hören. Feierlich breitete Felipe auf der Tagesdecke von Maries Bett ein bunt gemustertes Seidentuch aus. Dann zog er einen Stoffbeutel aus

dem Rucksack und forderte Franzi auf, vor dem Bett in den Schneidersitz zu gehen.
»Was wird das denn?«, wollte Franzi wissen.
Felipes Stimme schien aus weiter Ferne zu kommen. Sie war nur noch ein Raunen, ein Flüstern. »Ich habe einen mexikanischen Liebeszauber für uns vorbereitet.«
Franzi bekam eine Gänsehaut. Sie hatte noch die unheimlichen Prophezeiungen von Felipes Oma im Ohr. Hatte Felipe etwa das Skelett mitgebracht, das seine Oma in ihrem Zimmer aufbewahrte?
»Du zitterst ja!« Felipe legte beruhigend den Arm um sie. »Keine Angst, Franzi. Hier geht es nicht um die mexikanische Totengöttin Santa Muerte, die meine Oma verehrt. Hier geht es um Glück und um die Liebe. Wenn wir eine Kerze anzünden und gemeinsam einen Spruch aufsagen, wird unsere Liebe ewig halten. Wir müssen aber beide ganz fest daran glauben.«
Franzis Gänsehaut war verschwunden. Auf einmal fand sie Felipes Idee ziemlich romantisch. »Du bist echt süß!«, sagte sie.
Felipe erklärte ihr alles. Dann öffnete er den Stoffbeutel und legte nacheinander mehrere Dinge auf das Seidentuch: zuerst ein Foto von ihnen beiden, das sie mit Selbstauslöser gemacht hatten. Darauf streuten sie zwei Handvoll Reis und beschwerten es mit einem wunderschönen Rosenquarzstein. Anschließend zündete Felipe eine dünne Kerze an. Als die Kerze fast heruntergebrannt war, sagten sie langsam den Spruch auf, einmal auf Spanisch und danach noch einmal auf Deutsch:

*Te adoro.*
*Te quiero.*
*Eres todo para mí.*
*No puedo vivir sin ti.*
*Pienso en tí en todo momento.*

*Ich bewundere dich.*
*Ich liebe dich.*
*Du bist alles für mich.*
*Ohne dich kann ich nicht leben.*
*Ich denke an dich in jedem Augenblick.*

Der Kuss, den sie sich danach gaben, war ein feierlicher Schwur ihrer Liebe. Franzi bekam wieder eine Gänsehaut, doch diesmal vor lauter Glück. Als sie aufstand, zitterten ihre Knie und draußen vor dem Fenster explodierten die ersten Feuerwerksraketen.
»Wir müssen zu den anderen zurück, gleich ist Mitternacht«, sagte Franzi.
»Warte noch!«, rief Felipe. Er verstaute das Foto, den Rosenquarz und die Reiskörner im Stoffbeutel und gab ihn Franzi. »Bewahrst du ihn für uns auf, an einem geheimen Ort?«
Franzi versprach es feierlich. »Ja, das mache ich.«
Hand in Hand kehrten sie ins Wohnzimmer zurück. Dort knallten schon die Sektkorken und Maries Vater verkündete eine tolle Neuigkeit: »Ich hab gerade eine Nachricht auf dem Anrufbeantworter entdeckt, die mir mein Makler vor ein paar Stunden hinterlassen hat. Er meint, dass wir richtig gute Chancen auf unser Traumhaus im Ostviertel haben. Es

gibt nur noch einen Mitbewerber. Den schlagen wir locker aus dem Rennen. Also, drückt uns die Daumen!«

»Ja!«, jubelte Marie. Sie hatte die Villa im Internet gefunden und sich sofort in das schneeweiße Gebäude am Waldrand verliebt. Sosehr sie das Penthaus auch liebte, für vier Leute war es auf Dauer einfach zu eng.

Herr Grevenbroich und Tessa verteilten Sekt an die Erwachsenen und eisgekühlten Orangensaft an Marie und ihre Freunde. Mit den Gläsern in der Hand gingen sie hinaus auf die Dachterrasse, um das Feuerwerk zu bewundern.

Marie verkündete laut den Countdown bis Mitternacht: »Sieben, sechs, fünf, vier, drei, zwei, eins, NULL!«

Feuerwerkskörper knallten. Der dunkle Winterhimmel verwandelte sich in ein schillerndes Farbenmeer. Alle fielen sich lachend um den Hals. Felipe strahlte Franzi an. »Ein gutes neues Jahr wünsche ich dir.«

»Das wünsche ich dir auch.« Franzi flog in Felipes Arme. Über ihren Köpfen sprühte ein silberner Funkenregen. Felipes Lippen prickelten auf Franzis Mund. Sie lachte. Und auf einmal hatte sie das dringende Bedürfnis, nicht nur ihn, sondern auch Kim und Marie zu umarmen, ihre allerbesten Freundinnen.

Da tippte Kim ihr auf die Schulter. »Dürfen wir kurz stören? Die drei !!! müssen jetzt unbedingt anstoßen.«

Franzi nahm sich ein Sektglas mit Orangensaft vom Tablett, das Marie ihr hinhielt. Die drei !!! prosteten sich zu.

»Auf unseren Club!«, sagte Franzi.

»Auf spannende neue Fälle im neuen Jahr«, sagte Marie.

»Und auf unsere Freundschaft!«, sagte Kim.

# Schussfahrt ins Winterabenteuer

Zwei gelbe Scheinwerfer strahlten Felipe an. Er sprang wie ein Jojo auf dem Parkplatz herum und warf Franzi Kusshände zu. Als der Reisebus losfuhr, rannte er noch ein Stück winkend nebenher. Franzi winkte zurück, bis der Bus auf die Straße einbog und Felipe hinter dem Gebäude des Jugendzentrums verschwunden war. Dann lehnte sie sich in ihrem Sitz zurück und fühlte sich, als hätte sie einen Teil ihrer Seele auf dem Parkplatz zurückgelassen. Das Einzige, was ihr zum Trost in dieser Woche blieb, war der Stoffbeutel mit den Utensilien des Liebeszaubers. Heute Morgen hatte sie noch in letzter Sekunde den Beutel in ihren Koffer gepackt. So hatte sie wenigstens ein winziges Stück von Felipe dabei.

»Hey, Trübsal blasen gilt nicht!« Marie knuffte Franzi in die Seite. »Ihr könnt euch doch simsen und du kannst dich jetzt schon auf euer Wiedersehen freuen. Ich dagegen fahre als einsamer Single fort und kehre als einsamer Single zurück.«

Franzi musste grinsen. »Du Arme! Gestern auf der Party warst du aber ganz und gar nicht einsam.«

»Du hättest Holger nur fragen müssen, dann hätte er dich bestimmt zum Jugendzentrum gebracht«, sagte Kim.

»Kann schon sein.« Marie betrachtete versonnen ihr Spiegelbild im Fenster. Draußen war es noch stockdunkel. Sie waren in aller Herrgottsfrühe aufgebrochen, um bereits mittags im Skigebiet zu sein. »Holger und ich hatten einen tollen Silvesterabend, aber ihr wisst ja, dass ich meine Freiheit brauche. Ich will schließlich beim Flirten nicht aus der

Übung kommen. Außerdem sollen die österreichischen Skilehrer besonders attraktiv sein.«
»Schon klar«, sagte Franzi. Inzwischen kannte sie Marie gut genug. So cool, wie sie tat, war sie in Wirklichkeit gar nicht. Holger bedeutete ihr immer noch sehr viel.
Kim lehnte sich zufrieden in ihrem Sitz zurück. »Also ich freu mich vor allem auf die gemütlichen Hüttenabende.«
»Und ich mich aufs Snowboarden«, sagte Franzi. Die Aussicht auf Pulverschnee und rasante Abfahrten ließ den Abschied von Felipe in den Hintergrund treten.
Der Bus war inzwischen auf der Autobahn und brummte gleichmäßig vor sich hin. Gut gelaunt griff der Betreuer der Skifreizeit zum Mikrofon. »Hallo, Leute! Das wird eine supertolle Skiwoche in Österreich. Mich kennt ihr ja schon aus dem Jugendzentrum. Ich bin Tom und ihr dürft immer noch Du zu mir sagen. Gemeinsam stürmen wir die Piste. Yeah!« Er ließ einen lächerlichen Tarzanschrei los.
Marie verdrehte die Augen. »Wir hätten Knebel mitnehmen sollen oder wenigstens ein Pflaster. Der Typ hat mich schon auf der Parisreise die letzten Nerven gekostet.«
»Ich dachte, das wären die Superzicken gewesen.« Kim zeigte auf Verena, Luise und Jasmin, die auf der gegenüberliegenden Seite des Mittelgangs saßen und Toms Sprüche wahnsinnig komisch fanden. Damals in Paris hatten die Superzicken die drei !!! mit ihrer Neugier verrückt gemacht und dauernd versucht, die Ermittlungen zu stören.
Maries Antwort wurde von Toms lauter Stimme übertönt. »Ich erwarte einen extra herzlichen Applaus für meine charmante Assistentin Chrissie Winkler!«

Jetzt verdrehte Franzi die Augen. Leider hatte sie ihrer Schwester den Ferienjob nicht ausreden können. Chrissie brauchte dringend Geld für neue Klamotten, wollte sich aber auf keinen Fall bei ihrem Job überanstrengen. Das konnte heiter werden.
»Wir sorgen schon dafür, dass deine Schwester dich in Ruhe lässt«, versprach Kim, die selbst heilfroh war, dass ihre frechen Brüder zu Hause bleiben mussten.
Franzi nickte dankbar und sah sich im Bus um. Zum Glück fuhren auch nette Leute mit. Viktor und Lars zum Beispiel, Maries Mitschüler. Und Lena war auch okay. Mittlerweile mochte Franzi ihr Gitarrenspiel sogar. Auch jetzt gerade klimperte Lena vor sich hin.
Franzi pfiff leise die Melodie mit. Fast hätte sie deshalb ihr eigenes Handy überhört. Aber wirklich nur fast. Ihr Herz klopfte wie verrückt, als sie die SMS von Felipe las.

*Meine Küsse fliegen zu dir in den Schnee. F.*

»War das Felipe?«, fragte Marie neugierig. »Siehst du, dein Freund denkt jede Sekunde an dich.«
Plötzlich beugte sich Verena vom Mittelgang herüber. »Entschuldigt, ich hab zufällig den Namen Felipe aufgeschnappt. Redet ihr etwa von Felipe Baer-Carvallo?«
Franzi steckte schnell ihr Handy weg, bevor Verena auch noch »zufällig« die SMS las. »Ja, wieso?«, fragte sie unfreundlich.
Verena klimperte mit ihren großen blauen Augen. »Ich war neulich im *Sugarland*. Da hab ich deinen Felipe kennengelernt.«

»Ja, und?« Franzi versuchte, ihre aufkeimende Eifersucht zu unterdrücken.
»Er ist schon sehr süß«, redete Verena weiter. »Ich kann gut verstehen, dass du mit ihm zusammen bist. Aber ich wollte dich nur warnen – sozusagen von Frau zu Frau. Er ist nämlich leider nicht ganz so nett und unschuldig, wie er immer tut.«
Einzig und allein ihre gute Erziehung hielt Franzi davon ab, laut zu werden. »Was willst du damit andeuten?«, fragte sie beherrscht.
»Ich, andeuten?« Auf einmal war Verena die Unschuld in Person. »Gar nichts. Vergiss einfach, was ich gesagt habe.« Sie drehte sich zu ihren Freundinnen um und alle drei kicherten wie auf Kommando los.
Franzi kochte innerlich vor Wut, aber noch schlimmer war die Angst hinter der Wut, dass Verena tatsächlich etwas über Felipe wusste, wovon sie selbst keine Ahnung hatte. Und dass Verena mit ihren Beschuldigungen recht haben könnte.
»Lass dich von der bloß nicht nerven«, raunte Kim ihr ins Ohr.
Marie warf den Superzicken einen verächtlichen Blick zu. Dann sagte sie zu Franzi: »Die will sich doch bloß wichtigmachen.«
Franzi nickte. Demonstrativ kehrte sie Verena den Rücken zu, startete ihren MP3-Player und drehte den neuen Song ihrer Lieblingsgruppe *Boyzzzz* extra laut auf. Sie wollte ihren Freundinnen nur zu gerne glauben. Trotzdem blieb ein winzig kleiner Stachel in ihrem Herzen zurück, den Verena dort mit einem Widerhaken verankert hatte.

Den Rest der Fahrt versuchte Franzi, Verena einfach auszublenden, was ihr zum Glück auch gelang. Mit Musikhören, Quatschen und Lesen verging die Zeit wie im Flug. Franzi konnte es kaum glauben, als der Bus auf dem großen Parkplatz vor der Talstation des Skiortes hielt.

»Hurra, wir sind da!«, verkündete Tom begeistert durchs Mikrofon. »Schnee und Sonne gibt es heute gratis. Um euer Gepäck und den Skipass müsst ihr euch nicht kümmern. Schnappt euch einfach eure Skier und stellt euch beim Lift an. Sobald wir komplett sind, fahren wir hinauf zur Mittelstation. Von dort ist es nur ein Katzensprung bis zu unserer Unterkunft.«

Aufgeregt sprangen die drei !!! aus dem Bus. Franzi atmete tief die klare, kalte Winterluft ein und sah sich um. Rechts und links von der Straße reihten sich große Hotels aneinander. Mit ihren rustikalen Holzbalkonen erinnerten sie Franzi an viele schöne Skiurlaube, die sie als Kind mit den Eltern in Österreich verbracht hatte. Plötzlich hatte sie das sichere Gefühl, dass es eine tolle Woche werden würde, auch ohne Felipe. Übermütig bückte sie sich, formte einen Schneeball und warf ihn auf Marie.

»Iiieh!«, kreischte ihre Freundin. »Hör sofort auf damit, Franzi. Du zerstörst meine neue Frisur.« Hektisch zupfte sie an ihren Ponyfransen.

Franzi grinste nur. »Du siehst toll aus. Und jetzt beeil dich. Sonst verpassen wir den Lift.«

Eine Viertelstunde später schwebten Kim, Franzi und Marie zusammen mit den anderen in einer großen Gondel den Berg hinauf. Die Sonne erreichte gerade ihren höchsten

Punkt. Der Schnee funkelte wie tausend Diamanten. Skifahrer in bunten Anzügen wedelten die Piste hinunter. Franzi konnte es kaum erwarten, sich unter die Wintersportler zu mischen. Am liebsten wäre sie sofort losgefahren.
Tom bestand leider darauf, dass sie zuerst ihre Unterkunft besichtigten. Von der Mittelstation aus querten sie einen kleinen Hang. Bald tauchte hinter einer Felsformation ein tief verschneites Winterdorf vor ihnen auf. Es lag eingebettet in ein verwunschenes Tal, das von weiß glitzernden Tannenbäumen umgeben war. Zwölf rustikale Holzhütten gruppierten sich um einen zugefrorenen, malerischen Teich.
Kim seufzte glücklich. »Das sieht ja aus wie im Märchen!«
Franzi fand das Dorf auch wunderschön. Nur Marie machte sich Sorgen, ob der Komfort der Unterkunft auch ihren Ansprüchen genügte. »Hoffentlich gibt es Duschen in den Hütten und fließendes warmes und kaltes Wasser«, murmelte sie leise.
Franzi lachte. »Ist mir egal. Meinetwegen können wir uns auch mit Schnee abreiben.«
Marie verzog entsetzt das Gesicht.
Plötzlich hörten sie Hundegebell. Ein hagerer, dunkelhaariger Mann kam mit einem knurrenden Schäferhund auf die Jugendgruppe zu. Kim und Marie wichen lieber einen Schritt zurück. Nur Franzi blieb ruhig stehen. Kaum hatte der Mann leise »Platz!« gerufen, gehorchte sein Hund.
»Herzlich willkommen im Tannenwinkel«, sagte der Hundehalter, der Anfang 20 war und einen buschigen Schnurrbart trug. »Ich heiße Hans Schachner und bin hier der Verwalter. Ihr könnt euch mit allen Fragen an mich wenden.

Mein Zimmer ist gleich hinter der Bibliothek.« Er erwähnte, dass es auch noch eine ausgebildete Krankenschwester im Dorf gab, falls jemand krank wurde oder sich beim Skifahren verletzte. Danach erzählte er einiges über die Landschaft und den Tannenwinkel.

Franzi interessierte das alles nicht besonders. Sie ging auf den großen Schäferhund zu und streckte ihre Hand aus. »Na, du? Wie geht's?«

Der Hund knurrte wieder. Aber Franzis ruhige Stimme schien ihm zu gefallen. Bald hörte er auf zu knurren und spitzte neugierig die Ohren. Doch bevor Franzi sein weiches Fell kraulen konnte, ging Hans Schachner dazwischen. »Lass das!«, sagte er barsch. »Paco ist ein Lawinensuchhund, kein Schoßhündchen.«

Franzi runzelte verärgert die Stirn. »Mein Vater ist Tierarzt. Ich kenne mich mit Hunden aus.«

Der Verwalter musterte sie mit seinen kleinen, durchdringenden Augen. »Ich möchte trotzdem nicht, dass du Paco streichelst. Er soll nur auf meine Befehle hören. Im Ernstfall, wenn eine Lawine abgeht, muss er hundertprozentig gehorchen.«

»Verstehe«, sagte Franzi. Auch wenn er recht hatte, fand sie ihn spontan unsympathisch.

Kim und Marie ging es genauso. Leicht genervt folgten die drei !!! seinem umständlichen Vortrag. Sie erfuhren, dass Hans Schachner neben seiner Tätigkeit als Verwalter auch bei einem Lawinensuchtrupp mitarbeitete und in seiner Freizeit Sachbücher über die Region schrieb. Ein paar Bücher von ihm standen im Regal der Bibliothek, die in der Haupthütte untergebracht war, wo es auch zwei Computer mit Internetzugang gab. In der Haupthütte war außerdem ein Gemeinschaftsraum für die Mahlzeiten und Gruppentreffen. Endlich zeigte der Verwalter ihnen die Hütten, in denen sie wohnen würden. Jede Unterkunft hatte ein Schlafzimmer mit vier Betten. Kim, Franzi und Marie machten sofort klar, dass sie zusammen in eine Hütte wollten.

Hans Schachner hakte sie auf seiner Gästeliste ab. »Gut. Dann schlage ich vor, dass Chrissie Winkler zu euch kommt. Ihr seid Schwestern, hab ich gehört.«

»Äh … ehrlich gesagt … finde ich das keine so gute …«, fing Franzi an.

»Perfekt!«, fiel Chrissie ihr ins Wort. Grinsend legte sie den Arm um Franzis Schulter. »Ich halte es nämlich keinen Tag ohne mein geliebtes Schwesterchen aus!«

Damit war es beschlossene Sache. Franzi graute jetzt schon davor, dass Chrissie jeden ihrer Schritte verfolgen und später alles brühwarm ihren Eltern erzählen würde. Zum Glück war sie ihrer Schwester nicht alleine ausgeliefert.

Als die drei !!! ihre Hütte betraten, inspizierte Marie alles und ließ einen Begeisterungsschrei nach dem anderen los. »Ein offener Kamin im Wohnzimmer! Eine Dusche mit Tropenregen! Eine WLAN-Verbindung für unseren Laptop! Und ihr glaubt es nicht: Wir haben sogar eine eigene Sauna!«

Franzi lachte. »Dann sind deine Wellnesseinheiten ja gesichert. Aber jetzt ist erst mal Skifahren angesagt!«

An der Mittelstation warteten die jungen Skilehrer auf die Gruppe. Simon und Toni waren Brüder, was Franzi auf den ersten Blick niemals vermutet hätte. Simon war blond, hatte lebhafte Augen und ein verschmitztes Grinsen. Toni hatte schwarze, schulterlange Haare, feine Gesichtszüge und besaß eine ruhige Ausstrahlung, die ihn fast noch interessanter machte als Simon. Tatsache war, dass beide unverschämt gut aussahen – und Marie nahm sich fest vor, mit beiden zu flirten.

»Hallo, Mädels, hallo, Jungs!«, sagte Simon. »Ich freu mich auf die Tage mit euch. Heute möchten Toni und ich erst mal sehen, was ihr so draufhabt. Dann teilen wir euch in zwei Gruppen ein.«

»Tut alles, was euch diese beiden Genies sagen!« Tom kratzte gut gelaunt seinen Dreitagebart. »Es sind die besten Skilehrer ganz Österreichs, Quatsch, der ganzen Welt!«

Nur die Superzicken fanden die Bemerkung witzig. Toni und Simon – beide waren wie Hans Schachner etwa Anfang 20 – lächelten verlegen und Kim stöhnte leise. Sie fuhr gern Ski, aber sie hasste das Probelaufen am ersten Tag. Da hatte sie immer das Gefühl, dass alle sie anstarrten und nur darauf warteten, dass sie einen Fehler machte.

Die Skilehrer brachten sie zu einem Übungshang in der Nähe der Mittelstation. Dort nickte Toni Kim aufmunternd zu. »Möchtest du anfangen?«

»Du schaffst das schon«, flüsterte Franzi Kim zu und Marie streckte beide Daumen in die Höhe.

Während Kim langsam den flachen Übungshang hinunterfuhr, schüttelte Chrissie vor Simon ihre rote Lockenmähne. »Hi! Ich bin Chrissie, Toms Assistentin. Ich helf dir total gerne, wenn du mal Hilfe brauchst oder so.« Worin ihre Hilfe genau bestehen sollte, ließ sie im Unklaren.

Simon grinste. »Danke. Lieb von dir.« Bewundernd musterte er Chrissies schlanke Figur, die im engen, gelben Skianzug besonders gut zur Geltung kam.
Franzi hatte es geahnt. Chrissie war gerade Single und verzweifelt auf der Suche nach einem Flirt. Kein Wunder, dass sie sich auf den erstbesten Typen stürzte, der ihr über den Weg lief. Aber im Grunde war es Franzi nur recht. Dann war ihre Schwester wenigstens abgelenkt.
Inzwischen war Kim am unteren Ende des Hangs angelangt. Toni winkte ihr zu, dass sie wieder heraufkommen sollte.
»Ist Kim nicht toll gefahren?«, sagte Marie zu Toni. »Kim ist meine Freundin. Und ich bin übrigens Marie.« Sie schenkte dem Skilehrer ihr Strahlelächeln.
Er lächelte herzlich zurück. »Alles klar. Möchtest du als Nächste fahren?«
»Unbedingt«, sagte Marie. Sie setzte sich ihre pinkfarbene, verspiegelte Skibrille auf und sauste los.
Franzi sah ihrer Freundin anerkennend zu. Sie selbst hatte es nicht eilig und ließ die anderen gerne vor. Viktor und Lars waren ebenfalls gute Skiläufer. Die Superzicken dagegen kicherten die ganze Zeit und stellten sich absichtlich dumm an. Nach einem missglückten Parallelschwung landete Verena auf ihrem Hinterteil. Sie saß immer noch im Schnee und jammerte vor sich hin, als Franzi lässig an ihr vorbeiwedelte. Den letzten Teil der Strecke fuhr Franzi Schuss, verkantete die Skier und kam mit einem eleganten Schwung zum Stehen. Von oben hörte sie den spontanen Applaus der Skilehrer.
»Sehr gut, Franzi!«, rief Simon.

Verena, die sich endlich aufgerappelt hatte, warf Franzi einen giftigen Blick zu. »Musst du immer so schrecklich angeben?« Franzi löste ihre Skibindung und setzte ein unschuldiges Gesicht auf. »Wieso angeben? Ich hab doch noch gar nicht meinen Überschlag auf dem Snowboard gezeigt.« Dann schulterte sie ihre Skier und stapfte an der verblüfften Verena vorbei den Hang hinauf.

Abends im Bett, nach einem langen ersten Ferientag und einem gemütlichen Hüttenabend, schickte Franzi per SMS tausend Küsse an Felipe. Verena erwähnte sie mit keinem Wort. Mittlerweile gab sie Kim und Marie recht. Verena hatte eindeutig einen Minderwertigkeitskomplex und wollte sich nur wichtigmachen. Ab morgen würde sie die blöde Zicke einfach komplett ignorieren.

# Schock auf der Piste

Marie kam zu spät zum Frühstück. Sie trug einen mintfarbenen Pullover, schwarze Röhrenhosen und Kuhfellstiefel. Auf ihren Augen schimmerten silberne Glanzpunkte. Aber ihre Laune glänzte ganz und gar nicht.
»Was ist denn mit dir los?« Kim verdrückte gerade ihr zweites Brötchen mit Honig. »Hast du schlecht geschlafen?«
»Oder hast du gestern noch mit Viktor und Lars einen Mitternachtsspaziergang gemacht?«, fragte Franzi.
Marie hatte beim Hüttenabend ihre beiden Mitschüler, die bereits seit einiger Zeit Fans von ihr waren, vollends mit ihrem Charme eingewickelt. Sie war noch mit ihnen im Gemeinschaftsraum geblieben, als Kim und Franzi sich schon hundemüde ins Bett zurückgezogen hatten.
Marie ließ sich mit einem Stoßseufzer auf die Eckbank fallen. »Geschlafen hab ich wie ein Murmeltier. Aber davor hab ich mich total geärgert. Ich wollte den gelungenen ersten Tag mit einem Saunagang ausklingen lassen, aber unsere Sauna war kaputt.«
»Das ist natürlich eine Riesenkatastrophe«, sagte Franzi grinsend. »Erdbeben und Sturmfluten sind nichts dagegen.«
Marie stieß unter dem Tisch gegen Franzis Schienbein. »Du bist blöd! Ich hab mich wirklich geärgert. Heute Morgen gleich noch mal. Ich hab diesem Verwalter Bescheid gegeben, dass er unsere Sauna sofort reparieren soll, aber er hat nicht den Eindruck gemacht, dass das auf seiner Prioritätenliste ganz oben steht.«

Kim wischte sich kichernd die Brötchenkrümel aus den Mundwinkeln. »Was für eine Überraschung! Wo Hans doch sooo nett ist.« Sie konnte es sich erlauben, offen zu reden, weil der Verwalter bisher nicht zum Frühstück erschienen war.

Bevor Marie etwas darauf sagen konnte, klatschte Tom in die Hände. »Macht euch langsam startklar. Wir sollten unsere genialen Skilehrer nicht warten lassen.«

»Los, los!« Chrissie scheuchte im Kommandoton die Leute von den Bänken.

Bei den meisten hatte sie Erfolg damit. Nur die drei !!! frühstückten jetzt erst recht in aller Ruhe zu Ende. Sie kamen trotzdem pünktlich zum vereinbarten Sammelpunkt vor dem Skischuppen. Das Tal lag noch im Schatten, aber der zartblaue Himmel ließ einen weiteren herrlich schönen Tag erahnen.

Kim rutschte nervös auf ihren Skiern herum. »Hoffentlich hat Simon heute nicht gleich eine Buckelpiste für uns ausgesucht.«

Sie hatte es leise Marie zugeflüstert, die mit ihr in einer Gruppe war, doch Simon hatte es gehört. »Keine Angst! Wir fangen ganz harmlos an. Vertrau mir!«

Kim wurde rot. »Okay …«

»Du fährst doch super Ski«, mischte Lars sich ein, worauf Kim noch röter wurde und sich gleichzeitig sichtlich freute. Lachend winkte sie Franzi zum Abschied zu.

»Viel Spaß!«, rief Franzi Kim und Marie zu.

Erst war sie ein bisschen traurig gewesen, dass die drei !!! nicht in eine Gruppe gekommen waren. Doch bei Tonis Angebot, in seinem Anfängerkurs als Einzige statt Skiern ihr Snowboard benutzen zu dürfen, konnte sie nicht widerstehen. Dafür nahm sie sogar Chrissie und die Superzicken in Kauf.

Simon, Tom, Kim, Marie, Viktor und Lars steuerten die Mittelstation an. Toni fuhr mit der Anfängergruppe hinüber zum gestrigen Übungshang. Chrissie wich dem Skilehrer nicht von der Seite. Sie nutzte die Gelegenheit, um ihn über Simon auszufragen, mit dem sie beim gestrigen Hüttenabend heftig geflirtet hatte. »Dein Bruder ist jünger als du, oder? Was macht er denn sonst so, wenn er nicht gerade Ski fährt? Unternimmt er viel mit Freunden … und äh … Freundinnen?«

»Simon ist ein Jahr jünger als ich«, sagte Toni. Franzi merkte ihm an, dass ihn Chrissies aufdringliche Art nervte, aber er blieb trotzdem freundlich. »Er arbeitet als Skilehrer und im Hotel unseres Vaters im Tal, genau wie ich. Simon liebt jede Art von Sport: Skifahren, Snowboarden, Schwimmen. Und ja – er hat viele Freunde.«

Chrissies Neugier wurde damit nur zum Teil befriedigt. Franzi musste grinsen. Es geschah ihrer Schwester nur recht, dass Toni sie zappeln ließ.

Beim Übungshang veranstalteten Verena, Luise und Jasmin einen Wettbewerb in der Disziplin, wer am häufigsten im Schnee landet. Chrissie zog erst einmal ihren Lippenstift nach. Nur Franzi legte gleich voll los. Sie führte Toni ihre Snowboardkünste aus der letzten Wintersaison vor. Da hatte sie zum ersten Mal an einem Snowboardkurs teilgenommen, der ihr total viel Spaß gemacht hatte.

»Du hast wirklich Talent«, sagte Toni, nachdem sie dreimal die Piste hinuntergesaust war. Er schlang seinen dunkelblauen Schal enger um den Hals, weil es trotz Sonne immer noch sehr kalt war. »Hast du es schon mal mit *fakie* probiert?«
»Du meinst rückwärtsfahren?« Franzi krauste die Nase. »Nee, bis jetzt noch nicht. Ich bin nur so ein bisschen vor mich hingerutscht.« Auch von Überschlägen war sie weit entfernt, aber es hatte sie tierisch gefreut, dass Verena gestern ihre Lüge geschluckt hatte.
»Ich hab einen Trick für dich«, sagte Toni. Er ließ sich von Franzi ihr Snowboard geben und schraubte die Bindung um. »Jetzt sind die Winkel ziemlich steil. Teste mal, wie sich das anfühlt.«
Am Anfang war es ein merkwürdiges Fahrgefühl, aber dann kam Franzi überraschend gut klar. »Super Tipp von dir, danke!«
»Hallo?« Verena stand auf wackeligen Knien oben an der Piste und fuchtelte mit ihrem Skistock. »Wird das hier eine Einzelstunde oder was? Wir sind auch noch da.«
»Verena hat recht, Toni, wir brauchen hier dringend deine Hilfe!«, rief Chrissie. Langsam fragte sich Franzi, wofür ihre Schwester eigentlich ihr Geld bekam.
»Ich komm schon!« An Tonis rechtem Ohrläppchen blitzte ein winziges, silbernes Kreuz auf, als er losfuhr, um sich geduldig um die Anfänger zu kümmern.
Franzi packte der Ehrgeiz. Sie beschloss, an diesem Vormittag perfekt *fakie* fahren zu lernen. Immer wieder übte sie die Rechts- und Linksschwünge. Dabei kam sie ganz schön ins Schwitzen.

Irgendwann sah Toni besorgt zum Himmel und sagte: »Es tut mir leid, aber wir müssen früher Mittagspause machen. Das Wetter schlägt um.«

Franzi hatte gar nicht bemerkt, dass sich immer mehr Wolken vor die Sonne geschoben hatten. Dunkle Schatten jagten über die Berggipfel. Plötzlich wurde es deutlich kühler und ein scharfer Wind wirbelte den Schnee auf.

Die Anfängergruppe brauchte doppelt so lange für den Rückweg zum Tannenwinkel wie am Morgen für den Hinweg. Sie hatten Gegenwind, der ihnen die Schneekristalle wie spitze Nadeln in die Gesichter trieb. Sogar Franzi war froh, als sie endlich im warmen Gemeinschaftsraum der Haupthütte saßen. Das Mittagessen war noch nicht fertig, aber die Köchin brachte ihnen Früchtetee zum Aufwärmen.

Toni schaute auf sein Handy, schrieb schnell eine SMS und zog seine Skijacke rasch wieder an. »Ich muss kurz ins Tal fahren und etwas für eine andere Touristengruppe organisieren. Chrissie, bist du so lieb und übernimmst die Aufsicht, bis Tom hier ist?«

»Natürlich, mach ich gerne«, sagte Chrissie. Kaum hatte Toni den Raum verlassen, schnappte sie sich eine Modezeitschrift und sah ab und zu gelangweilt zum Fenster hinaus.

Franzi achtete nicht mehr auf sie, bis ihre Schwester plötzlich aufstand und murmelte, sie müsse dringend irgendetwas erledigen und sei gleich wieder da. Franzi war nicht besonders traurig darüber. Entspannt lehnte sie sich zurück und rieb ihre schmerzenden Oberschenkel. Sie überlegte gerade,

ob sie mit gezieltem Stretching einen Muskelkater vermeiden könnte, als Verena neben sie auf die Bank rutschte.
»Ich wollte mit dir noch mal über Felipe reden«, raunte sie geheimnisvoll.
Franzi rückte ein Stück von ihr weg. »Ich aber nicht mit dir.«
Verena ließ ihr albernes Lachen hören. »Gib dir keine Mühe. Ich seh es dir an der Nasenspitze an, wie gespannt du bist.«
Franzi fühlte sich ertappt. Verenas rätselhafte Bemerkung über Felipe spukte tatsächlich immer noch in ihrem Hinterkopf herum. »Du willst was loswerden«, stellte sie klar. »Dann tu's endlich.«
»Ich fürchte, das wird jetzt ein Schock für dich sein«, sagte Verena scheinbar voller Mitgefühl. »Felipe ist ein Dieb. Ich habe ihn im Restaurant seiner Mutter beim Klauen erwischt.«
Der Vorwurf war absurd. Franzi kannte keinen ehrlicheren Menschen als Felipe. Einmal hatte sie ihm Geld geliehen und er hatte es ihr sofort am nächsten Tag zurückgezahlt, bis auf den letzten Cent. Sie hatte ihn nicht einmal daran erinnern müssen. »Deine Lügengeschichten kannst du jemand anderem erzählen«, sagte sie verächtlich.
Verena streckte ihre Brust heraus. »Ich hab genau gesehen, wie Felipe einem Gast die Geldbörse aus dem Jackett gestohlen und in seiner Hosentasche hat verschwinden lassen.«
»Ach wirklich?« Franzi nippte am kalt gewordenen Früchtetee, um ihre Nerven zu beruhigen. »Hast du die Polizei gerufen? Hat sie Felipe Handschellen angelegt und mit Blaulicht ins Präsidium gefahren? Tatütata?«
Verena schüttelte den Kopf. »Ich hab tatsächlich kurz über-

legt, die Polizei zu rufen. Aber dann hat mir Felipe leidgetan. Er hat so unglücklich ausgesehen.«

Franzi hoffte immer noch, dass Verena gleich loslachen und zugeben würde, dass sie ihr einen Bären aufgebunden hatte, bloß um sie zu ärgern. Aber Verena blieb ernst. Viel zu ernst. Ein mulmiges Gefühl breitete sich in Franzis Magen aus. Ein Gefühl, das sie unbedingt mit ihrem detektivischen Verstand bekämpfen musste. »Und wann soll das bitte schön passiert sein?«

»Am 27. Dezember um 18:30 Uhr«, sagte Verena wie aus der Pistole geschossen.

Auf einmal musste Franzi an Felipes verstorbenen Vater denken, der in Mexiko in krumme Geschäfte verwickelt gewesen war. Trat Felipe in die Fußstapfen seines Vaters? Der Gedanke war so schrecklich, dass sie ihn gar nicht zu Ende denken wollte.

Franzi war verzweifelt. Gerade deshalb zwang sie sich dazu, äußerlich völlig ruhig zu bleiben. Vor Verena durfte sie sich keine Schwäche anmerken lassen. »Ich nehme an, das war's, was du mir erzählen wolltest«, sagte sie kühl. »Danke für die Info.« Lächelnd stand sie auf und verließ mit kerzengeradem Rücken den Raum.

Franzi schaffte es, die coole Fassade aufrechtzuerhalten, bis sie die Tür des Gemeinschaftsraums hinter sich geschlossen hatte. Doch als sie alleine im Flur vor der Küche stand, begann sie, am ganzen Körper zu zittern. Auf dem Weg zu ihrer Hütte schickte sie Felipe schnell eine SMS. Ihr Herz war voller Angst, als sie den Text in ihr Handy tippte.

*Lieber Felipe,*
*ich muss dich was fragen. Es ist sehr, sehr wichtig für mich. Warum, erzähle ich dir später. Wo warst du am 27. Dezember zwischen 18 und 19 Uhr?*
*Lg, Franzi*

Felipe simste sofort zurück.

*Hallo süße Franzi,*
*du stellst komische Fragen! Ist das irgendein Detektivspiel? Am 27. Dezember habe ich meinem Onkel Miguel bei seiner Zaubervorstellung geholfen.*
*Hdgdl, dein verwirrter Felipe*

Franzi starrte auf ihr Handy. Felipe hatte ihr offen geantwortet. Er klang ehrlich. So lieb wie immer. Und trotzdem blieb da diese nagende Ungewissheit zurück. Kaum war Franzi in ihrer Hütte angekommen, klappte sie den clubeigenen Laptop auf und stellte eine Verbindung zum Internet her. Dann machte sie etwas, bei dem sie sich schlecht fühlte, aber sie tat es trotzdem. Sie checkte den Veranstaltungskalender von *Sugarland*. Da stand es schwarz auf weiß: Am 27. Dezember hatte es gar keine Zaubervorstellung gegeben!
Felipe hatte sie angelogen. Aber warum? Franzi hatte zu viele Erfahrungen als Detektivin gesammelt, um nicht zu ahnen, was dahintersteckte. Es gab nur einen Grund, den sie sich vorstellen konnte. Felipe hatte tatsächlich etwas zu verbergen – weil er ein Dieb war!
Franzi fuhr den Laptop herunter und lief schnell wieder in

Richtung Haupthütte. Sie hielt es nicht aus, diesen Verdacht alleine mit sich herumzuschleppen. Sie musste ihn Kim und Marie erzählen. Gerade als sie die Tür der Haupthütte hinter sich zugemacht hatte, wurde sie wieder aufgerissen. Tom, Kim, Marie, Viktor und Lars stürmten herein und brachten einen Schwall eiskalte Luft mit. Tom schob Franzi unsanft zur Seite. Er wollte sofort weiter zum Gemeinschaftsraum.

»Was ist denn mit dem los?«, fragte Franzi.

Kim und Marie blieben stumm. Bevor Franzi sie um ein Gespräch bitten konnte, hörte sie Tom stammeln: »Eine L… Lawine ist abgegangen. Bei der Waldabfahrt.«

»Was???« Der Boden unter Franzis Füßen schwankte.

Kim nickte. Ihre Augen waren groß und dunkel. »Wir hatten unglaublich Glück. Eigentlich wollte Simon mit uns die Waldabfahrt machen. Er hat sich dann aber spontan anders entschieden. Er musste noch mal ins Tal fahren und wollte danach gleich wieder zum Tannenwinkel kommen. Wir haben die Sonnwendabfahrt genommen. Das war unsere Rettung.«

»Wir hatten einen Schutzengel dabei«, flüsterte Marie. Sie war blass und wirkte auf einmal sehr zerbrechlich.

Franzi fiel ihren Freundinnen um den Hals. Plötzlich wurde alles andere unwichtig. Ihre Sorgen wegen Felipe lösten sich in Luft auf. »Ich bin so froh, dass ihr hier seid, so froh, dass es euch gibt!«

Die drei !!! umarmten sich ganz fest. Noch nie waren sie sich so nahe gewesen. Nach einer Weile lösten sie sich voneinander und gingen zu den anderen in den Gemeinschaftsraum.

Tom stand vor dem Buffet. Jemand hatte das Gute-Laune-

Lächeln in seinem Gesicht ausgeknipst. In knappen Sätzen berichtete er, was passiert war. »Wir stiegen gerade aus dem Schlepplift. Da hörten wir es aus der Ferne grollen. Ich hab so ein Grollen schon mal erlebt. Ich wusste, dass es eine Lawine war. Natürlich hab ich sofort Hans angerufen. Er ist jetzt mit seinem Suchtrupp und den Lawinenhunden am Unglücksort.«
Alle sahen ihn bestürzt an. Die Neuigkeit war ein Schock, der jeden sprachlos machte.
»Aber wie geht es euch? Seid ihr alle heil zurückgekommen?«, fragte Tom. Unruhig lief er herum und fing an durchzuzählen. Er war fast fertig, als Simon und Chrissie gemeinsam hereinstürmten.
Franzi hatte halblaut mitgezählt. Sie waren nicht ganz vollzählig. Es waren nicht alle in Sicherheit.
»Toni fehlt!«, riefen Franzi und Tom wie aus einem Mund.
Die zwei Worte lösten einen weiteren Schock aus. Instinktiv sahen alle Simon an.
»Toni wollte ins Tal fahren, er hatte dort noch irgendetwas zu organisieren«, sagte Franzi verzweifelt.
Simon sank stöhnend auf einen Stuhl. »Ja, das hatte mir Toni auch per SMS geschrieben. Ich musste auch noch was im Tal erledigen, aber wir waren getrennt unterwegs. Ich hab Toni nicht getroffen. Und jetzt ist sein Handy aus – er stellt es sonst nie ab!«
Tom stützte sich am Buffet ab. »Wollte Toni … die Waldabfahrt nehmen?«
Simon vergrub seinen Kopf in den Händen. »Das hat er mir nicht gesimst. Ich weiß es nicht. Ich weiß es nicht.«

Die Stille danach war so unerträglich, dass es allen wie eine vorübergehende Erlösung vorkam, als die Köchin den Rollwagen mit dem Essen hereinschob. Niemand hatte Hunger, aber alle schlangen die Spaghetti in sich hinein. Es war das Einzige, was sie tun konnten. Sie aßen, tranken eine Kanne Tee nach der anderen und warteten. Draußen tobte der Wind um die Hütte und die Zeit wollte nicht vergehen, sosehr Tom auch versuchte, die Gruppe mit Spielen abzulenken.

Irgendwie verging die Zeit trotzdem. Endlich hörten sie draußen Schritte und Hundegebell. Hans kam mit Paco herein. Der Verwalter hatte gerötete Wangen und sagte atemlos: »Fünf Menschen konnten wir retten.«

»Und … Toni?«, fragte Lars.

Hans schüttelte den Kopf. »Toni war nicht dabei.« Paco schmiegte den Kopf an sein Herrchen und winselte leise. Niemand wagte, etwas zu sagen.

Plötzlich sprang Simon auf. Sein Stuhl polterte zu Boden. Angst um seinen Bruder flackerte in seinen Augen. Mit geballter Faust ging er auf Hans zu. »Du hast versagt! Ich werde die Sache jetzt selbst in die Hand nehmen.«

»Halt, warte!«, rief Tom entsetzt.

»Das ist viel zu gefährlich«, warnte Hans. »Es wird bald dunkel.«

Aber Simon war schon weg. Franzi stand am Fenster und sah, wie er sich die Skier anschnallte. Sekunden später wurde der Skilehrer von der Dämmerung verschluckt.

# Fieberträume

Franzi wachte mit dem unangenehmen Gefühl auf, schlecht geträumt zu haben. Irgendetwas Schlimmes war im Traum passiert. Als sie den Wind hörte, der gegen einen Fensterladen der Hütte schlug, erschrak sie. Es war gar kein Traum gewesen! Das Lawinenunglück war tatsächlich passiert.
Franzi stand rasch auf, ignorierte ihren Muskelkater und weckte Kim, Marie und Chrissie. Die Mädchen redeten nicht viel, während sie sich duschten und anzogen. Sie wollten so schnell wie möglich zum Frühstück, um zu hören, ob es Neuigkeiten gab. Franzi nahm sich nicht einmal die Zeit, mit Felipe zu telefonieren oder ihm eine SMS zu schreiben.
Draußen war es immer noch ziemlich windig, aber es gab kaum Wolken am Himmel. Schweigend stapften sie durch den Neuschnee zur Haupthütte hinüber. Nur Chrissie jammerte leise vor sich hin, dass sie Halsweh hätte, verstummte aber, als niemand reagierte.
Im Gemeinschaftsraum wurde nur halblaut gemurmelt. Der Schreck vom Vortag steckte allen noch in den Gliedern.
Die drei !!! holten sich Müsli vom Buffett und wollten gerade zu Tom an den Tisch gehen, als Simon hereinkam. Er sah aus, als ob er die ganze Nacht nicht geschlafen hätte.
Tom sprach die Frage aus, die allen auf der Seele brannte: »Hast du Toni gefunden?«
»Nein«, sagte Simon. »Ich hab gesucht, bis es dunkel wurde. Es gab keine Spur von meinem Bruder. Nichts, gar nichts!«

Chrissie versuchte, ihn zu trösten. »Setz dich doch erst mal. Du hast bestimmt noch nicht gefrühstückt.«
»Ich brauche kein Frühstück!«, rief Simon. Er schenkte sich hastig eine Tasse Kaffee ein, die er im Stehen hinunterstürzte. »Es tut mir leid, aber ich kann heute keinen Skikurs halten. Ich muss zurück ins Tal zu meiner Familie und danach werde ich mich dem Suchtrupp anschließen.«
»Natürlich«, sagte Tom. »Mach dir deswegen keine Sorgen. Wir müssen sowieso erst abklären, ob wir überhaupt Ski fahren können.«
Simon stellte die leere Kaffeetasse ab. Er warf einen Blick in die Runde, schien jedoch keinen wirklich zu sehen. »Also dann, ich muss los.«
»Viel Glück!«, rief Chrissie ihm nach.
Als Simon die Tür öffnete, kam ein kalter Luftzug vom Flur herein. Chrissie fing an zu husten und Franzi lief ein Schauer über den Rücken. Schreckliche Bilder flimmerten vor ihren Augen. Toni unter einer Lawine. Mit Armen und Beinen verzweifelt rudernd. Anfangs noch heftig, dann immer schwächer, weil die Schneemassen zu gewaltig waren und weil niemand kam, der ihn aus seinem weißen Gefängnis befreite.
Marie hielt die Stille nicht aus. Sie stand auf und schaltete das Radio an.
Es kamen gerade die Lokalnachrichten. Der Radiosprecher berichtete von dem Lawinenunglück und von einer männlichen Person, die immer noch vermisst wurde. Danach verkündete er: »Weitere Lawinenabgänge sind nicht zu befürchten, da sich die Wetterlage beruhigt hat. Bis auf die

Waldabfahrt wurden inzwischen wieder alle Pisten im Skigebiet freigegeben. Wir wünschen unseren Skiurlaubern eine gute und sichere Fahrt.«

Tom sagte laut: »Ihr habt es gehört. Die Pisten sind frei. Dann machen wir es am besten so: Heute Vormittag übernimmt Chrissie die Leitung des Anfängerkurses und ich vertrete Simon. Das Skilaufen wird uns auf andere Gedanken bringen, Leute, da bin ich mir ganz sicher.« Er versuchte, positive Stimmung zu verbreiten. Es klang aber eher danach, als ob er sich selbst Mut machen müsste.

Die Superzicken brachten es fertig, beim Aufstehen schon wieder über belanglose Dinge zu quatschen und zu kichern. Franzi warf ihnen einen strafenden Blick zu. Spontan beschloss sie, ihr Snowboard heute hierzulassen und sich Toms Fortgeschrittenenkurs anzuschließen. Noch einen Tag in Verenas Nähe würde sie sich nicht antun.

Das Skifahren an diesem Vormittag machte keinem so richtig Spaß, obwohl Tom sich extra Mühe gab und ein abwechslungsreiches Programm aus langen und kurzen, rasanten Abfahrten zusammenstellte. Eigentlich war es kein Wunder. Immer wieder kreiste über ihren Köpfen der Rettungshubschrauber. Und jedes Mal flimmerten die schrecklichen Bilder erneut vor Franzis Augen. Sie fühlte sich so hilflos, weil sie nichts tun konnte, um Toni zu retten. Wenn er überhaupt noch zu retten war. Die Überlebenschancen für Lawinenopfer nahmen wahrscheinlich von Stunde zu Stunde rapide ab. Aber daran durfte sie jetzt nicht denken.

Mittags kehrte die Gruppe niedergeschlagen ins Dorf zurück. Chrissie kam zur selben Zeit mit ihrem Anfängerkurs an. Auf ihrem Gesicht glänzten Schweißperlen. Normalerweise hätte Franzi jetzt eine schnippische Bemerkung gemacht. Ob der Ferienjob doch anstrengender war, als Chrissie sich das vorgestellt hatte. Aber die Lust an Seitenhieben gegenüber ihrer Schwester war ihr vergangen.

Beim Abschnallen der Skier schwankte Chrissie plötzlich. »Mir ist so kalt …«, stöhnte sie. Tatsächlich schlotterte sie am ganzen Körper, obwohl sie gleichzeitig schwitzte.

»Alles in Ordnung?«, erkundigte sich Tom besorgt.

Chrissie stützte sich an der Wand des Skischuppens ab. »Nein, mir … mir geht's nicht gut.«

Jetzt machte sich auch Franzi Sorgen. Das war nicht das übliche wehleidige Jammern, wie sie es von ihrer Schwester kannte. Chrissie sah wirklich schlecht aus. »Lass mich mal fühlen«, sagte Franzi und legte Chrissie die Hand auf die Stirn. Erschrocken zuckte sie zurück. Chrissie glühte. »Ich glaube, du hast Fieber.«

»Dann solltest du sofort ins Bett, Chrissie«, sagte Tom. »Bringt ihr sie in eure Hütte? Ich hole die Krankenschwester.«

Kim und Franzi nahmen Chrissie in die Mitte. Auch ihre Arme fühlten sich heiß an. Chrissie ließ sich ohne Protest ins Bett stecken. Ihre Augen glänzten fiebrig. Plötzlich fing sie an zu husten. Es war ein richtig böser Anfall. Als er vorüber war, krächzte sie heiser: »Mein Hals, mein Kopf … Alles tut weh.«

Die Krankenschwester kam, eine einfühlsame Frau, die sofort große Ruhe verbreitete. »Alles wird gut!«, sagte sie. Das Fieberthermometer kletterte auf 39 Grad. Chrissie bekam

Wadenwickel, eine Schmerztablette und noch mehr beruhigende Worte.
»Keine Sorge«, sagte die Krankenschwester zu Franzi. »Deine Schwester wird sich wieder erholen. Ich schaue zwischendurch immer wieder zu ihr rein.« Mit einem aufmunternden Lächeln zog sie sich zurück.
Franzi blieb mit Kim und Marie am Bett sitzen. Chrissie tat ihr leid. So nervig sie ihre Schwester oft fand, sie wünschte ihr von ganzem Herzen, dass sie bald wieder gesund wurde.
Chrissie wälzte sich stöhnend im Bett hin und her. Als sie endlich in einen unruhigen Schlaf fiel, warf sie immer wieder den Kopf herum. Und plötzlich fing sie an, wirre Sätze zu stammeln: »Toni … Simon … so schnell, nein … Hilfe …«
Franzi sah Kim und Marie verwundert an. Dann beugte sie sich über das Bett ihrer Schwester. »Was ist mit Simon und Toni?«
Chrissie schien sie in ihrem Schwebezustand zwischen Wachsein und Träumen nicht zu hören. Sie verstummte. Doch nach einer Weile fing sie wieder an: »Simon … Toni … wartet! Hab gesehen …«
»Was hast du gesehen?«, fragte Kim. »Was meinst du?«
»Gestern … Wettrennen … Simon, Toni … Wettrennen … Lawine …«, flüsterte Chrissie heiser.
»Welches Wettrennen?«, hakte Marie nach.
Chrissie antwortete nicht. Hustend drehte sie sich auf den Bauch. Ihre Atemzüge wurden gleichmäßiger. Anscheinend war sie jetzt in einen Tiefschlaf gefallen.
Kim, Franzi und Marie zogen ihre Skihosen und Anoraks aus und setzten sich im Wohnzimmer auf das Schaffell vor

dem Kamin. Die Asche vom Feuer des gestrigen Abends sah kalt und trist aus.

»Was meinte Chrissie bloß mit dem Wettrennen?«, überlegte Franzi laut.

Kim zuckte mit den Schultern. »Keine Ahnung. Vielleicht war es nur ein wirrer Fiebertraum.«

»Oder deine Schwester hat wirklich etwas gesehen«, murmelte Marie.

Franzi kämmte nachdenklich mit ihren Fingern das weiche Schaffell. Ihr Bauchgefühl sagte ihr, dass Maries Vermutung stimmte. Irgendetwas wusste Chrissie. Aber es ergab keinen Sinn. Simon und Toni waren vor dem Lawinenabgang getrennt unterwegs gewesen. Warum sollten sie ein Wettrennen veranstaltet haben? Und warum hatte Chrissie etwas davon mitbekommen? Sie war doch zu der Zeit gar nicht auf der Piste gewesen. Das alles klang auf jeden Fall sehr, sehr merkwürdig.

Da klopfte es an der Tür. Tom steckte den Kopf herein und erkundigte sich, wie es Chrissie ging. Als er hörte, dass sie schlief, nickte er erleichtert. »Kommt mit! Das Mittagessen steht schon auf dem Tisch.«

Franzi merkte erst jetzt, dass ihr Magen schon seit einer Weile geknurrt hatte. Das Skifahren und die ganze Aufregung um Toni und Chrissie hatten sie hungrig gemacht. Die drei !!! gingen mit Tom zur Haupthütte und versuchten, das leckere Essen zu genießen. Dann kam Hans mit seinem Hund Paco herein. Sofort bestürmten ihn alle mit Fragen.

»Gibt es was Neues?« – »Habt ihr Toni gefunden?« – »Konntet ihr ihn retten?«

Hans befahl Paco, sich unter den Tisch zu legen. Danach ließ sich der Hundeführer erschöpft auf einen Stuhl fallen und grummelte: »Nein, wir haben ihn nicht gefunden.«
Alle umringten ihn und warteten, dass er mehr sagen würde. Als er weiterhin schwieg, fragte Tom ängstlich: »Aber irgendeine Spur wird es doch geben?«
Der Verwalter schüttelte den Kopf. »Nein.«
Marie machte es verrückt, dass man ihm alles aus der Nase ziehen musste. »Jetzt erzählen Sie schon! Haben die Hunde die ganze Strecke noch mal abgesucht?«
Hans Schachner kratzte sich am Schnurrbart. »Natürlich. Aber wer weiß? Wo nichts ist, kann man auch nichts finden.«
»Was wollen Sie damit sagen?«, fragte Franzi erstaunt.
Der Verwalter hob müde die Schultern. »Vielleicht wurde Toni gar nicht von der Lawine getroffen. Ganz sicher weiß keiner, auf welcher Abfahrt er eigentlich unterwegs war. Toni ändert öfter seine Pläne. Er ist ziemlich spontan.«
Die drei !!! sahen sich an. Irgendetwas störte sie. Die Art, wie Hans das Wort »spontan« ausgesprochen hatte, klang eher nach »unzuverlässig«. Es wirkte fast so, als ob er Toni nicht mochte.
»Es gibt also noch keine Spur«, fasste Kim zusammen. »Sie werden aber nicht aufgeben, oder?«
»Nein. Wir suchen weiter. Deshalb muss ich auch jetzt wieder los.« Der Hundeführer stand auf und pfiff leise. Sofort war Paco bei Fuß. Gemeinsam verließen die beiden den Raum.
Kim, Franzi und Marie starrten dem Verwalter nach. In den

Köpfen der Detektivinnen schwirrten eine Menge ungelöster Fragen herum. Warum war Hans Schachner so einsilbig gewesen? Hatte er etwas zu verbergen? Hatte er womöglich nicht richtig gründlich nach Toni gesucht, weil er ihn nicht mochte? Oder hatte er, falls Toni nicht von der Lawine getroffen worden war, etwas mit seinem Verschwinden zu tun? Auf jeden Fall verhielt er sich sehr verdächtig.

Im Gemeinschaftsraum begannen wieder halblaut die Gespräche. Verena, Luise und Jasmin holten ein Kartenspiel heraus. Lena versuchte, sich mit ihrer Gitarre abzulenken.

Die drei !!! hatten keine Lust, mit den anderen im Gemeinschaftsraum herumzuhängen. Sie beschlossen, den Rest der Mittagspause in ihrer Hütte zu verbringen, um dort eine Clubsitzung abzuhalten. Als sie in den Flur der Haupthütte traten, hörten sie plötzlich eine unwillige Stimme am Telefon. Sie konnten Hans Schachner nicht sehen, aber er musste irgendwo in der Nähe mit seinem Handy telefonieren. Sicherheitshalber versteckten sich Kim, Marie und Franzi hinter den dicken Winterjacken an der Garderobe und lauschten gespannt.

»Er ist nicht verschüttet worden, glaub mir!«, sagte Hans Schachner. Nach einer längeren Pause, in der sein Gesprächspartner redete, fuhr der Verwalter fort: »Ja, ich weiß. Daran brauchst du mich nicht zu erinnern. Ich bin dran. Bald habe ich Geld, sehr viel Geld … Du, ich hab jetzt leider keine Zeit mehr. Lass uns später noch mal telefonieren.«

Bevor die drei !!! ihren Lauschposten verlassen konnten, tauchte Hans Schachner plötzlich auf, lief eilig an ihnen vorbei und verschwand hinter der Tür zur Bibliothek.

Mit klopfenden Herzen warteten die Detektivinnen, was nun passieren würde. Nach exakt 7 Minuten und 31 Sekunden – Marie hatte die Zeit auf ihrem Handy gestoppt – kam der Verwalter aus der Bibliothek und verließ die Haupthütte. Kim, Franzi und Marie schlüpften aus ihrem Versteck.
»Jetzt bin ich aber neugierig, was er hier drinnen gemacht hat«, sagte Franzi.
Gemeinsam mit Kim und Marie betrat sie die leere Bibliothek. Es war still in dem kleinen, holzgetäfelten Raum, der bis zur Decke mit Büchern gefüllt war. Nur ein kaum wahrnehmbares Surren war zu hören. Marie zeigte auf den Tisch, auf dem die zwei Computer mit Internetzugang standen. Ein Bildschirm war schwarz, aber der andere leuchtete ihnen verheißungsvoll entgegen.
»Alles klar«, sagte Kim und steuerte auf den PC zu, an dem wahrscheinlich eben noch Hans Schachner gesessen hatte. Sie klickte die zuletzt verwendeten Dateien an und schüttelte ungläubig den Kopf. Der Verwalter hatte sich tatsächlich nicht mal die Mühe gemacht, seine verräterische Datei zu löschen. »Volltreffer!«, jubelte Kim. »Ich hab was gefunden.«
»Was denn?«, riefen Marie und Franzi gleichzeitig.
Zum Glück hatte Kim gerade einen Speicherstick in ihrer Hosentasche. »Erzähle ich euch später. Ich kopier mir nur schnell die Datei.«

# Ein Fundstück im Schnee

Chrissie schlief noch, als die drei !!! in ihre Hütte zurückkehrten. Die Krankenschwester erneuerte gerade die Wadenwickel. »Das Fieber ist schon ein bisschen runtergegangen«, berichtete sie. »Macht euch keine Sorgen.«
Franzi fiel ein Stein vom Herzen. »Das ist gut.« Sie versuchte, sich ihre Ungeduld nicht allzu sehr anmerken zu lassen, bis die Krankenschwester endlich ging und sie wieder ungestört waren.
Kim saß im Wohnzimmer auf der Couch und übertrug die Daten vom Speicherstick auf den Laptop. Aufgeregt setzten sich Marie und Franzi zu ihr.
»Seht euch das an!«, sagte Kim.
Franzi schüttelte ungläubig den Kopf. Kim hatte nicht übertrieben. Die Datei war wirklich ein Volltreffer. Sie enthielt eine Tabelle, in der Hans akribisch Tonis Gewohnheiten und Tagesabläufe festgehalten hatte. Er musste den Skilehrer rund um die Uhr beobachtet haben.
»Warum hat er das bloß gemacht?«, rätselte Marie. »Ist er ein Agent oder so was Ähnliches?«
Franzi wickelte ihre Strickjacke enger um den Körper. Die Heizung lief zwar, aber ohne Feuer im Kamin war es ganz schön kühl in der Hütte. »Keine Ahnung«, sagte sie. »Ich frag mich gerade, ob Hans Toni vielleicht entführt hat und Lösegeld erpressen will.«
Kim nickte. »Klar, das könnte sein! Als Verwalter verdient er wahrscheinlich nicht viel. Seine vielen Nebenjobs sprechen

auch nicht dafür, dass er besonders reich ist. Und Tonis Eltern gehört doch dieses edle Hotel im Tal. Jetzt verstehe ich auch, warum Hans vorhin am Telefon gesagt hat, dass er bald viel Geld haben wird! Da kam ihm die Lawine wohl gerade recht …«

Marie spielte gedankenverloren mit dem Strohgesteck auf dem Couchtisch. »Also käme Geld als Tatmotiv durchaus infrage. Aber dann hätte Simon doch bestimmt schon erzählt, dass Lösegeld gefordert wurde. Und dann haben wir da noch dieses mysteriöse Wettrennen …« Abrupt richtete sie sich auf. »Ihr wisst, was das heißt, Leute: Wir haben einen neuen Fall!«

Franzi spürte ein angenehmes Kribbeln in ihrem Körper. Das hatte sie immer, wenn die drei !!! nach einer Pause wieder mit ihren Ermittlungen loslegten. »Dann müssen wir unbedingt unseren Powerspruch aufsagen«, schlug sie vor.

Kim tippte auf ihre Armbanduhr. »Ich fürchte, den Powerspruch und die Tabelle müssen wir auf heute Abend verschieben. Die Mittagspause ist um.«

Franzi war hin- und hergerissen. Einerseits freute sie sich aufs Skilaufen, andererseits hätte sie sich am liebsten die Aufzeichnungen des Verwalters noch einmal ganz genau angesehen. Doch als sie dann draußen im Schnee stand und die Skier unter ihren Füßen spürte, überwog wieder die Freude am Sport.

Die Sonne blitzte hinter den Wolken hervor. Es war fast windstill. Nichts deutete darauf hin, dass erst gestern das Wetter den Menschen gezeigt hatte, wie hilflos und ausgeliefert sie im Grunde waren. Tom führte beide Gruppen zur Buckelpiste und ließ jeden sein eigenes Tempo wählen. Franzi war natürlich die Schnellste. Es tat ihr gut abzuschalten. In den nächsten drei Stunden dachte sie nur einmal kurz mit schlechtem Gewissen an Felipe. Sie hatte es immer noch nicht geschafft, ihm eine SMS zu schicken. Bei all der Aufregung um Toni war das allerdings auch kein Wunder.

Als die Sonne hinter den Berggipfeln verschwand, fuhren alle zurück zum Tannenwinkel. Die drei !!! schälten sich schnell aus ihren Skianzügen und sahen als Erstes nach Chrissie. Franzis Schwester lag in ihrem Bett, im Rücken zwei Daunenkissen, und las einen Krimi. Sie war blass im Gesicht, aber ihre Augen glänzten nicht mehr fiebrig.

»Wie geht es dir?«, fragte Franzi.

Chrissie lächelte. »Besser. Die Krankenschwester ist ein Engel. Sie hat mich gerettet.« Chrissie berichtete, dass das Fieber fast weg war und sie nur noch der lästige Husten quälte.

Franzi ließ sich erleichtert auf die Bettkante sinken. »Oh Mann! Du hast uns einen ganz schönen Schrecken eingejagt. Ich dachte schon, die müssen dich mit dem Nothubschrauber abholen. Übrigens hast du im Schlaf geredet. Du hast von Toni und Simon und einem Wettrennen gesprochen.«

Chrissie wurde von einem Hustenanfall geschüttelt. Als sie wieder Luft bekam, krächzte sie: »Wettrennen? Quatsch, das hab ich garantiert nicht gesagt!«

Franzi betrachtete forschend das Gesicht ihrer Schwester. Es kam ihr komisch vor, dass ihre Schwester das so vehement abstritt. Verschwieg sie etwas? Franzi wurde den Verdacht nicht los, dass sie irgendetwas wusste.

Marie setzte jetzt all ihren Charme ein und versuchte, etwas

aus Chrissie herauszulocken. Vergeblich. Schließlich gaben die drei !!! auf und ließen Chrissie alleine.
Bis zum Abendessen dauerte es noch über eine Stunde. Plötzlich hatte Marie eine Idee. »Kommt, lasst uns in die Sauna gehen!«, schlug sie vor. »Sie funktioniert endlich wieder.«
Kim und Franzi, die beide vom langen Skilaufen durchgefroren waren, hatten nichts dagegen. Kurz darauf lagen sie in der angenehmen Wärme auf ihren Handtüchern. Marie griff nach der Schöpfkelle und machte einen Aufguss. Würziger Alpenkräuter-Duft breitete sich aus.
Kim machte die Augen zu. Wohlig seufzte sie: »Wir haben es gut! Ich wünschte nur, Toni geht es auch gut. Ich darf gar nicht daran denken, dass er irgendwo eingesperrt ist – oder womöglich doch noch unter dieser schrecklichen Lawine liegen könnte.«
»Hör bloß auf!«, stöhnte Franzi. »Er lebt. Ich kann nicht glauben, dass er von der Lawine getroffen wurde. Obwohl wir natürlich diese Möglichkeit nicht ausschließen können.«
Marie wischte sich die ersten Schweißperlen von den Armen. »Du hast recht. Bleibt nur die Frage, warum er dann nicht längst aufgetaucht ist. Nach dem jetzigen Ermittlungsstand ist es ziemlich eindeutig, dass unser Verwalter in der Sache mit drinsteckt. Womöglich hat er Toni im Alleingang gerettet und es bloß niemandem erzählt, weil er ihn gleich danach entführt hat.«
»Ja!«, sagte Kim. »Die Lawine passte zu seinem Plan, den er lange vorher gemacht hatte. Hans muss wochenlang an dieser Tabelle gearbeitet haben, um genau zu wissen, wann

Toni sich wo aufhält. Letztlich hat er dann die Tabelle gar nicht gebraucht, weil ihm die Lawine Toni direkt vor die Füße gerollt hat.«

Franzi streckte sich. Ihr Körper war jetzt von Kopf bis Fuß wohlig warm. »Das sind doch alles nur Vermutungen! Wir müssen uns Hans vorknöpfen, wir brauchen handfeste Beweise.«

»Und Energie!«, fügte Kim hinzu. Sie richtete sich auf und streckte ihre Hand aus.

Franzi hatte auch gerade daran gedacht. Sie liebte das Ritual. Immer wenn die drei !!! einen neuen Fall an Land gezogen hatten oder gerade Energie für ihre Ermittlungen brauchten, zelebrierten sie ihren Powerspruch. Sie hatten es schon an allen möglichen Orten getan, aber noch nie an einem so ungewöhnlichen wie in einer Sauna.

Auch Marie und Franzi richteten sich auf. Feierlich streckten sie die Arme aus und legten ihre verschwitzten Hände übereinander. Dann riefen sie im Chor: »Die drei !!!.«

Kim sagte: »Eins!«, Franzi »Zwei!« und Marie »Drei!«. Am Schluss warfen sie gleichzeitig die Hände in die Luft und riefen: »Power!!!«

Marie, die am lautesten gerufen hatte, fächelte sich Luft zu. »Jetzt muss ich aber dringend raus, Leute. Sonst zerfließe ich!«

Später auf dem Weg zur Haupthütte – Chrissie musste noch das Bett hüten – piepste Franzis Handy. Felipe hatte ihr eine SMS geschrieben.

*Liebste Franzi,*
*schon drei Tage ohne dich! Du fehlst mir so.*
*Du bist die Chilischote auf meiner Fajita. Du bist mein Rosenquarz. Du bist die Luft, die ich atme.*
*Dein Felipe*

Franzi konnte sich nicht freuen. Felipes Worte kamen ihr plötzlich aufgesetzt und falsch vor. Er erwähnte mit keinem Wort die letzte SMS. Weil er ein schlechtes Gewissen hatte? Weil er sie angelogen hatte?
Franzi musste wieder an Maries Silvesterparty denken. Wie leidenschaftlich Felipe dort mit ihr getanzt hatte. Sie mochte sein mexikanisches Temperament, aber es war ihr auch ein bisschen fremd. Felipe kam aus einem anderen Kulturkreis. Bis jetzt hatte das für ihre Beziehung keine Rolle gespielt. Aber wer weiß? Vielleicht drückte man in Felipes Heimat beide Augen zu, wenn jemand log?
Plötzlich spürte Franzi einen leichten Stoß in den Rippen. »Na, hat Felipe dir was Schönes geschrieben?«, fragte Marie. »Darf ich es auch lesen?«
Franzi steckte schnell ihr Handy weg. »Lieber nicht.«
Marie warf Kim einen vielsagenden Blick zu. »Jetzt ist sie rot geworden!«
Als Marie und Kim kicherten, musste Franzi lachen. Dabei war ihr eher zum Heulen zumute. Sie hatte ihren Freundinnen noch gar nichts von der Sache mit Felipe erzählt. Es war so viel passiert, dass sie einfach nicht dazu gekommen war. Und jetzt war wieder nicht der richtige Augenblick. Franzi verschob das Gespräch mit Kim und Marie auf später. Sie

verschob auch die SMS, auf die Felipe garantiert sehnsüchtig wartete, auf unbestimmte Zeit.

Beim Abendessen war Toni wieder das einzige Gesprächsthema. Tom befragte Hans Schachner und Simon, der extra vom Tal heraufgefahren war, um im Tannenwinkel vorbeizuschauen. Beide hatten immer noch nichts Neues zu berichten.

Keiner wagte auszusprechen, was alle sich insgeheim dachten: Gab es überhaupt noch eine Hoffnung für Toni? Konnte ein Mensch über 24 Stunden unter einer Lawine überleben?

Franzi ließ ihren Nachtisch stehen, stapelte die Teller aufeinander und trug sie schweigend in die Küche. Als sie zurückkam, stürmte ein Mann mit dunklem Vollbart in den Gemeinschaftsraum. Hans Schachner stellte ihn kurz vor. Bernhard war ein Kollege, der mit seinem Hund Finn den Lawinensuchtrupp verstärkte.

»Was ist los, Bernhard?« Der Verwalter schien verwundert, dass sein Kollege so unerwartet auftauchte.

Bernhard zog einen dunkelblauen Schal aus seinem Skianorak. »Den hat Finn gefunden.«

Ein Erinnerungsfunke schoss durch Franzis Gehirn. Irgendwo hatte sie den Schal schon mal gesehen, sie kam nur nicht darauf, wo.

Simon war bleich geworden. »Wo … wo lag der … Schal?«, fragte er. Jedes einzelne Wort schien ihn unglaublich anzustrengen.

»Ziemlich tief im Schnee, ungefähr in der Mitte des Lawi-

nenabgangs«, erzählte Bernhard. »Ich hab natürlich sofort reagiert. Finn hat fleißig weitergegraben, aber da war nichts.«
Plötzlich fiel es Franzi wieder ein. Gestern, als sie Snowboard gefahren war, hatte Toni einen dunkelblauen Schal getragen!
In dem Moment sagte Simon mit heiserer Stimme: »Der Schal gehört Toni.«
Alle schwiegen entsetzt und schienen dasselbe zu denken: Wenn der Schal schon ziemlich tief im Schnee vergraben war, wie weit unten musste dann erst Toni liegen?
Die drei !!! tauschten betroffene Blicke. Auf einmal schämten sie sich, dass sie Hans Schachner verdächtigt hatten. Hatten sie die schreckliche Katastrophe einfach nur nicht wahrhaben wollen? Hatten sie deshalb krampfhaft nach Hinweisen für einen neuen Fall gesucht? Hans' ehrlich erschrockenes Gesicht deutete auch darauf hin, dass es so war.
Nach einer Pause, die Franzi wie eine Schweigeminute für Toni vorkam, räusperte sich der Verwalter. »Noch wissen wir nicht hundertprozentig, ob Toni der Schal gehört. Viele Einheimische und Urlauber tragen dunkelblaue Schals dieser Marke. Die Schals aus Fleecestoff gibt es im Tal in jedem Sportgeschäft zu kaufen.«
Alle sahen Hans Schachner überrascht an. Dann nickte Tom eifrig. »Ja, du hast recht. Es sei denn, Tonis Name war in dem Schal eingestickt.«
Simon schüttelte den Kopf. »Nein, das war er nicht.«
»Wir dürfen die Hoffnung nicht aufgeben!«, sagte Tom. Er versuchte um jeden Preis, positive Stimmung zu verbreiten. Bei einigen hatte er Erfolg damit. Nicht bei den drei !!!. Franzi war sich ganz sicher: Sie hatten mit ihren Vermutun-

gen doch nicht falschgelegen. Der Verwalter hatte sich schon wieder verdächtig gemacht. Er hatte zu viele Details erzählt: der Fleecestoff, die Marke, die Sportgeschäfte im Tal … Dabei hatte er den Schal nicht mal in Händen gehabt.
Franzi biss sich auf die Unterlippe, während ihr Gehirn auf Hochtouren arbeitete. Wollte Hans Schachner von sich ablenken, weil er sich Vorwürfe machte, dass er mit seinem Lawinenhund Toni nicht gefunden hatte? Oder wusste er, dass Toni nicht verschüttet war, weil er ihn selbst entführt hatte? Franzi tendierte zur zweiten Version.
Simon warf Hans einen grimmigen Blick zu. »Hör endlich auf, die Sache herunterzuspielen! Damit hilfst du uns überhaupt nicht!«

# Rätsel um eine Urkunde

*Detektivtagebuch von Kim Jülich*
*Mittwoch, 06:35 Uhr*
*Heute bin ich um 6 Uhr morgens aufgewacht und konnte nicht mehr einschlafen. Dieser Fall geht mir echt an die Nieren. Es gibt immer noch keine Spur von Toni! Ich will einfach nicht glauben, dass er tot ist. Irgendeine Stimme in meinem Innern sagt mir, dass er lebt und dass wir ein Verbrechen aufzuklären haben. Franzi und Marie teilen meine Meinung. Wir gehen also fürs Erste davon aus, dass Toni noch lebt und deshalb nicht auftaucht, weil er entführt wurde und versteckt gehalten wird.*
*Unser Hauptverdächtiger ist Hans Schachner. Das liegt vor allem an dem Telefonat, das wir mitgehört haben, und an der Tabelle mit Tonis Tagesablauf. Der Verwalter hat am Telefon selbst den Grund dafür genannt, warum er glaubt, dass Toni nicht verschüttet wurde. »Viel Geld«, das kann nur das Lösegeld sein, das er gefordert hat, nachdem er Toni entführt hat. Und sein Motiv? Geldsorgen natürlich.*
*Weitere Verdächtige gibt es bis jetzt nicht. Unklar ist nach wie vor, ob Chrissie zufällig irgendetwas mitbekommen hat, was mit Tonis Verschwinden zu tun haben könnte. Sie ist inzwischen wieder fieberfrei und durfte aufstehen. Leider kann – oder will? – sie sich aber nach wie vor an nichts erinnern, was sie im Fieberzustand erzählt hat.*
*Die nächsten Ermittlungsschritte sind klar:*
*1. Wir müssen Hans Schachner beschatten und hoffen, dass er uns weitere Hinweise gibt.*

*2. Wir brauchen dringend Beweise, um ihn überführen zu können.*
*3. Wir werden mit Simon reden und ihn allgemein zu seinem Bruder befragen (schließlich kennt er ihn am allerbesten). Außerdem werden wir Simon auf das rätselhafte Wettrennen ansprechen, von dem Chrissie erzählt hat, und herausfinden, ob Lösegeldforderungen gestellt wurden.*

*Geheimes Tagebuch von Kim Jülich*
*Mittwoch, 07:01 Uhr*
***Wenn ich »geheim« schreibe, meine ich auch geheim! Wer sich nicht daran hält und mein Tagebuch trotzdem lesen sollte, wird es bereuen. Ich werde ein Jahr lang kein Wort mit demjenigen sprechen. Bis zum nächsten Silvesterabend. Das ist mein voller Ernst!***
*Franzi versucht es sich nicht anmerken zu lassen, aber natürlich vermisst sie ihren Felipe sehr. Einerseits tut sie mir leid, andererseits beneide ich sie. Ihre Sehnsucht erinnert mich an frühere Zeiten, wenn ich Michi für einige Zeit nicht sehen konnte. Oft wurde mir gerade dann bewusst, wie lieb ich ihn hatte.*
*Jetzt sind wir schon eine ganze Weile kein Paar mehr. Zum Glück ist der schlimme Liebeskummer der ersten Zeit vorbei. Trotzdem fühle ich mich manchmal einsam, heute zum Beispiel. Zurzeit fallen mir so viele schöne Dinge ein, die wir gemeinsam erlebt haben: unser vierwöchiges Jubiläum, bei dem Michi mir eine silberne Kette mit einem kleinen Anhänger geschenkt hat, auf dem sein Name steht. (Ich hatte die Kette zwischendurch verlegt, habe sie aber wiedergefunden!) Der Tag, an dem wir in den Stamm der alten Linde in Franzis Garten*

*»K + M« geritzt haben. Unsere romantischen Versöhnungen, wenn wir uns vorher gestritten hatten …*
*Ich muss damit aufhören, sonst werde ich noch ganz wehmütig. Auf der Halloweenparty hab ich Michi das letzte Mal getroffen. Seitdem haben wir immer mal wieder telefoniert und SMS geschrieben – als Freunde. Das gibt's nicht! Ich versuche gerade, mir sein Gesicht vorzustellen, aber ich schaffe es nicht. Dabei kannte ich dieses Gesicht doch in- und auswendig! Ich konnte es jederzeit vor mein inneres Auge holen, Tag und Nacht.*
*Ich fühle mich schlecht. Als ob ich Michi gar nicht geliebt hätte. Aber ich habe ihn geliebt. Und wie! Warum kann ich mir dann sein Gesicht nicht mehr vorstellen? Weil er schon ein ziemliches Stück weit weggerückt ist aus meinem Leben? Weil unsere gemeinsame Zeit Vergangenheit ist? Ja, das muss es sein.*
*So schlecht fühle ich mich auf einmal gar nicht mehr. Es ist gut so, wie es ist. Die Kim von damals gibt es nicht mehr. Ich bin durch den Liebeskummer hindurchgegangen, hab neue schöne Erfahrungen gemacht, ohne Michi. Ich lebe hier und jetzt, in der Gegenwart. Und ich werde die Skiwoche genießen, als Single. Jawohl!*

Als Kim ihren Eintrag beendete, wurde Franzi von ihrem Handy geweckt. Felipe schickte eine SMS. Es war schon die dritte Nachricht, auf die sie nicht mehr reagiert hatte.

*SOS an Franzi*
*Bitte melde dich! Geht's dir gut?*
*Ich mache mir Sorgen um dich.*
*Dein Felipe*

Franzi ignorierte die SMS. Felipe sollte sich lieber um sich selbst Sorgen machen und um das, was er getan hatte. Außerdem hatte sie jetzt weder Zeit noch Lust, ihm zurückzuschreiben.

Die drei !!! kamen zu spät zum Frühstück. Die leckersten Brötchen waren schon weg und Tom drängte gerade zum Aufbruch. »Beeilt euch! Heute machen wir eine Schneewanderung. Ein erfahrener Skitourengeher wird uns begleiten. Wir werden herrlich unberührte Landschaft sehen, fernab von den überfüllten Pisten und Skiliften.«

Normalerweise hätte Franzi sich über die spontane Änderung der Tagesordnung gefreut. Sie mochte Schneewanderungen. Nur heute nicht. Es war offensichtlich, dass Tom sie ablenken wollte. Sie sollten nicht zusehen, wie der Hubschrauber wieder über dem Skigebiet kreiste, um nach Toni zu suchen. Sie sollten das Lawinenunglück vergessen.

Kim und Marie hatten auch keine Lust auf die Schneewanderung. Die Zeit lief ihnen davon. Sie mussten so schnell wie möglich mit den Ermittlungen beginnen.

Marie nahm die Sache in die Hand. Sie ging einfach zu Tom und sagte: »Kim, Franzi und ich würden gerne im Tannenwinkel bleiben. Uns geht's nicht so gut. Vielleicht haben wir uns bei Chrissie angesteckt.« Zum Beweis rieb sie sich mit schmerzverzerrtem Gesicht die Stirn.

»Seid ihr sicher? Ihr verpasst was ganz Tolles.«

Marie nickte. »Ja, wir sind sicher.«

»Na gut«, sagte Tom. »Aber ihr müsst mir versprechen, dass ihr im Bett bleibt und keine dummen Sachen anstellt. Oder soll Chrissie auf euch aufpassen?«

Franzi schüttelte heftig den Kopf. Sie war heilfroh, dass es ihrer Schwester wieder gut ging. Sie sollte bloß am Ausflug der anderen teilnehmen.
Chrissie war zum Glück nicht scharf darauf, »die Babysitterin zu spielen«, wie sie es nannte. Franzi verkniff sich eine spitze Bemerkung. Sie wollte keinen Streit mit ihrer Schwester anfangen. Die Gruppe zog ab und die drei !!! blieben alleine zurück.
»Geschafft!«, rief Kim erleichtert. »Das war super, Marie. Danke!«
»Gern geschehen.« Marie klappte ihren Taschenspiegel auf, um ihren korallenroten Lippenstift nachzuziehen, der perfekt zu ihrer Strickmütze passte.
»Was haltet ihr davon, wenn wir uns die Aufgaben teilen?«, schlug Franzi vor. »Ich könnte mit dem Snowboard ins Tal düsen und mit Simon reden. Ihr könntet in der Zeit unseren Verdächtigen beschatten.«
In diesem Moment fiel Kims Blick auf die offene Küchentür. Sie hatte freien Blick auf die Spüle. Und wer stand dort im Gespräch mit der Köchin? Niemand anderes als Hans Schachner, der Verwalter.
Kim grinste. »Gute Idee. Ich wollte sowieso in der Küche nachfragen, ob es noch ein Croissant gibt.«
»Also, dann bis später«, sagte Franzi. »Viel Glück!« Sie schlüpfte in ihren Skianorak und zog energisch den Reißverschluss hoch.
Draußen war keiner mehr von ihrer Gruppe zu sehen. Es war sonnig und knackig kalt. Weiße Atemwolken stiegen aus Franzis Mund. Schnell holte sie ihr Snowboard. Bei den ers-

ten Schwüngen auf dem Board fror sie noch wie ein Schneider. Kurz nach der Mittelstation wurde ihr langsam warm. Franzi nahm die kürzeste Abfahrt. Der Schnee war herrlich pulvrig. Bei der Talstation schnallte Franzi ihr Board ab, stellte es unter und bog nach rechts in die Hauptstraße ein. Es war nicht schwer gewesen, im Internet herauszufinden, wo das Hotel lag, das Simons und Tonis Familie gehörte. Simon hatte den Namen des Hotels einmal kurz erwähnt. Es zählte zu den größten Hotelkomplexen am Ort.
Als Franzi eine Viertelstunde später vor dem vierstöckigen Gebäude stand, pfiff sie leise durch die Zähne. Das 5-Sterne-Haus verband alpenländischen Charme mit moderner Architektur. An das historische Haupthaus mit den bunten Fassadenmalereien schloss ein Nebentrakt im asiatischen Stil an, in dem sich der Wellnessbereich befand.
Für einen kurzen Augenblick wünschte Franzi sich, Marie würde jetzt ihren Part übernehmen. Ihre Freundin hätte sich in so einem Nobelschuppen bestimmt wesentlich wohler gefühlt. Doch dann gab sich Franzi einen Ruck und ging mit erhobenem Kopf durch die gläserne Drehtür.
Die Lobby war in dezentem Landhausstil eingerichtet. Klassische Musik plätscherte aus unsichtbaren Lautsprechern. Die hübschen weiblichen Angestellten an der Rezeption trugen ausnahmslos Dirndl.
»Herzlich willkommen im *Brugger Hotel-Ressort und Spa.* Was kann ich für dich tun?«, fragte eine gepflegte Frau um die 50, die ihre kastanienbraunen Haare zu einer komplizierten Zopffrisur hochgesteckt hatte.
Franzi war so verblüfft über die Begrüßung, die in einem

Singsang ohne Punkt und Komma vorgetragen worden war, dass sie ins Stottern kam. »Äh … ich wollte … mit Simon sprechen.«

»Herr Brugger junior ist gerade in einer Besprechung«, sagte die Frau lächelnd. Sie hieß Helene Maurer und war die Empfangschefin des Hotels, wie Franzi blitzschnell an ihrem Namensschild ablas. »Du kannst gerne nebenan in der Piano-Lounge auf ihn warten. Ich gebe dir dann Bescheid, wenn er frei ist.«

»Vielen Dank, sehr nett von Ihnen!« Franzi hatte sich wieder gefangen. So vornehm wie möglich lief sie über den roten Teppich in den Nebenraum.

Ein großer, schwarzer Flügel hatte der Piano-Lounge ihren Namen gegeben. Er stand etwas erhöht. Drum herum waren braune Clubsessel gruppiert. Franzi ließ sich in einen der Sessel sinken und schälte sich aus ihrem Anorak.

Kaum hatte sie Platz genommen, kam ein Ober zu ihr. »Darf ich Ihnen eine kleine Erfrischung bringen?«

Franzi lehnte gnädig mit einem kaum sichtbaren Kopfschütteln ab, das sie sich bei Marie abgeschaut hatte. »Nein danke, vielleicht später.«

Der Ober zog sich dezent zurück. Franzi sah sich um. Neben dem Piano gab es eine gepolsterte Tür, die nur angelehnt war. Franzi stand auf und schlenderte unauffällig hinüber. Während sie in einem Notenbuch blätterte, das auf dem Flügel lag, lauschte sie. Aus dem Raum hinter der Tür drangen leise Stimmen.

»Wie geht es dir heute, Vater?«, hörte sie Simon fragen.

»Nicht gut«, antwortete Herr Brugger. »Seit zwei Nächten

hab ich kaum geschlafen. Ich muss dauernd an Toni denken. Der arme Junge! Mein lieber Sohn …« Er konnte nicht weiterreden, weil seine Stimme versagte.

»Das tut mir leid«, sagte Simon. »Mir geht es ähnlich.«

Papiere raschelten. Offenbar saß Simons Vater an einem Schreibtisch.

»Kann ich dich trotzdem etwas fragen?« Simon zögerte. »Ich weiß, es ist nicht gerade der perfekte Augenblick, aber den gibt es wahrscheinlich nicht.«

»Was willst du?« Herr Brugger klang müde.

»Ich wollte fragen, ob wir … ob wir vielleicht die Urkunde durchgehen könnten, von der du gesprochen hast. Du weißt schon, Vater …«

Ein schwerer Stuhl schrammte über den Parkettboden. »Wie kannst du es wagen? Du redest, als ob dein Bruder schon tot wäre!«

»Nein, nein, ich …«, wehrte Simon erschrocken ab.

Herr Brugger ließ ihn nicht ausreden. »Es ist noch lange nicht erwiesen, dass Toni von der Lawine verschüttet wurde. Ich gehe davon aus, dass er lebt, und das solltest du auch tun. Mehr habe ich dir nicht zu sagen.«

Eine peinliche Pause entstand. Dann sagte Simon kaum hörbar: »Entschuldige, Vater. Das war keine gute Idee. Wir reden ein andermal darüber.«

Franzi hörte Schritte. Schnell legte sie das Notenbuch zurück und setzte sich in einen Clubsessel, der weit von der Tür entfernt stand. Simon kam mit hängenden Schultern aus dem Büro seines Vaters. Er sah weder nach rechts noch nach links.

Kurz bevor er die Piano-Lounge verließ, passte Franzi ihn ab. »Simon? Kann ich kurz mit dir sprechen?«
Der Skilehrer drehte sich überrascht um. »Was machst du denn hier?«
»Wir haben heute einen freien Tag«, behauptete Franzi. »Ich kam zufällig an eurem Hotel vorbei und da dachte ich, ich schau spontan bei dir vorbei. Die Sache mit Toni geht mir nicht aus dem Kopf. Ich würde dir so gerne helfen, ihn zu finden.«
Simon fuhr sich mit den Fingern durch die Haare. Hinterher sahen sie verstrubbelter aus als vorher. »Danke, das ist lieb von dir, aber hier sind schon alle Hilfskräfte im Einsatz.«
»Ich hab noch eine Frage«, sagte Franzi. »Weißt du etwas von einem Wettrennen?«
»Nein. Es gab kein Wettrennen zwischen mir und Toni«, antwortete Simon scharf. »Und jetzt entschuldige mich bitte, ich muss los.« Eilig lief er davon.
Franzi blieb ratlos in der Piano-Lounge zurück. Warum war Simon am Ende so kurz angebunden gewesen? Hatte sie etwas Falsches gefragt? Franzi vergrub ihre Hände in den Hosentaschen und grübelte über Simons Antwort nach. Plötzlich stutzte sie. Sie hatte nur allgemein von einem Wettrennen gesprochen. Trotzdem hatte Simon das Wettrennen sofort auf sich und seinen Bruder bezogen. Das konnte im Grunde nur eins bedeuten: Dieses geheimnisvolle Wettrennen zwischen den beiden Brüdern existierte nicht nur in Chrissies Fieberträumen. Es hatte tatsächlich stattgefunden!

# Geheimversteck Scheune

»Hmm, ist das lecker!« Kim verputzte das Croissant im Stehen und betrachtete dabei Hans Schachner, dessen Oberkörper zur Hälfte unter der Spüle verschwunden war. »Sie haben mich vor dem Verhungern gerettet.«
Die Köchin lachte. »Soso, das freut mich. Naschkatzen können übrigens jederzeit in meine Küche kommen.« Sie zwinkerte Kim und Marie zu.
»Gut zu wissen«, sagte Marie, die allerdings nicht vorhatte, sich im Skiurlaub ihre Figur zu ruinieren.
Hans Schachner tauchte mit rotem Kopf auf. »Ich hab die Dichtung ausgetauscht. Jetzt dürfte nichts mehr tropfen.« Er packte sein Werkzeug in die Tasche und wehrte den überschwänglichen Dank der Köchin ab. Kim und Marie nickte er nur kurz zu und verdrückte sich schnell.
»Einen schönen Tag noch!«, wünschten die beiden Mädchen der Köchin und machten sich aus dem Staub. Sie sahen gerade noch, wie Hans Schachner auf die Bibliothek zuging. Anscheinend wollte er die Werkzeugtasche in sein Zimmer bringen. Blitzschnell versteckten sich die Detektivinnen in einer Nische im Flur. Kurz darauf erschien der Verwalter wieder im Skianorak und mit Paco an der Leine. Vor der Nische schnüffelte Paco plötzlich, dann fing er an zu knurren. Kim und Marie pressten ihre Körper gegen die Wand und wagten kaum zu atmen.
»Was soll das?« Unwillig zerrte der Verwalter an der Leine. »Komm, Paco!«

Ein letztes leises Knurren und schon gehorchte Paco. Die beiden verschwanden um die Ecke.
»Das war knapp!«, stöhnte Kim, als die Gefahr vorüber war. Sie hatte einen Riesenrespekt vor Hunden, sobald sie die Größe von Schoßtieren überschritten.
Marie ging es ähnlich, obwohl sie das nie zugegeben hätte. Sie gaben Hans Schachner ein paar Sekunden Vorsprung. Dann liefen sie in den Flur, schnappten sich ihre Jacken und folgten ihm hinaus in die kalte Winterluft. Der Verwalter stapfte mit seinem Hund in Richtung Mittelstation. Kim und Marie folgen den beiden unauffällig.
Bald schwebte die Gondel mit Hans Schachner, Paco, Kim und Marie ins Tal, wobei der Hundeführer seine Verfolgerinnen wegen des Gedränges zum Glück nicht bemerkte. Im Tal angelangt, hefteten sie sich als unsichtbare Schatten an die Fersen des Verdächtigen. Der Verwalter ging in einen Supermarkt, wo er Brot und Salami kaufte. Paco, der auf einen Leckerbissen hoffte, wedelte begeistert mit dem Schwanz. Ab diesem Zeitpunkt setzte er seine Spürnase nur noch für die Wurst ein.
Nach dem Einkauf lief Hans Schachner mit seinem Hund die Hauptstraße entlang in Richtung Norden. Schließlich stoppte er vor dem Grundstück eines alten Bauernhauses, das offensichtlich nicht mehr bewohnt wurde. Er öffnete das Gartentor und steuerte auf eine Scheune neben dem Haupthaus zu. Knarrend fiel das verwitterte Tor hinter ihm und Paco zu. Kim und Marie hörten, wie der Verwalter von innen einen Riegel vorschob. Danach wurde es still.
»Und jetzt?«, flüsterte Marie.

Kim zeigte nach rechts und machte eine kreisende Handbewegung. Zum Glück lag der Schnee rund um die Scheune so hoch, dass er jedes Geräusch ihrer Schritte verschluckte. Leise schlichen sie an der Bretterwand entlang zur Rückseite der Scheune. Dort entdeckten sie eine herausgebrochene Latte, die jemand notdürftig mit ein paar Nägeln wieder befestigt hatte. Die Arbeit war so schlecht ausgeführt worden, dass ein handbreiter Spalt übrig geblieben war. Kim und Marie grinsten sich triumphierend an.

Marie lugte als Erste durch den Spalt. Im Inneren der Scheune war es ziemlich dunkel. Außer einer Leiter und ein paar aufgestapelten Heuballen konnte sie nicht viel erkennen. Aber als sie ihr Ohr an die Bretterwand legte, hörte sie etwas rascheln. Es klang seltsam, wie wenn jemand mit den Händen trockene Herbstblätter berührte.

Kim tippte Marie ungeduldig auf die Schulter. Sie wollte endlich auch auf den Beobachtungsposten. Nachdem sich ihre Augen an die Dunkelheit gewöhnt hatten, konnte Kim schemenhaft die Gestalt des Verwalters wahrnehmen. Er kehrte ihr den Rücken zu.

Und da war es wieder, das merkwürdige Rascheln. Vielleicht waren es Papiere, die Hans durchblätterte?

Auf einmal fing der Verwalter halblaut an zu reden. Doch sosehr sich Kim auch anstrengte, seine Stimme war zu leise. Sie konnte kein Wort verstehen. Nur eines wurde ihr schnell klar: Hans Schachner sprach nicht mit Paco. Seinem Hund gegenüber hatte er einen ganz speziellen, energischen Ton. Jetzt redete er freundlicher. Trotzdem spürte Kim, wie sich ihre Nackenhaare aufstellten. Es schwang etwas Gefährliches in seiner Stimme mit. Stand er gerade vor seinem Entführungsopfer? Bedrohte er den armen Toni, der sich nicht wehren konnte, weil Hans Schachner ihn gefesselt und geknebelt hatte?

Wut stieg in Marie hoch. Sie war kurz davor, mit der Faust die Latte einzuschlagen, in die Scheune zu stürzen und Toni zu befreien. Mit Überraschungsaktionen hatten die drei !!! schon öfter gute Erfahrungen gemacht.

Marie versuchte Kim mit Zeichensprache klarzumachen, was sie vorhatte, da schlug plötzlich Paco an. Er bellte wütend. Seine Pfoten kratzten über den Holzboden. Sein Bellen kam näher. Gefährlich nah. Er hatte sich den Geruch eingeprägt, als er an der Nische vorbeigelaufen war. Er hatte sie wiedererkannt!

Kim und Marie sahen sich panisch an. Noch einmal würde Paco sich nicht von seinem Herrchen beruhigen lassen.

»Ist da jemand?«, hörten sie prompt die misstrauische Stimme des Verwalters.

Kim und Marie machten auf dem Absatz kehrt. Schnell rannten sie um die Scheune herum, rissen das Gartentor auf und flüchteten. Pacos heiseres Bellen verfolgte sie bis zur Hauptstraße, als sie längst in Sicherheit waren.

Keuchend blieb Marie vor einem Souvenirladen stehen. »Dieser Mistkerl! Er hat Toni in der Scheune eingesperrt, da bin ich mir sicher! Ich schäme mich so. Wir hätten Toni befreien müssen.«

Kim seufzte. »Gegen Paco und Hans hätten wir keine Chance gehabt. Wir werden zurückkommen, am besten noch heute Abend. Wir lassen Toni nicht im Stich!«

»Und wir nehmen Franzi als Verstärkung mit. Ich schicke ihr eine SMS, dass wir uns gleich hier im Tal zur Lagebesprechung treffen.« Marie schob die Sonnenbrille zurück ins Haar. Ihre blauen Augen blitzten vor Entschlossenheit, als sie ihr Handy aus der Anoraktasche holte. »Zu dritt sind wir unschlagbar!«

Unschlüssig stand Franzi in der Lobby des Hotels und überlegte, was sie tun sollte. Da winkte die Empfangschefin sie an die Rezeption.

Als Franzi zu ihr hinging, sagte sie mit einem bedauernden Lächeln: »Herr Brugger hat leider einen dringenden Termin. Vielleicht möchtest du ihm eine Nachricht hinterlassen?« Frau Maurer schob Franzi Notizblock und Kugelschreiber hin. »Bitte schreib auch deinen vollständigen Namen auf.«

»Vielen Dank, das ist nicht nötig. Ich habe bereits kurz mit Simon gesprochen. Es ging um den Skikurs, den wir bei ihm gebucht hatten.« Plötzlich hatte Franzi eine Idee. »Simon ist so ein toller Lehrer!«, schwärmte sie begeistert. »Seine Tipps sind unglaublich motivierend.«

Das höfliche Lächeln der Empfangschefin verwandelte sich in ein Strahlen. »Das freut mich. Ja, Simon ist wirklich großartig!«

»Sie kennen ihn schon länger?«, hakte Franzi sofort nach.

Frau Maurer nickte eifrig. »Ich kenne Simon und seinen Bruder praktisch seit ihrer Geburt. Ich war ihre Kinderfrau.«

Franzi machte vor Freude innerlich einen Luftsprung. Die Empfangschefin schien ins Plaudern zu kommen. »Das ist ja toll! Waren die beiden als Kinder auch schon so nett?«

»Nett ist gar kein Ausdruck!« Frau Maurer hatte völlig vergessen, dass sie eigentlich die Rolle der freundlichen, aber distanzierten Hotelangestellten spielen sollte. »Jeder hat sie sofort ins Herz geschlossen. Sie waren unzertrennlich. Machten alles gemeinsam. Da war immer so ein unsichtbares Band zwischen den beiden … Wie soll ich es erklären? … Ein Band der Harmonie!«

»Das hört sich schön an«, sagte Franzi. Sie stützte sich auf den Tresen und beobachtete jede Regung im Gesicht der Empfangschefin. Die Art, wie sie das gute Verhältnis der Brüder betonte, klang ein bisschen übertrieben, aber anscheinend war Frau Maurer ein besonders mütterlicher, emotionaler Typ.

Franzi holte tief Luft, bevor sie die entscheidende Frage stellte. »Es tut mir so leid … Ich meine das mit dem Lawinenunglück und mit Toni. Haben Sie auch von dem Wettrennen gehört?«

Die Mundwinkel der Empfangschefin zuckten. Plötzlich wurde ihr klar, dass sie aus ihrer Rolle gefallen war. »Das mit Toni ist wirklich schrecklich. Ich hoffe, sie finden ihn schnell. Aber von einem Wettrennen weiß ich nichts«, antwortete sie, jetzt wieder mit ihrem professionellen Lächeln.

»Aber früher sind Simon und Toni bestimmt oft gemeinsam Ski gelaufen und haben sicher immer mal wieder ein Wettrennen veranstaltet?«, fragte Franzi.

Frau Maurer ordnete die Hausprospekte, bis sie mit allen Kanten exakt aufeinanderlagen. »Ja, sicher. Die Kinder hier im Tal laufen oft um die Wette. Simon und Toni waren da keine Ausnahme.«

»Und wer war der bessere Skiläufer?« Franzi ließ nicht locker. »Ich kann mir vorstellen, dass es Toni gewesen ist.«
Die Empfangschefin hob die Schultern. »Sie waren beide gut. Simon war schon immer ehrgeizig und konnte manchmal ganz schön temperamentvoll sein. Toni war früher schon ruhiger und sensibler.« Als sie von Toni sprach, hatte sie einen versonnenen Gesichtsausdruck und ihre Stimme wurde weich.
In Franzis Hosentasche vibrierte ihr Handy. Rasch brachte sie das Gespräch zum Ende. »Der Lawinensuchtrupp wird Toni schon finden! Ganz bald.« Sie verabschiedete sich von der Empfangschefin, die jetzt ziemlich nachdenklich wirkte. Danach verließ Franzi das Hotel und las Maries SMS.

# Von wegen Harmonie!

»Hier lässt es sich aushalten!«, seufzte Marie zufrieden und lehnte sich in ihrem Korbstuhl zurück.

Kim, Franzi und Marie hatten den schönsten Platz im *Café Bergblick*, einem Lokal am südlichen Ortsrand, ergattert. Sie saßen im Wintergarten direkt am Fenster mit Blick auf das Bergpanorama. Vor ihnen standen drei dampfende Tassen Kakao, der mit dem Aroma von Mozartkugeln verfeinert war.

Genießerisch nahm Kim den ersten Schluck. »Lecker! Fast so gut wie unser *Kakao Spezial* mit Vanille-Aroma. Und diese Sachertorte hier zergeht auf der Zunge!«

Franzi sah ihrer Freundin amüsiert beim Schlemmen zu. Sie selbst hatte nach einem halben Stück Torte aufgegeben, weil ihr die Kalorienbombe einfach zu mächtig war. »Also, wie ist es bei euch gelaufen?« Franzi wollte so schnell wie möglich auf den neuesten Stand der Ermittlungen gebracht werden.

»Ganz gut«, sagte Marie. Sie erzählte von der Beschattungsaktion, der Scheune und dem dringenden Verdacht, dass Hans Toni dort versteckt hielt.

Franzi schlug mit der Faust auf den Tisch. »Der Mistkerl! Wahrscheinlich telefoniert er jetzt gerade mit Tonis Vater und verlangt eine horrende Summe als Lösegeld. Anscheinend spielt bei der Familie Brugger Geld keine Rolle, aber bisher haben wir keinen Hinweis, dass eine Lösegeldforderung bei seinem Vater eingegangen ist.«

»Wir müssen Toni befreien«, sagte Kim energisch. »Ich hab

auch schon eine Idee, wie wir das anstellen können. Aber erst musst du erzählen, Franzi, was bei dir passiert ist.«
Kim und Marie lauschten mit offenen Mündern, während Franzi von dem Gespräch zwischen Herrn Brugger und Simon über eine gewisse Urkunde, dem kurzen Treffen mit Simon und von ihrer aufschlussreichen Unterhaltung mit der Empfangschefin berichtete.
»Simon hat sich ziemlich seltsam verhalten, finde ich«, stellte Marie fest. »Es gab ein Wettrennen zwischen ihm und Toni, da bin ich mir sicher. Und dass Simon es plötzlich so eilig hatte, bedeutet, dass auch er etwas zu verheimlichen hat. Und was diese rätselhafte Urkunde angeht …«
Kim stellte ihre Tasse so abrupt ab, dass der Kakao über den Rand schwappte. »Wisst ihr, was ich gerade denke? Vielleicht hat *er* ja seinen Bruder entführt. Oder Hans Schachner und er stecken unter einer Decke! Sie könnten Toni gemeinsam entführt haben.«
Die Vermutungen klangen zu verrückt, um wahr zu sein. Aber Franzi hatte in ihrer Laufbahn als Detektivin schon öfter böse Überraschungen erlebt. Gerade die besten »Freunde« oder Verwandte der Opfer entpuppten sich manchmal als Täter. »Ja, vielleicht hast du recht«, sagte Franzi zögernd. »Wenn wir nur mehr über dieses Wettrennen, die Urkunde und den Plan über Tonis Tagesablauf wüssten. Für mich ergibt das alles immer noch keinen Sinn.«
»Für mich auch nicht«, stöhnte Marie. »Um mehr über das Wettrennen herauszufinden, müssen wir uns noch mal dringend Chrissie vorknöpfen. Aber jetzt brauche ich erst mal eine kurze Pause zum Nachdenken.« Sie angelte sich ihr

Schminketui aus der Handtasche und verschwand in Richtung Damentoilette.
Kim und Franzi blieben schweigend am Tisch zurück. Franzi zerbrach sich den Kopf über Simons Tatmotiv. Geld konnten sie ausschließen, weil er aus einer wohlhabenden Familie stammte. Aber was war es dann? Eifersucht? Unwahrscheinlich. Die Brüder verstanden sich doch gut, das hatte sie am ersten Tag selbst erlebt. Und das hatte ihr auch die Empfangschefin im Hotel bestätigt. Was auch immer Simons Motiv sein mochte, jetzt mussten sie erst einmal Toni befreien und dann den Täter überführen!
Kim bestellte eine Linzer Schnitte, um sich mit neuer Nervennahrung zu versorgen. Als die Schnitte gebracht wurde, mussten sie bezahlen, weil die Bedienung Schichtwechsel hatte. Kim legte den Betrag für Marie aus.
Plötzlich schoss Marie auf ihren Tisch zu. »Los, kommt mit, sofort!«
»Aber ich hab doch noch gar nicht aufgegessen!«, rief Kim.
Marie ignorierte ihren Protest und zerrte sie unsanft vom Stuhl hoch. »Ich hab was gesehen!«
Spätestens jetzt war Kim klar, dass es sich um einen Ernstfall handelte. Die drei !!! rannten aus dem Café.
»Da vorne, ist das nicht Toni? Er ist gerade aus dem Haus neben unserem Café gekommen.« Marie zeigte auf eine männliche Gestalt, die eilig den Gehsteig entlanglief. Sie war dick vermummt mit Mütze und Schal und steckte in einem dunklen Anorak. Leider sahen sie nur ihren Rücken. Außerdem war der Mann schon ziemlich weit weg.
»Keine Ahnung«, sagte Franzi verwirrt. Sie hätte Toni in der

Scheune vermutet, vielleicht auch in der Nähe der Waldabfahrt, begraben unter Unmengen von Schnee – nur nicht alleine hier im Dorf.

Kim, die sich von allen Menschen, denen sie zum ersten Mal begegnete, die genaue Personenbeschreibung einprägte, kniff die Augen zusammen. »Von der Statur her könnte er es sein. Los, hinterher!«

Sie sprintete los, wurde aber bald von Franzi und Marie überholt. Franzi, die Sportlichste der drei !!!, gab alles. Sie holte den Vorsprung des Mannes auf. Nur noch ein paar Meter trennten sie von ihm. Gleich würde sie wissen, ob es wirklich Toni war.

Plötzlich hielt ein schwarzes Auto mit quietschenden Bremsen neben dem Mann. Die Beifahrertür wurde aufgerissen. Blitzschnell stieg der Mann ein und der Wagen brauste davon. Franzi hatte gerade noch genug Zeit, sich das Kennzeichen zu merken. Um es nicht zu vergessen, schrieb sie es sofort mit einem Kugelschreiber auf ihren Handrücken.

Da kam auch schon Marie angelaufen, gefolgt von Kim, die sich die Mütze vom Kopf riss, weil ihr vom Laufen warm geworden war.

»Konntest du ihn noch erkennen?«, fragte Marie atemlos. »Hast du sein Gesicht gesehen?«

Franzi schüttelte den Kopf. »Leider nicht. Nicht mal beim Einsteigen hat er sich umgedreht.«

»Mist!«, schimpfte Kim. »Wir waren so dicht dran.«

Enttäuscht blieben die drei !!! auf dem Gehsteig stehen und starrten dem schwarzen Auto nach, das schon bald um die Ecke verschwand.

»Hab ich das jetzt geträumt oder ist das wirklich passiert?«, murmelte Franzi. »Autsch!«, rief sie, als Marie ihr in den Arm kniff.

»Ich wollte dir nur beweisen, dass es real war«, sagte Marie mit unschuldigem Augenaufschlag.

Franzi rieb sich den schmerzenden Arm. Dabei schossen ihr lauter brennende Fragen durch den Kopf. War das eben Toni gewesen? Wenn ja, war er freiwillig ins Auto gestiegen? War er gerade auf der Flucht vor seinem Entführer? Vor Hans oder vor Simon? War einer der beiden der Fahrer des Autos gewesen? Brachte er seine Geisel an einen anderen, noch sichereren Ort?

»Komm, sag mir mal das Autokennzeichen«, forderte Kim Franzi auf. »Ich simse es an Kommissar Peters. Er soll den Halter des Fahrzeugs für uns herausfinden.«

»Gute Idee«, sagte Franzi. Kommissar Peters war mit Maries Vater befreundet und hatte den Detektivinnen schon oft bei ihren Ermittlungen geholfen. Er hielt große Stücke auf ihre Arbeit, war aber leider manchmal ein bisschen überängstlich.

Kaum hatte Kim die SMS abgeschickt, klingelte ihr Handy. Es war der Kommissar höchstpersönlich. Kim stellte den Lautsprecher an, damit Marie und Franzi mithören konnten.

»Sagt bloß, ihr seid schon wieder in einen neuen Fall hineingeraten!«, sagte Kommissar Peters und ohne Kims Antwort abzuwarten: »Wie oft soll ich euch noch warnen, wie gefährlich das werden kann?«

»Es geht uns gut«, versuchte Kim ihn zu beruhigen. »Wir sind in Österreich im Skiurlaub.« Sie versicherte, dass sie den

Fall voll im Griff hätten. Sie bräuchten nur die Info über den Halter eines Fahrzeugs.
»Hm, die Gemeinde, in der das Auto zugelassen wurde, kommt mir bekannt vor«, sagte Kommissar Peters nachdenklich. »Moment mal! Seid ihr etwa in dem Ort, an dem vorgestern das Lawinenunglück passiert ist?«
»Ja, schon …«, fing Kim an.
Der Kommissar ließ sie nicht ausreden. »Was auch immer ihr gerade tut, ihr müsst sofort damit aufhören!«
Kim hielt eine Hand auf die Lautsprecheröffnung und stöhnte. Dann nahm sie die Hand wieder weg und redete mit Engelszungen auf Kommissar Peters ein. Dass sie natürlich wie immer äußerst vorsichtig vorgehen würden und wirklich nur den Namen des Fahrzeughalters bräuchten.
Der Kommissar blieb stur. Er weigerte sich, ihnen mit einer Auskunft über das Autokennzeichen zu helfen, und drängte Kim, ihm alle Details der bisherigen Ermittlungen weiterzugeben, damit sich die Polizei vor Ort einschalten konnte.
»Das würde ich ja gerne tun«, sagte Kim geduldig. »Aber bis jetzt ist noch gar kein Verbrechen passiert. Wir haben nur vage Vermutungen.«
Endlich beruhigte sich Kommissar Peters. Beim Thema Autokennzeichen konnte sie ihn leider nicht umstimmen. Enttäuscht legte sie auf. »So was Blödes! Jetzt sind wir genauso weit wie vorher.«
»Wir werden es auch ohne den Kommissar schaffen, Toni zu finden«, tröstete Marie.
Franzi war sich da nicht so sicher. Es gab zu viele verwirrende Spuren in diesem Fall.

Kim steckte ihr Handy ein. Dabei fiel ihr auf, wie spät es schon war. Wenn sie zum Mittagessen wieder im Tannenwinkel sein wollten, mussten sie bald den Skilift nehmen. Bedrückt machten sich die Detektivinnen auf den Heimweg. Kurz hinter dem *Café Bergblick* hörten sie plötzlich Kirchenglocken und Kinderlärm. Offenbar war der Kindergottesdienst gerade aus. Aus der Kirche stürzten die Kinder wie eine wilde Horde heraus.

Der Pfarrer, der mit seiner runden Brille ein bisschen wie ein Märchenonkel aussah, versuchte, die Bande in den Griff zu bekommen. »Langsam, langsam!«, mahnte er.

Die Kinder achteten nicht auf ihn. Lachend schoben sie ihn zur Seite und rannten weiter. Irgendwann gab der Pfarrer auf. Seufzend schob er seine Brille höher auf die Nase und murmelte: »Diese Kinder heutzutage! Die sind ja noch wilder als Simon damals …«

Kim, Franzi und Marie blieben wie angewurzelt stehen. »Haben Sie eben von Simon Brugger gesprochen?«, fragte Marie.

Der Pfarrer sah sie freundlich an. »Ja, das habe ich. Kennt ihr ihn denn?«

»Ja! Er ist der Skilehrer von mir und meinen Freundinnen hier«, erzählte Marie. »Wir mögen ihn alle total gern.« Plötzlich hatte sie eine Idee. »Das mit seinem Bruder Toni und dem Lawinenunglück ist wirklich furchtbar. Wir würden Simon gerne zur Aufmunterung ein kleines Buch mit Erinnerungen basteln«, behauptete sie. »Seine alten Freunde sollen darin natürlich auch vorkommen. Mit wem war Simon denn früher befreundet?«

Der Pfarrer schöpfte keinen Verdacht. Bereitwillig gab er Auskunft. »Ja, der arme Toni … Also Simon und er waren eng mit Hans Schachner befreundet, unserem Lawinenhundführer. Die Freundschaft dauerte fast die ganze Schulzeit über an. Später gab es dann Streit, ich glaube wegen eines Mädchens. Die drei sind furchtbar aneinandergeraten. Ich kann mich noch gut erinnern, weil ich vergeblich versucht habe zu schlichten. Ab diesem Zeitpunkt gingen sie getrennte Wege und wollten nichts mehr voneinander wissen. Selbst heute, Jahre später, ist zwischen ihnen immer noch eine Art Feindschaft. Tja, und dann gab's da noch den Florian, der …«
Marie unterbrach den Pfarrer und strahlte ihn an. »Tausend Dank! Sie haben uns sehr geholfen.«
»Jetzt müssen wir leider ganz schnell los«, sagte Kim. »Sonst verpassen wir den Skilift.«
Die drei !!! ließen den Pfarrer stehen und rannten weiter.
Im Laufen sagte Franzi: »Das war ja echt interessant. Was für ein Zufall, dass wir den Pfarrer getroffen haben!«
»Allerdings«, sagte Marie. »Eins hätten wir wenigstens geklärt: Simon steckt doch nicht mit Hans unter einer Decke, ihre Freundschaft scheint endgültig vorbei.«
Kim nickte. »Ja, das würde keinen Sinn ergeben. Sein Tatmotiv fand ich sowieso sehr wackelig. Er hat sich doch so gut mit seinem Bruder verstanden. Als reicher Sohn hat er auch genug Geld und kein Motiv, Lösegeld für eine Entführung zu … zu erpressen.« Kim blieb keuchend stehen, weil sie Seitenstechen bekommen hatte.
»Los, jetzt nicht schlappmachen!«, spornte Franzi ihre Freundin an. »Die letzten Meter schaffst du auch noch!«

# Nächtliche Rettungsaktion

Es fiel nicht weiter auf, dass die drei !!! ein bisschen zu spät zum Mittagessen kamen. Tom war so k. o. nach der anstrengenden Skiwanderung, dass er keine Fragen stellte. Die Superzicken waren zum Glück auch schachmatt gesetzt. Verena war sogar zu erschöpft, um ihren Nachtisch zu essen. Sie gähnte herzhaft, stand auf und verließ mit ihren Freundinnen den Gemeinschaftsraum.

Franzi sah ihr hinterher und auf einmal wurde ihr Herz schwer. Den ganzen Vormittag über hatte sie nicht an Felipe gedacht, weil der Fall sie so in Atem gehalten hatte. Auf eine weitere SMS von ihm hatte sie auch nicht reagiert. Aber durch Verena war Felipe plötzlich wieder ganz nah gerückt. Viel zu nah. Tief in Franzi bohrte eine quälende Frage: Hatte sie sich in ihm getäuscht? Hatte sie sich von ihm blenden lassen?

Franzi war so in Gedanken, dass sie Kims forschenden Blick nicht bemerkte. Erst als Kim sie direkt ansprach, zuckte sie zusammen.

»Du denkst bestimmt gerade an Felipe, oder?«, fragte Kim. »Vermisst du ihn sehr?«

Franzi wusste nicht, was sie antworten sollte. Sollte sie Kim und Marie endlich von dem Diebstahl und Felipes Lüge erzählen? Früher oder später würden sie es sowieso erfahren. Franzi zögerte den Augenblick der Entscheidung heraus. Und dann verließ sie der Mut. Wenn sie über diese schreckliche Sache reden würde, würde es nur noch mehr wehtun.

»Natürlich vermisst sie ihn«, sagte Marie. »Mensch, Kopf hoch, Franzi! Nur noch drei Tage, dann bist du wieder mit deinem süßen Felipe vereint. Und bis dahin haben wir hoffentlich unseren Fall gelöst.«
Franzi nickte. Plötzlich spürte sie wieder neuen Mut. Der Fall war ihr Rettungsanker. Sie würde all ihre Energie darauf verwenden, Tonis Verschwinden aufzuklären. Entschlossen stand sie auf. »Kommt, lasst uns mit Chrissie über das Wettrennen reden!«
Der Zeitpunkt passte. Franzis Schwester brach auch gerade auf. Gemeinsam gingen sie zu ihrer Hütte hinüber. Im Freien fing Chrissie wieder an zu husten.
»Brauchst du vielleicht einen Hustensaft?«, bot Kim an. »Bei uns hat der Saft heute Morgen super gewirkt. Wir hatten ja auch einen kleinen Anflug einer Erkältung, aber die ist jetzt zum Glück wieder ganz weg. Na, was meinst du? Hustensaft?«
Chrissie zog erstaunt die Augenbrauen hoch. »Oh … ja, das wär toll. Danke!«
Kim zwinkerte Franzi und Marie zu und machte sich schnell auf den Weg. Als sie zurückkam, hatten ihre Freundinnen Chrissie aufs Sofa verfrachtet, in zwei Decken gehüllt und ihr Kräutertee gekocht.
»Ihr seid aber lieb zu mir!« Franzis Schwester war ein bisschen überrascht über die plötzliche Freundlichkeit, aber sie genoss die Sonderbehandlung sichtlich.
Kim gab Chrissie einen Löffel voll Hustensaft. Währenddessen beschloss Franzi, es mit der Überrumpelungstaktik zu versuchen. »Wir wissen übrigens inzwischen, dass es ein

Wettrennen zwischen Simon und Toni gab. Und du warst dabei.«

Ihre Schwester verschluckte sich am Saft und musste heftiger husten als zuvor. Marie klopfte ihr beruhigend auf den Rücken. »Geht's wieder?«

»Ja, ja …«, krächzte Chrissie. Sie sah die drei !!! mit einer Mischung aus Bewunderung und Verärgerung an. »Ihr müsst eure neugierigen Nasen überall hineinstecken, was? Na schön. Wenn ihr es sowieso schon wisst: Ja, ich hab zufällig gesehen, wie Toni und Simon kurz vor dem Lawinenabgang ein Wettrennen veranstaltet haben. Ich war vorgestern in der Mittagspause kurz draußen.«

Von wegen kurz! Auf einmal fiel es Franzi wie Schuppen von den Augen. Chrissie hatte gesagt, das sie noch etwas zu erledigen hätte. Wahrscheinlich hatte sie bewusst auf der Piste nach Simon gesucht, weil sie den Flirt mit ihm vertiefen wollte.

»Das ist ja spannend«, sagte Marie. »Erzähl mal! Was hast du beobachtet?«

Chrissie nahm zuerst einen Schluck Tee. Sie stellte die Tasse ab und vermied es, die Detektivinnen direkt anzusehen. »Nicht viel. Beide sind sehr schnell auf der Piste unterwegs gewesen. Dann lag Simon in Führung. Aber wie das Rennen ausgegangen ist, weiß ich nicht. Ich bin den beiden nicht nachgefahren. Ich musste wieder zurück zum Tannenwinkel, schließlich kann ich als Aufsichtsperson die Gruppe nicht so lange allein lassen.«

»Alles klar.« Kim nickte. Sie hatte ihr Heft herausgeholt, das sie als Detektivtagebuch für unterwegs benutzte, und alles mitgeschrieben.

Franzi kannte ihre Schwester gut genug. Mehr würde sie nicht herausrücken. Franzi war sich ziemlich sicher, dass Chrissie nur einen Teil der Wahrheit erzählt hatte. Den Rest verschwieg sie nach wie vor. Aber wenigstens hatte sie endlich zugegeben, dass das Wettrennen nicht nur in ihren Fieberträumen stattgefunden hatte.
»Danke dir«, sagte Marie. Sie stand am Fenster und sah plötzlich, dass Simon draußen vorbeiging. Schnell gab sie Kim und Franzi ein Zeichen und beendete das Gespräch. »Du solltest dich jetzt ausruhen«, sagte sie im Krankenschwester-Ton zu Chrissie. »Du bist noch vom Fieber geschwächt.«
»Gute Besserung weiterhin!« Kim schenkte Franzis Schwester Tee nach. Dann ließen die drei !!! Chrissie alleine in der Hütte zurück und machten sich auf die Suche nach Simon. Um keine Zeit zu verlieren, gingen sie ohne Jacken raus.
Sie fanden den Skilehrer am Teich, wo er auf die Eisschollen starrte. Er trug keine Handschuhe.
»Hallo, Simon«, sagte Franzi leise.
Der Skilehrer drehte sich um. »Du schon wieder! Was willst du? Ich hab jetzt wirklich keinen Nerv für Kinderkram.«
»Es dauert nur ganz kurz«, versicherte Franzi. »Wir wollten dich nur noch mal wegen des Wettrennens was fragen. Du warst doch vor dem Lawinenunglück mit Toni auf der Piste, oder?«
Simons rechtes Augenlid zuckte. »Das würdest du wohl gerne wissen, was?«
Franzi ließ sich nicht so leicht abwimmeln. »Wir wissen, dass es stimmt.«

Simon antwortete nicht, aber da er nicht widersprach, interpretierte Franzi sein Schweigen als Zustimmung.
»Warum habt ihr dieses Wettrennen eigentlich gemacht?«
Der Skilehrer zuckte mit den Schultern. »Ach, nur so. Es gab keinen besonderen Grund.« Er versuchte gleichgültig zu wirken, war es aber offensichtlich nicht.
»Du hast doch sicher mitbekommen, was dann passiert ist«, hakte Kim nach. »Wo wurde Toni von der Lawine erwischt? Oder hatte er Glück und wurde gar nicht getroffen?«
»Ich weiß es nicht!« Simon klang jetzt müde und gereizt. »Ich hab ihn während der Fahrt aus den Augen verloren.« Das rechte Augenlid des Skilehrers zuckte wieder, während er sprach.
Franzi tauschte einen Blick mit Kim und Marie. Erzählte Simon wirklich die Wahrheit? Oder belog er sie?
»Aber die Lawine hast du noch gesehen?«, sagte Marie. Es war mehr eine Feststellung als eine Frage.
»Ja, schon!« Simon kickte ein Eisstückchen vom Rand in die Mitte des Teichs. Man merkte, dass ihm der letzte Satz herausgerutscht war. Er hatte sich in einem Widerspruch verstrickt und wusste es.
»Und warum hast du dann Toni nicht sehen können?«, fragte Franzi. So leicht kam Simon ihr nicht davon.
»Was wollt ihr eigentlich von mir?« Der Skilehrer vergrub die Hände in den Taschen seines Anoraks.
Kim, Franzi und Marie froren schrecklich in ihren Pullovern, aber sie bissen die Zähne zusammen und hielten durch.
Kim sah Simon ernst in die Augen. »Wir wollen deinen Bruder retten.«

Simon schluckte. »Das will ich auch. Hoffentlich finden wir ihn bald.« Er nickte den drei !!! zu und stapfte durch den Schnee in Richtung Mittelstation.
Kim, Franzi und Marie überlegten, ob sie ihn aufhalten sollten. Dann taten sie es doch nicht. Das Ganze nahm Simon anscheinend ziemlich mit. Die Detektivinnen konnten sich immer weniger vorstellen, dass er etwas mit dem Verschwinden seines Bruders zu tun haben könnte. Trotzdem durften sie die Möglichkeit nicht hundertprozentig ausschließen: Denn das Wettrennen war immer noch ein Rätsel.
»Lasst uns schnell reingehen«, sagte Kim mit klappernden Zähnen. »Sonst werden wir hier draußen noch zu Eiszapfen.« Sie legte einen erstaunlich schnellen Sprint hin und konnte diesmal sogar Franzi überholen.

Den Rest des Nachmittags verbrachten die drei !!! damit, die Ergebnisse der Ermittlungen noch einmal haarklein durchzugehen. Die Gruppe hatte den Nachmittag zur freien Verfügung und sie mussten nicht mehr so tun, als seien sie krank. Dabei ging ihnen nicht aus dem Kopf, dass der arme Toni möglicherweise in der Scheune gefangen gehalten wurde. Auch wenn sie nicht ganz sicher waren, schließlich konnte er mit dem Auto auch längst an einen anderen Ort gebracht worden sein.
Zwei Stunden vor dem Abendessen packten die drei !!! alles ein, was sie für ihren Einsatz brauchten, schnallten sich die Skier an und fuhren los. Es war bereits dunkel, aber zum Glück gab es Scheinwerfer am Rand der Piste, die ihnen den Weg ins Tal zeigten. Die Gehsteige und Straßen im Ort

waren voll. Die Skifahrer kehrten gerade lachend und schwatzend in ihre Hotels zurück. Marie beneidete sie um ihre Sorglosigkeit. Je weiter sie sich vom Ortskern entfernten, umso nervöser wurde Marie, weil sie an Paco denken musste. Der Hund war das größte Problem. Falls er Toni immer noch bewachte, mussten die Detektivinnen ihn irgendwie überlisten.

Franzi hatte Maries Gedanken erraten. »Mit Paco kommen wir schon klar. Vertrau auf mich – und auf die Wirkung der Salami!« Grinsend zog sie eine Wurst, die sie vorher von der freundlichen Köchin bekommen hatte, aus der Tasche ihres Anoraks.

Marie und Kim mussten lachen und die drei !!! gingen weiter. Kurz darauf erreichten sie ihr Ziel. Das alte Bauernhaus schien unter seiner dicken Schneehaube zu schlafen. Durch die Ritzen der Scheune drang kein Lichtschein. Das Tor war fest verschlossen und sie hörten keine Geräusche von drinnen. Trotzdem wollten sie auf Nummer sicher gehen und sich lieber von hinten anschleichen.

Kim streckte ihren Zeigefinger in die Luft, um die Windrichtung zu prüfen. »Ostwind«, flüsterte sie. »Lasst uns links um die Scheune herumgehen!«

Marie und Franzi nickten. Auf diese Weise würde Paco sie erst spät oder womöglich gar nicht bemerken. Als sie vor der herausgebrochenen Latte standen, überlegte Franzi zuerst, ob sie sich durch den Spalt quetschen konnte. Sie machte sich so schmal, wie sie konnte. Versuchte es einmal, zweimal, dreimal. Vergeblich. Der Spalt war zu eng.

Maries Blicke wanderten nach oben. Plötzlich fiel ihr am un-

teren Rand des schräg abfallenden Daches der Scheune eine Luke auf. Aufgeregt zeigte sie Franzi ihre Entdeckung.
Franzi spuckte sofort in die Hände. Sie ignorierte Kims »Tu's nicht, das ist viel zu gefährlich!«. Wie eine Katze kletterte sie auf die Buche neben der Scheune. Als sie auf der Höhe der Luke angekommen war, setzte sie vorsichtig den linken Fuß in die Dachrinne, griff mit der rechten Hand nach und schwang sich hinüber. Keuchend schaufelte sie den Schnee von der Luke. Darunter kam eine einfache Klappe zum Vorschein. Der Griff klemmte. Franzi keuchte vor Anstrengung. Endlich hatte sie es geschafft. Die Luke ging auf. Franzi beugte sich vor und starrte hinunter in die Dunkelheit. Nach einer Weile konnte sie schemenhaft eine Leiter und aufgestapelte Heuballen erkennen. Einen Hund sah sie nicht. Menschen auch nicht, aber das mochte noch nichts heißen.
Sollte sie? Sollte sie nicht? Franzis Herz klopfte schneller. Dann gab sie sich einen Ruck und sprang. Sie landete auf weichem Heu. Eine Weile blieb sie ganz ruhig liegen und lauschte. Der Wind strich um die Außenwände der Scheune. Ansonsten drang kein Geräusch an ihre Ohren. Und sehen konnte sie immer noch niemanden. Franzi knipste ihre Taschenlampe an. Als sie den Lichtschein einmal herumkreisen ließ, bestätigte sich ihre Vermutung.
Franzi sprang das letzte Stück zum Boden hinab, lief zu einer Seitentür und schob den Riegel zurück. »Die Luft ist rein!«
Kim und Marie schlüpften schnell in die Scheune. Marie klopfte Franzi bewundernd auf die Schulter. »Was würden wir bloß ohne dich machen?«
»Ich hatte solche Angst!«, stöhnte Kim. »Geht's dir gut?«

»Klar.« Franzi klopfte sich ein paar Strohhalme von der Skihose. »Paco hat mich nicht gefressen. Er ist gar nicht da. Toni übrigens auch nicht.«
Marie machte ein langes Gesicht. Sie hatte es sich so schön vorgestellt, als starke Heldin den hilflosen Skilehrer zu retten. »Hast du wirklich gründlich gesucht?«, fragte sie.
Marie und Kim schalteten ihre Taschenlampen ein. Zu dritt stellten sie die komplette Scheune auf den Kopf, konnten Toni aber nicht finden. Stattdessen entdecken sie im hinteren Teil der Scheune, versteckt zwischen zwei Heuballen, einen Schreibtisch, Kopierer, Laptop und Drucker. Alle Geräte waren eingeschaltet. Es wirkte, als ob der Benutzer die Scheune nur kurz verlassen hatte.
»Ein ziemlich merkwürdiger Ort, um sich ein Büro einzurichten, findet ihr nicht auch?« Marie krauste die Stirn.
Franzi nickte. »Jemand, der sich hier versteckt, hat was zu verheimlichen. Fragt sich nur, was.«
Kim ging in die Knie und fischte grinsend ein paar Papierseiten aus dem Drucker. »Jetzt bin ich aber mal gespannt, was da draufsteht.«

# Enthüllungen

Verblüfft starrten die drei !!! auf die erste Seite. Im Leuchtkegel von Kims Taschenlampe erschien eine fett gedruckte Titelzeile: *Die Wahrheit über Toni Brugger – Sein Leben, erzählt von Hans Schachner.*

»Ich glaub's nicht!«, rief Marie. »Das müsst ihr euch mal auf der Zunge zergehen lassen.« Neugierig blätterte sie weiter und las den ersten Abschnitt der zweiten Seite vor: »Toni Brugger gehört zu den beliebtesten Menschen im Ort. Er stammt aus einer angesehenen Familie und zeichnete sich bereits in der Schule durch Fleiß und Zuverlässigkeit aus. Seine Freunde schätzen ihn für seine Freundlichkeit und die Bedürftigen unserer Region für seine Großzügigkeit. Ist Toni Brugger perfekt? Nein, er ist es keineswegs. In meiner Funktion als Heimatautor halte ich es für meine Pflicht, alle darüber aufzuklären, wie Toni wirklich ist. Denn der verwöhnte Hotelierssohn hat moralische Abgründe, die jeden meiner Leser zutiefst erschrecken werden.«

Kim schielte auf den nächsten Absatz. »Hier wird es erst richtig gehässig. Ich fürchte nur, wir haben keine Zeit weiterzulesen.«

»Du hast recht«, sagte Franzi. Jederzeit konnte Schachner mit Paco hereinspazieren. Außerdem mussten sie bald los, sonst verpassten sie den letzten Skilift. Franzi nahm Marie die Blätter aus der Hand und ging damit zum Kopierer.

Kim nahm sich inzwischen den Laptop vor. Drei Fotodateien waren offen. »Kommt alle mal her!«, rief sie aufgeregt.

Sofort waren Marie und Franzi bei ihr und schauten ihr über die Schulter. Die Fotos, die der Lawinenhundführer sich kürzlich angeschaut hatte, zeigten alle ein hübsches, blondes Mädchen. Aus dem Dateinamen konnten sie entnehmen, dass das Mädchen Frieda hieß. Auf einem Foto legte ein deutlich jüngerer Hans Schachner stolz den Arm um Frieda. »Verliebt und endlich verlobt!« hieß dieses Foto. Auf einem anderen Foto, das laut Dateiname etwa ein halbes Jahr später aufgenommen worden war, küsste plötzlich Toni Frieda. Der Verwalter hatte das Bild bearbeitet und rot durchgestrichen. Auf dem letzten Foto sah man Frieda traurig und allein auf einer Bank sitzen. Der Dateiname lautete: *Frieda, nachdem Toni sie verlassen hat. Das wirst du büßen, Toni!*
»Erinnert ihr euch noch, was der Pfarrer erzählt hat?«, sagte Marie. »Dass Simon und Toni sich furchtbar mit Hans Schachner gestritten haben, wegen eines Mädchens?«
Kim drehte sich zu Marie um und kniff die Augen zusammen. »Ja, klar! Toni hat Hans die Verlobte ausgespannt und später wieder fallen gelassen. Seither ist Hans anscheinend extrem verbittert und möchte sich an Toni rächen. Sein Tatmotiv ist Eifersucht!«
»Deshalb hat er diese Enthüllungsbiografie geschrieben«, sagte Franzi. Sorgfältig schob sie die Kopien unter ihren Pullover und machte den Anorak wieder zu.
Marie fügte eine weitere Schlussfolgerung hinzu. »Und die Datei mit Tonis Gewohnheiten und Tagesabläufen hat er zur Recherche gebraucht.« Marie zückte ihr Handy und fotografierte die Beweisfotos vom Bildschirm ab.
»Jetzt müssen wir aber wirklich los!«, rief Kim erschrocken,

nachdem sie einen kurzen Blick auf ihre Armbanduhr geworfen hatte.
Die drei !!! verließen die Scheune, schlossen das Tor und rannten, so schnell sie konnten, zur Talstation. Sie erwischten gerade noch rechtzeitig den letzten Skilift.
Während ihre Gondel über die verlassenen Pisten glitt, lehnte Franzi sich stöhnend gegen die Fensterscheibe. Dann sprach sie die Frage aus, die alle quälte: »Wo ist Toni?«
Marie zuckte mit den Schultern. »Keine Ahnung. Ich glaube ja nach wie vor, dass Hans Schachner ihn entführt hat. Wahrscheinlich war ihm die Scheune als Versteck nicht mehr sicher genug. Deshalb hat er Toni mit dem Auto an einen anderen Ort gebracht.«
Kim holte das Detektivtagebuch aus ihrem Rucksack. Sie musste die neuen Erkenntnisse unbedingt sofort aufschreiben. Das würde Ordnung in ihren Kopf bringen. Doch plötzlich hatte sie eine Idee und klappte das Heft energisch wieder zu. »Was haltet ihr davon, wenn wir Hans Schachner mit den Beweisen konfrontieren? Sobald wir zurück sind, sollten wir ihn direkt darauf ansprechen.«
»Genau!«, sagten Franzi und Marie gleichzeitig.

Beim Abendessen erlebten die Detektivinnen eine herbe Enttäuschung. Der Verwalter war nicht da. Von der Köchin erfuhren sie, dass er vor einer Stunde ins Tal gefahren war, angeblich zu einem Krisentreffen der Lawinenhundführer, weil Toni immer noch spurlos verschwunden war. Die drei !!! mussten sich bis zum nächsten Morgen gedulden.
Enttäuscht kürzten sie das Abendessen ab und gingen zu

ihrer Hütte hinüber. Chrissie, die sich für das Abendessen zu schlapp gefühlt hatte, schlief schon. Erst jetzt merkten Kim, Franzi und Marie, wie anstrengend der Tag gewesen war. Sie redeten noch ein bisschen am Kaminfeuer. Doch bald verdrückten sie sich gähnend in ihre Betten.
Sobald das Licht aus war, schliefen Kim und Marie ein. Franzi hörte es an ihren tiefen, gleichmäßigen Atemzügen. Sie selbst war auch hundemüde, doch kaum hatte sie die Augen zugemacht, sah sie Felipe vor sich, und schlagartig war sie wieder hellwach. Eine Weile wälzte Franzi sich im Bett herum. Dann stand sie leise auf, schlich auf Zehenspitzen zum Schrank und holte den Stoffbeutel heraus, den sie dort zwischen ihren Pullis versteckt hatte. Mit dem Beutel in der Hand ging sie hinüber ins Wohnzimmer.
Das Feuer im Kamin brannte noch. Franzi legte ein Holzscheit nach. Als die Flammen aufflackerten, setzte sie sich im Schneidersitz auf das Schaffell und öffnete den Stoffbeutel. Langsam holte sie den Rosenquarz und das Foto heraus. Wie glücklich sie beide auf diesem Foto aussahen! Felipe und Franzi. Ihre Namen begannen mit demselben Buchstaben. Sie gehörten zusammen, für immer. Das hatte Franzi zumindest bisher gedacht.

*Ich bewundere dich.*
*Ich liebe dich.*
*Du bist alles für mich.*

Franzi wiederholte flüsternd die Zeilen des Liebeszaubers und umklammerte dabei den Rosenquarz. Plötzlich musste sie weinen. Sie konnte Felipe nicht mehr bewundern. Er hatte sie belogen. Wenn er etwas anderes getan hätte – sie bei einem Date versetzt oder ihren Geburtstag vergessen hätte –, das wäre auch schrecklich gewesen, aber nicht so schrecklich wie eine Lüge.

Das Holzscheit zerbarst in der Mitte. Die zwei Teile fielen in die Glut und wurden sofort schwarz. Franzi schluchzte auf. Sie wusste nicht, was schlimmer für sie war: dass Felipe ein Dieb war oder dass er sie angelogen hatte. Blind vor Tränen suchte sie in ihren Hosentaschen nach einem Taschentuch. Endlich fand sie eins, das schon ziemlich zerknüllt war. Doch bevor sie hineinschnäuzen konnte, piepste ihr Handy. Felipe hatte ihr wieder eine SMS geschickt. Schon die dritte an diesem Tag.

*Franzi! Bitte melde dich.*
*Ich werde noch verrückt ohne ein Lebenszeichen von dir.*
*F.*

Am liebsten hätte Franzi ihr Handy ins Feuer geworfen. Sie wollte nichts mehr von Felipe hören. Sie wollte für immer hierbleiben, in dieser abgeschiedenen Hütte, einsam und alleine, und ihre Ruhe haben. Aber Felipe würde nicht lockerlassen. Er hatte die Handynummern von Kim und Marie. Wenn sie auf seine SMS nicht endlich reagierte, würde er ihre Freundinnen mit Nachrichten bombardieren.

Franzi schnäuzte sich, wischte sich energisch die Tränen aus dem Gesicht und simste Felipe zurück:

*Brauche Zeit. Lass uns reden, wenn ich wieder zu Hause bin.*

Danach schaltete sie das Handy sofort aus und ging zu Bett. Weit nach Mitternacht fand sie endlich den Schlaf, der ihren Kummer für ein paar Stunden auslöschte.

# Schauspieltricks

Irgendwann zwischen Mitternacht und 2 Uhr morgens hatte Franzi beschlossen, sich ab jetzt noch intensiver in die Ermittlungen zu stürzen und alles andere, was nicht mit dem Fall zu tun hatte, aus ihrem Kopf zu verdrängen. Als sie um 6:30 Uhr nach einer viel zu kurzen Nacht aufwachte, sprang sie sofort aus dem Bett und zog Kim und Marie die Decken weg. »Los, aufstehen, ihr Murmeltiere! Ein neuer Tag wartet auf drei clevere Detektivinnen!«
»Dann soll er noch ein bisschen länger warten!«, stöhnte Kim, schnappte sich ihre Decke und kuschelte sich wieder hinein.
Marie drehte sich zu ihrem Nachttisch, um auf den Wecker zu sehen. »Es ist noch nicht mal 7 Uhr! Du bist verrückt.«
Franzi grinste ungerührt. »Nein, ich bin vorausschauend und klug. Wir müssen Tom bezirzen, damit er uns heute wieder skifrei gibt.«
Das Argument leuchtete ihren Freundinnen ein. Endlich quälten sie sich aus ihren Betten und schlurften hinüber ins Bad. Chrissie schlief noch. Zum Glück hatte sie auch von ihrem gestrigen Ausflug ins Tal nichts mitbekommen.

Punkt 7 Uhr betraten die drei !!! den Gemeinschaftsraum. Wie Franzi vermutet hatte, war weit und breit kein Teilnehmer der Skifreizeit in Sicht. Nur Tom Schüring saß vor seiner ersten Tasse Cappuccino und blätterte müde in der Zeitung.

»Na, schon so früh auf den Beinen?«, fragte er überrascht. »Euch scheint es ja wieder gut zu gehen. Ihr könnt es wohl kaum erwarten, auf die Piste zu kommen.«
»Nicht direkt«, sagte Franzi ausweichend. Die Detektivinnen rückten Stühle heran und setzten sich an Toms Tisch. Kim kehrte die gute Erziehung heraus, auf die ihre Mutter so großen Wert legte. »Wir haben eine Bitte an dich, Tom. Wir würden heute sehr gerne in der Bibliothek stöbern. Da gibt es so viele spannende Bücher, das haben wir gestern erst entdeckt. Hättest du was dagegen, wenn wir hierbleiben?«
Tom Schüring war nicht besonders begeistert. »Ich finde es nicht so gut, wenn ihr euch heute abseilt. Wir sind eine Gruppe und die zeichnet sich dadurch aus, dass man Sachen gemeinsam macht.«
Mit dem Einwand hatte Marie gerechnet. Mit einer Engelsgeduld hörte sie zu und nickte eifrig. »Ich bin ganz deiner Meinung, Tom! Nur in diesem Fall wäre es echt toll, wenn du eine Ausnahme für uns machen würdest. Wir wollen nämlich unbedingt die Bücher von Hans Schachner lesen, bevor wir abreisen.«
»Und übermorgen sind wir ja schon wieder daheim«, ergänzte Franzi. »Diese einmalige Gelegenheit wollen wir uns nicht entgehen lassen.«
Tom Schüring war beeindruckt von so viel Interesse an Heimatbüchern über die Region. Er schwankte, obwohl er immer noch versuchte, den strengen Betreuer herauszukehren. Marie lächelte ihn extra lieb an. »Tom! Du bist der Beste. Dürfen wir heute im Tannenwinkel bleiben? Bitte!«
Die drei Detektivinnen hatten ihn fast überzeugt. Da platz-

te Chrissie herein. Sie hatte Maries letzte Worte gehört und mischte sich sofort ein: »Was, ihr wollt hierbleiben? Kommt nicht infrage. Ihr seid wieder fit und deshalb kommt ihr mit. Das findest du doch auch, Tom, oder? Wir können die Mädchen nicht wieder den ganzen Tag unbeaufsichtigt lassen.«
Tom Schüring hob bedauernd die Schultern. »Tut mir leid, Mädels! Chrissie hat recht. Ihr müsst eure spannende Lektüre auf die Abende verschieben.«
Franzi warf Chrissie einen vernichtenden Blick zu, der ihre Schwester leider wenig beeindruckte.
»Macht nicht so lange Gesichter«, versuchte Tom die drei !!! zu trösten. »Wir sollten alle rausgehen an die frische Luft – trotz oder gerade wegen des Lawinenunglücks.«
»Genau!«, sagte Chrissie, die ihren kleinen Triumph in vollen Zügen genoss.
Plötzlich drückte Marie ihre Hand gegen die Stirn und stöhnte: »Mir ist so … so schwindelig! Ich kann nichts mehr sehen.« Sie krümmte sich vor Schmerzen, schaffte es nicht mehr, aufrecht zu sitzen. In Zeitlupe rutschte ihr schlaffer Körper vom Stuhl und landete mit einem dumpfen Aufprall auf dem harten Holzboden. Dort blieb Marie liegen, bleich, mit geschlossenen Augen, Arme und Beine seltsam verrenkt.
Chrissie, die anfangs noch gegrinst hatte, rief erschrocken: »Marie, was ist los?«
Tom Schüring sprang vom Stuhl auf und kniete sich vor Marie hin. »Wach auf! Bitte mach die Augen auf!«
Kim und Franzi gingen auch schnell in die Knie. »Marie!«, flüsterte Kim, während sie sich die Hand auf den Mund

presste. Es sah aus, als wäre sie in Panik. Nicht mal Franzi hätte vermutet, dass sie ein Kichern unterdrückte, wenn sie nicht das kaum merkliche Augenzwinkern von Marie gesehen hätte, kurz bevor sie ihre Ohnmacht inszenierte.

Unendlich langsam schlug Marie die Augen auf. »Wo … bin ich? Was ist passiert?«

»Du hattest einen Schwächeanfall«, sagte Tom Schüring. »Komm, stütz dich auf mich.« Behutsam richtete er Maries schlaffen Körper auf.

»Aaah!«, stöhnte Marie effektvoll. »Das muss an den dummen Wachstumsschüben liegen. Zu Hause bin ich deswegen schon mal umgekippt. Es tut mir so leid!« Sie lehnte sich mit dem vollen Gewicht ihres Körpers gegen die Brust des Betreuers.

»Das muss dir doch nicht leidtun!«, sagte Tom. Besorgt betrachtete er Marie. »Ich glaube, du solltest heute im Bett bleiben und dich ausruhen. Chrissie wird sich bestimmt gerne um dich kümmern.«

»Natürlich«, murmelte Franzis Schwester. Der Schreck spiegelte sich immer noch in ihrem Gesicht. Maries Schauspielstunden hatten sich wieder mal ausgezahlt.

»Und was ist mit uns?«, fragte Franzi. »Dürfen wir auch bei Marie bleiben?«

Tom seufzte. »Nein, ihr kommt mit auf die Piste. Marie ist bei Chrissie in guten Händen. Ihr braucht euch keine Sorgen zu machen.«

Kim und Franzi versuchten, ihre Enttäuschung zu verbergen. Sie wussten, dass es keinen Sinn hatte, länger auf Tom einzureden. Als die ersten Leute aus ihrer Gruppe herein-

kamen, hatten Kim, Franzi und Chrissie Marie bereits in ihre Hütte gebracht und ins Bett verfrachtet.
»Gute Besserung!«, wünschte Franzi, während sie eine Wärmflasche unter Maries Decke schob.
Chrissie machte inzwischen im Wasserkocher Teewasser heiß. Kim nutzte den kurzen Augenblick, in dem sie ihnen den Rücken zukehrte, um Marie zuzuflüstern: »Viel Glück! Mach das Beste draus.«
Marie grinste. Kaum hatte Chrissie sich umgedreht, wechselte Maries Gesichtsausdruck wieder in eine überzeugende Leidensmiene. Kim und Franzi verabschiedeten sich und verließen die Hütte.
»Marie, du Arme!«, sagte Chrissie. »Du siehst wirklich schlecht aus.« Sie rückte einen Stuhl neben das Bett und setzte sich. »Soll ich dir vielleicht was vorlesen?«
Marie stellte bestürzt fest, dass Franzis Schwester sich offenbar häuslich bei ihr einrichten wollte. »Danke, das ist lieb von dir«, sagte sie mit schwacher Stimme. »Aber ich glaube, ich muss jetzt einfach schlafen. Du brauchst nicht an meinem Bett Wache halten, wirklich nicht. Es kann Stunden dauern, bis ich wieder aufwache.«
Chrissie zögerte. »Hm … wenn du meinst. Na gut. Dann geh ich mal kurz frühstücken. Aber ich schau später wieder bei dir rein.«
»Gut zu wissen«, behauptete Marie. »Lass dir Zeit.« Sie machte die Augen zu und wartete, bis sich Chrissies Schritte entfernt hatten und die Hüttentür hinter ihr ins Schloss fiel. Dann öffnete sie ihre Nachttischschublade und zog die Kopien von Hans Schachners Enthüllungsbuch heraus. Mit

einem Schokoriegel aus Kims unerschöpflichem Süßigkeitenvorrat machte sie es sich im Bett gemütlich und las das erste Kapitel in einem Rutsch durch. Bei jedem neuen Satz stieß sie auf weitere, unglaubliche Details.

Hans Schachners Bericht von Simons und Tonis Kindheit klang völlig anders als die Erzählung der Empfangschefin. Da war keine Spur von Harmonie. Toni und Simon hatten sich – nach der Aussage des Verwalters – bereits als Kinder oft gestritten. Es hatte immer schon eine große Konkurrenz zwischen den beiden gegeben, die sich unter anderem darin ausgedrückt hatte, dass sie regelmäßig Skiwettrennen veranstalteten. Dabei hatte der Gewinner etwas bekommen, das beide haben wollten. Hans Schachner stellte am Ende des ersten Kapitels die Vermutung auf, dass Toni und Simon eines Tages wohl um das Hotel um die Wette fahren würden. Denn der Vater der Brüder überließ es anscheinend seinen Söhnen, wer von ihnen später einmal das Hotel führen sollte.

Marie nahm einen Schluck Kräutertee, der nach dem Schokoriegel überhaupt nicht gut schmeckte. Plötzlich ging ihr ein Licht auf. Das Wettrennen um das Hotel musste vor dem Lawinenunglück stattgefunden haben. Alles deutete darauf hin. Wenn sie nur dabei gewesen wäre! Dann wüsste sie jetzt, was bei der Waldabfahrt genau passiert war. Marie spürte irgendwie, dass Toni Hilfe brauchte. Die drei !!! mussten ihn so bald wie möglich finden!

Wütend zerknüllte Marie das leere Schokoladenpapier. Wenn Chrissie nicht im ungünstigsten Moment hereingeplatzt wäre, hätte sie jetzt gemeinsam mit Kim und Franzi

ermitteln können. Aber es half nichts. Dann musste sie heute eben alleine klarkommen. Jedenfalls konnte sie hier nicht länger untätig herumliegen. Marie stand auf und schlüpfte in Skianorak und Hose. Auf ihr übliches Styling musste sie heute leider verzichten. Danach tarnte sie ihr Bett mit Kissen und ein paar Strohhalmen der Tischdeko, die ihrer Haarfarbe ziemlich nahe kam. Wenn jemand nur kurz zur Tür hereinschaute, war die Täuschung verblüffend echt. Es sah aus, als ob die Schwächeanfall-Patientin immer noch friedlich schlafen würde.
Zufrieden schlich Marie sich aus der Hütte. Draußen war niemand zu sehen. Chrissie schien ihr Frühstück auszudehnen und Marie gönnte ihr jedes einzelne Croissant. Sie schnallte sich die Skier an und sauste hinunter ins Tal. Diesmal wollte sie nicht zur Scheune, sie hatte ein anderes Ziel.

Gespannt blieb Marie vor dem Haus stehen, das neben dem *Café Bergblick* stand. Damals, als Toni oder der Mann, der aussah wie Toni, aus diesem Gebäude gerannt war, war alles so schnell gegangen. Sie hatte sich das Haus gar nicht richtig ansehen können. Das holte sie jetzt nach. Im Vergleich zu den anderen rustikalen Gebäuden war das zweistöckige Haus eher schlicht, hatte keinen Balkon und keine Malereien auf der hellgelben Fassade. Dafür gab es eine große Doppelgarage.
Auf dem Klingelschild stand Mühlbaum. Der Name sagte Marie nichts. Um ihn nicht zu vergessen, kritzelte sie ihn in ihr Notizbuch. Danach klingelte sie. Nach dem zweiten Klingeln ging endlich die Tür auf. Ein etwa zwölfjähriges

Mädchen mit braunem Pferdeschwanz machte auf. Sie trug eine blaue Jogginghose und wirkte verschlafen.
»Hallo, ich bin Marie. Kann ich Toni sprechen?«, fragte Marie freundlich.
Das Mädchen verriet seinen Namen nicht. »Der wohnt hier nicht«, sagt es kurz angebunden und wollte die Haustür wieder zuziehen.
Marie stellte rechtzeitig ihren linken Fuß in den Türspalt. »Aha. Aber deine Eltern, die sind doch sicher da. Kann ich die kurz sprechen? Es ist wirklich wichtig. Ich muss sie dringend was fragen.«
»Meine Eltern sind geschieden.« Das Mädchen wickelte seinen Pferdeschwanz um den Finger und musterte Marie mit einer Mischung aus Langeweile und Misstrauen.
Marie nahm den Faden sofort auf. »Oh, das tut mir leid. Ist bestimmt nicht leicht für dich. Ich habe auch nur noch meinen Vater, meine Mutter ist bei einem Autounfall gestorben, da war ich erst zwei Jahre alt.«
Das Mädchen hörte sich die Geschichte an, als würde Marie ihr aus einem russischen Grammatikbuch vorlesen. »Du kannst meine Eltern jetzt nicht sprechen. Mein Vater wohnt in einer anderen Stadt und meine Mutter ist einkaufen gefahren.«
»Schade!« Marie machte ein zerknirschtes Gesicht. »Dann muss ich ein andermal wiederkommen. Sag deiner Mutter auf jeden Fall herzliche Grüße von Marie. Also dann, einen schönen Tag noch.«
Wortlos machte ihr das Mädchen die Tür vor der Nase zu. Dass es die Grüße ausrichten würde, bezweifelte Marie. »Auf

Wiedersehen«, murmelte sie. »Und beehren Sie uns recht bald wieder mit Ihrem Besuch.«
Marie stapfte zurück zur Talstation. Dicke, weiße Wolken verhüllten die Berge. Es war kalt und ungemütlich. Marie hatte sich mehr von diesem spontanen Ausflug erwartet. Sie hatte gehofft, eine Spur zu Toni zu entdecken, wobei das natürlich ein verrückter Zufall gewesen wäre. Sie wurde das unbestimmte Gefühl nicht los, dass das Mädchen etwas verheimlichte.
Marie war so in Gedanken versunken, dass sie den nächsten Skilift verpasste. Kostbare Minuten verstrichen mit Warten und der Sorge, ob Chrissie ihre Abwesenheit schon bemerkt hatte. Weitere kostbare Minuten vergingen, weil der Skilift wegen technischer Probleme mitten auf der Strecke plötzlich anhielt und erst nach einer Weile weiterfuhr. Marie saß wie auf heißen Kohlen. Sie sauste von der Mittelstation zum Tannenwinkel hinüber. Immerhin war sie so schnell, dass sie noch vor der Gruppe aus dem Jugendzentrum eintraf. Aber sie war nicht schnell genug in ihrer Hütte. Dort wurde sie nämlich schon erwartet.
»Wo in aller Welt warst du?«, rief Chrissie entrüstet.
»Ich …« Während Marie versuchte, sich eine möglichst plausible Erklärung zurechtzulegen, nahm sie plötzlich eine andere Person wahr, die hinter Chrissie vom Sofa aufstand. Mit dieser Person hatte Marie am allerwenigsten gerechnet. Es war Felipe!

# Hans Schachner im Kreuzverhör

Felipe wollte etwas sagen, aber Chrissie ließ ihn nicht zu Wort kommen. »Wo warst du?«, wiederholte sie aufgebracht.
»Ich … äh … hab nur ein bisschen frische Luft geschnappt«, schwindelte Marie. »Laufen tut mir immer total gut, wenn ich einen Schwächeanfall hatte.«
Franzis Schwester stöhnte. »Na toll! Da hättest du mir aber vorher kurz Bescheid geben können, statt einfach abzuhauen. Ich hab mir hier Riesensorgen gemacht. Hab mich nicht mal getraut, aufs Klo zu gehen.«
»Entschuldige, bitte. Daran hab ich gar nicht gedacht. Das war wirklich dumm von mir.« Marie spielte die Reue so echt, dass Chrissies Wut sich langsam legte.
»Stimmt, ziemlich dumm war das«, murmelte sie. »Wenigstens bist du jetzt wieder hier. Setz dich aufs Sofa. Du solltest dich ausruhen.« Chrissie trat von einem Bein aufs andere.
Marie, die schon befürchtet hatte, dass ihre ganze Show auffliegen würde, befolgte brav die Anweisung, setzte sich aufs Sofa und legte sich eine Wolldecke über die Knie. Dann lächelte sie Chrissie an. »Felipe passt schon auf mich auf. Du kannst jetzt für kleine Mädchen gehen.«
Chrissie verschwand blitzschnell im Bad und endlich konnte Marie Felipe begrüßen.
»Hallo! Das ist ja eine nette Überraschung. Franzi hat dich schon vermisst. Sie wird sich wahnsinnig freuen, dich zu sehen!«
»Ja?« Felipe strich sich nervös eine Locke hinters Ohr. Nor-

malerweise leuchtete sein Gesicht von innen heraus. Er hatte immer so eine positive Ausstrahlung. Doch heute war er nur ein Schatten seiner selbst.
»Was ist denn mit dir los?«, erkundigte sich Marie besorgt.
Felipe antwortete nicht auf ihre Frage. »Wie geht es Franzi? Ist alles in Ordnung mit ihr?«
»Ja, natürlich«, sagte Marie verwundert. »Warum fragst du?«
Felipes Augen wurden ganz dunkel. Zum ersten Mal erlebte Marie, dass er Angst hatte. »Sie hat nicht auf meine vielen SMS reagiert«, erzählte Felipe hastig. »Und als sie mir doch noch geschrieben hat, klang sie so komisch. Ich dachte, vielleicht ist irgendwas Schlimmes passiert. Also hab ich mich spontan mit Onkel Miguel in den Zug gesetzt und bin hergefahren.«
»Franzi geht es gut«, sagte Marie noch einmal, um Felipe zu beruhigen. »Sie ist mit der Gruppe unterwegs beim Skilaufen und wird …«
»Sie *war* beim Skilaufen«, sagte plötzlich jemand hinter ihnen.
Felipe und Marie fuhren herum. Franzi stand mit Kim in der Tür. Sie war blass. Sie lächelte nicht und sie machte keinerlei Anstalten, auf Felipe zuzugehen. Stattdessen fragte sie mit heiserer Stimme, während sie hastig ihren Anorak auszog: »Warum bist du hier?«
»Franzi!« Felipe strahlte. Er lief auf seine Freundin zu, breitete die Arme aus und wollte sie küssen. Als Franzi sich von ihm wegdrehte, verstand Felipe die Welt nicht mehr. »Was ist los? Freust du dich gar nicht, mich zu sehen?«
Franzi wich einen Schritt zurück, als ob Felipe sie bedrohen

würde. Sofort verschwand wieder das Strahlen in Felipes Gesicht.
»Hey, was hast du denn, Franzi?«, rief Kim. Sie warf Marie einen fragenden Blick zu, aber die hatte genauso wenig Ahnung, was in Franzi vorging.
Franzis Körper verkrampfte sich. Sie sah Felipe direkt in die Augen. Es war ein verletzter, wütender Blick. »Du hast mich angelogen«, zischte sie. Bevor Felipe reagieren konnte, machte sie eine Kehrtwendung und rannte hinaus.
Als die Hüttentür mit einem Knall hinter ihr zufiel, zuckte Felipe zusammen. »Ich versteh das nicht … Wovon redet sie überhaupt?«
Kim legte ihm tröstend die Hand auf die Schulter. »Das wird sich alles aufklären. Bleib du erst mal hier, bis Franzi sich wieder beruhigt hat. Ich laufe ihr nach und rede mit ihr.«
»Gute Idee«, sagte Marie. »Viel Glück!« Sie schälte sich aus der warmen Decke und warf sie Kim zu. »Hier, damit Franzi nicht friert.«
»Danke!« Kim schlüpfte schnell wieder in ihren Anorak und setzte sich eine Mütze auf.
Kaum war sie weg, kam Chrissie aus dem Bad. Sie sah Maries und Felipes betretene Gesichter und sagte: »Na, hier ist ja eine super Stimmung! Dann will ich eure Party mal nicht länger stören.« Kichernd verließ sie die Hütte.
Marie und Felipe waren nicht wirklich traurig darüber. Während Marie dem völlig verstörten Felipe einen Tee anbot, irrte Kim draußen im Schnee herum. Erst dachte sie, dass Franzi in die Haupthütte gelaufen war, aber dort war sie nicht. Nach einem Zickzackkurs zwischen den Hütten hin-

durch entdeckte Kim endlich eine schmale Gestalt, die am Ufer des zugefrorenen Teichs stand. Schnell lief sie auf Franzi zu, die sich wütend umdrehte, als sie hinter ihrem Rücken Schritte hörte.
»Nicht erschrecken, ich bin's nur«, sagte Kim leise.
»Ich kann jetzt nicht mit Felipe reden!«, rief Franzi. Sie hatte einen Schneeball in der Hand, holte weit aus und schoss ihn wie eine Kanonenkugel auf den Teich. Das Eis knirschte, so heftig war der Aufprall.
Kim trat neben ihre Freundin und legte ihr die Decke über die Schultern. »Das musst du auch nicht. Felipe wird warten. Aber vielleicht möchtest du ja mit mir reden?«
Plötzlich fing Franzi an zu weinen. »Ich … ich wollte es dir und Marie schon die ganze Zeit erzählen, aber ich hab es nicht geschafft. Es ist alles so schrecklich.« Sie holte tief Luft und dann fing sie von vorne an. Sie berichtete von Verena, ihren schlimmen Behauptungen, die sich leider bestätigt hatten, von ihrer Recherche im Internet und dass sie hundertprozentig sicher war: Felipe hatte sie angelogen. Er musste ein Dieb sein.
»Wenn ich das geahnt hätte!«, sagte Kim. »Du musst in den letzten Tagen durch die Hölle gegangen sein.« Sie holte eine Packung Papiertaschentücher aus ihrer Anoraktasche und hielt sie Franzi hin.
Franzi nahm zwei Taschentücher heraus. Es dauerte eine Weile, bis sie, weiterhin unter Schniefen, wieder sprechen konnte. »Er hat mir so wehgetan. Und jetzt tut er so, als wüsste er von nichts.«
Kim seufzte. »Ich versteh dich. Das erinnert mich total an

meine Zeit mit Michi. Da gab es auch Momente, in denen ich dachte, er hätte was Schlimmes gemacht. Bis ich dann herausgefunden habe, dass es nur Missverständnisse waren.«
»Bei uns ist es kein Missverständnis!« Franzi zerrte wütend an der Wolldecke. Sie zitterte, schien es aber nicht mal zu merken.
»Bist du dir da wirklich so sicher?«, fragte Kim. »Gib Felipe wenigstens eine Chance, seine Version der Geschichte zu erzählen. Nimm dir so viel Zeit, wie du brauchst, aber du solltest mit ihm reden. Versprichst du mir das?«
Franzis Schultern zuckten. »Ich weiß nicht. Ja, vielleicht …«
»Dann kann ich Felipe sagen, dass du dich bei ihm melden wirst?«
»Meinetwegen.« Franzi stöhnte. Normalerweise bewunderte sie Kim für ihre Hartnäckigkeit. Bei der Detektivarbeit hatte die schon oft große Vorteile gehabt. Aber jetzt gerade hätte sie lieber darauf verzichtet.
»Bleib nicht mehr so lange hier draußen«, sagte Kim, bevor sie ging. »Es ist Winter.«
»Ich weiß.« Zum ersten Mal lächelte Franzi kurz und Kim konnte beruhigt zur Hütte hinübergehen.
Felipe wartete bereits ungeduldig auf sie. »Und, was hat Franzi gesagt?«
»Sie braucht noch ein bisschen Zeit. Aber sie wird sich bei dir melden.« Kim tat es leid, dass sie Felipe keine bessere Nachricht überbringen konnte.
Natürlich war er enttäuscht. Kim und Marie sahen ihm an, dass er am liebsten sofort mit Franzi geredet hätte. Aber nachdem er sich erst einmal damit abgefunden hatte, zog er

Zettel und Kugelschreiber aus seiner Hosentasche. Eilig kritzelte er eine Adresse darauf und gab Marie das Papier. »Das ist die Pension im Tal, in der Onkel Miguel zwei Nächte für uns gebucht hat. Franzi kann mich dort jederzeit erreichen. Und auf meinem Handy natürlich auch.«
»Sie wird dich bestimmt bald anrufen«, sagte Marie, obwohl sie nach Franzis Auftritt vorhin daran eher zweifelte. Noch nie hatte sie ihre Freundin so außer sich erlebt.
Mit hängenden Schultern verabschiedete sich Felipe. Als er weg war, fing Kims Magen plötzlich an zu knurren. Nach einem Blick auf die Uhr stellte sie fest, dass es gleich Mittagessen geben würde. Das anstrengende Skilaufen und die Aufregung um Franzi hatten sie hungrig gemacht.
»Wollen wir schon mal rübergehen?«, schlug sie vor. »Vielleicht ist Franzi ja schon bei den anderen.«
Marie nickte. »Gute Idee. Bei mir gab es zum Frühstück nur einen Schokoriegel.«
Im Gemeinschaftsraum stießen sie auf die anderen Kursteilnehmer. Alle waren da. Nur Franzi fehlte. Kim und Marie aßen so schnell wie möglich und nahmen für Franzi einen Teller Gemüseauflauf mit.
Franzi hatte sich in ihrem Bett verkrochen. Ihre Augen waren rot vom Weinen. Als ihr der Essensgeruch in die Nase stieg, verzog sie den Mund.
»Wir haben dir was mitgebracht«, sagte Marie betont munter. »Der Auflauf ist fast so gut wie der von meinem Vater.«
»Ich hab keinen Hunger«, sagte Franzi schniefend. Sie war noch nie eine große Esserin gewesen. Trotzdem machten sich Kim und Marie Sorgen um sie.

»Wir stellen den Teller ins Wohnzimmer«, sagte Kim. »Vielleicht bekommst du später ja doch noch Hunger.«

»Hmm …« Franzi, die sonst so gern redete, gingen die Worte aus. Der Liebeskummer hatte sie voll erwischt. Doch plötzlich fiel ihr siedend heiß der Fall ein. »Könnt ihr … alleine mit Hans Schachner reden? Ich schaff das jetzt nicht.«

»Keine Sorge, mit dem werden wir schon fertig!«, sagte Marie. Sie zückte ihren Schminkspiegel und zog ihre Lippen mit korallenrotem Lippenstift nach, um für den Einsatz gerüstet zu sein.

»Du kannst dich auf uns verlassen«, fügte Kim hinzu.

Franzi nickte schwach. Eine Last fiel von ihr ab. Die weitaus größere Last blieb und schon wieder kamen ihr die Tränen. Kim musste an ihren eigenen Liebeskummer nach der Trennung von Michi denken. Sie konnte Franzi so gut verstehen und hätte ihr so gerne geholfen. Aber sie wusste, dass es kein Allheilmittel gab und dass sie ihr den Schmerz nicht abnehmen konnte. »Lass einfach alles raus«, sagte sie leise. »Weinen ist gut.«

Jetzt musste Franzi noch mehr heulen. Sie richtete sich im Bett auf und schlang ihre Arme um Kim und Marie. »Danke«, flüsterte sie. »Ich wüsste nicht, was ich ohne euch machen würde.«

»Ist doch klar …«, murmelte Marie und wischte sich verstohlen eine Träne aus den Augenwinkeln.

Schweren Herzens ließen Kim und Marie Franzi alleine und machten sich auf die Suche nach Hans. Es passte gut, dass sie den Nachmittag freihatten. Sie fanden den Verwalter im Keller der Haupthütte, wo er gerade die Heizung überprüfte.

Hans Schachner war zwar überrascht, sie zu sehen, ließ sich aber bei seiner Arbeit nicht stören und las weiter den Zähler ab.
»Hallo, Herr Schachner!« Marie legte ihren ganzen Charme in die Begrüßung. »Sie sind ja hier wirklich der gute Geist im Haus! Danke übrigens noch mal, dass Sie unsere Sauna repariert haben. Sie funktioniert wieder perfekt.«
Der Verwalter murmelte etwas Unverständliches und bückte sich, um aus seiner Werkzeugtasche einen Schraubenzieher zu holen.
»Es wäre super, wenn Sie uns auch bei einer anderen Sache helfen könnten«, leitete Kim geschickt zum eigentlichen Thema über. Da Hans Schachner nicht reagierte, redete sie rasch weiter: »Wir sind Fans von Ihren Heimatbüchern und wollen alles von Ihnen lesen. Ein Freund aus dem Dorf hat uns eine Kostprobe Ihres neuesten Manuskripts gegeben. Sie wissen schon, die Biografie über Toni Brugger.«
Scheppernd fiel der Schraubenzieher zu Boden. Der Verwalter richtete seine kleinen, durchdringenden Augen auf die Detektivinnen. »Woher habt ihr mein Manuskript?«
Marie lachte. »Ach, das tut nichts zur Sache. Ein toller Text, wirklich! Aber ein bisschen haben wir uns schon gewundert. Toni kommt ja ziemlich schlecht weg in Ihrem Buch.«
Hans Schachner grummelte unwillig. »Das geht euch gar nichts an. Ich spreche nicht über unveröffentlichte Texte. Und jetzt brauche ich meine Ruhe, ich hab hier noch einiges zu tun.« Er hob den Schraubenzieher auf und machte sich an der Heizung zu schaffen.
Kim, die sonst immer für Höflichkeit war, beschloss, härtere

Saiten aufzuziehen. »Dieses Buch wirft kein gutes Licht auf Sie. Sie hassen Toni und jetzt ist er spurlos verschwunden. Außerdem haben wir zufällig mitbekommen, wie Sie am Telefon davon gesprochen haben, dass Sie bald viel Geld haben werden. Da muss man bloß eins und eins zusammenzählen, um darauf zu kommen, dass Sie Toni entführt haben.«
Zum ersten Mal wurde der Verwalter laut. »Ich soll Toni entführt haben? Haha! Selten so gelacht.«
Kim und Marie blieben todernst. »Das heißt, Sie und Toni sind ein Herz und eine Seele?«, hakte Marie nach. »Nach all dem, was er Ihnen angetan hat? Aus zuverlässiger Quelle wissen wir, dass er Ihnen die Verlobte ausgespannt hat.«
Bis jetzt hatte Hans Schachner sie wie lästige Kinder behandelt. Auf einmal schien er sie ernst zu nehmen. »Habt ihr nichts Besseres zu tun, als in den Leben fremder Leute herumzuschnüffeln?«
Kim ging nicht darauf ein. »Sie können Toni nicht leiden, das stimmt doch, oder?«
»Ja!«, knurrte der Verwalter. »So was soll schon mal vorkommen.«
»Wo waren Sie zum Zeitpunkt, als die Lawine abging?«, fragte Marie weiter.
Der Verwalter lachte wieder, aber es klang schon merklich nervöser. »Das muss ich euch doch nicht sagen! Aber bitte, ich tu euch den Gefallen und mache bei eurem Detektivspielchen mit. Als die Lawine abging, hab ich eure Sauna repariert.«
»Gibt es dafür Zeugen?«, erkundigte sich Marie.
Hans Schachner nickte grimmig. »Ihr neunmalklugen Mäd-

chen könnt gerne die Handwerker fragen, die mir geholfen haben. Sie sind heute auch hier, weil sie eine umgestürzte Tanne aus dem Weg räumen müssen.«

»Gut, wir werden Ihr Alibi überprüfen«, sagte Kim sachlich. »Dann interessiert uns noch, warum Sie bald viel Geld haben werden und warum Sie glauben, dass Toni noch lebt.«

Der Verwalter steckte sich den Schraubenzieher hinters Ohr. Er war jetzt wieder so ruhig wie am Anfang. »Ganz einfach, Mädchen. Mein Buch wird ein Bestseller werden. Und was deine zweite Frage angeht: weil unsere Suchaktion mit den Lawinenhunden extrem gründlich verlaufen ist. Wir haben buchstäblich jede Schneeflocke an der Unfallstelle untersucht.« Hans Schachner betrachtete Kim und Marie mit einem amüsierten Grinsen. »Abenteuerliche Theorie mit der Entführung übrigens! Falls ihr recht haben solltet – was ich ehrlich gesagt nicht glaube –, würde ich mir an eurer Stelle Simon vorknöpfen. Dem würde ich so eine Aktion durchaus zutrauen.«

»Aha, und warum?«, fragte Marie interessiert.

Der Verwalter zuckte mit den Schultern. »Simon ist nicht gut auf seinen Bruder zu sprechen. Ich dachte, das habt ihr längst in meinem Buch nachgelesen. Toni war immer der absolute Lieblingssohn. Herr Brugger senior hat im Grunde immer gewollt, dass Toni später das Hotel übernimmt. Vielleicht wollte Simon seinem Vater einen Schrecken einjagen und von ihm durch die Lösegeldforderung wenigstens Bares statt Liebe bekommen. Oder er will Tonis Abwesenheit nutzen, damit ihm das Hotel überschrieben wird. Wer weiß?«

Daran hatte Kim auch schon einmal kurz gedacht, den Ge-

danken aber schnell wieder verworfen, weil er ihr einfach zu abwegig erschienen war. »Vielen Dank für das Gespräch und den Hinweis!« Kim zog eine kleine Karte aus ihrer Hosentasche. »Falls Ihnen sonst noch etwas einfällt, können Sie uns jederzeit anrufen.«
Verblüfft starrte Hans Schachner auf die Visitenkarte der drei !!!.

»Die sieht ja richtig professionell aus!«, musste er zugeben. »Macht ihr das schon lange?«
Marie warf lässig ihre langen, blonden Haare über die Schulter. »Eine ganze Weile, ja. Wir haben schon ziemlich viele Fälle gelöst.«
Hans Schachner schwankte zwischen Ungläubigkeit und Bewunderung. »Nicht schlecht. Wenn ihr wollt, könnt ihr von mir auch eine Visitenkarte haben. Hier, da steht meine Mobilnummer drauf. Falls ihr mal Hilfe braucht.«
Lächelnd steckte Kim die Karte ein. Danach verabschiedeten sich die Detektivinnen. Beim Rausgehen aus dem Keller spürten sie förmlich die Blicke von Hans Schachner in ihrem

Rücken. Der Verwalter würde sich noch wundern, wie professionell sie tatsächlich waren.

*Detektivtagebuch von Kim Jülich*
*Donnerstag, 13:50 Uhr*
*Langsam kommt Tempo in unseren Fall. Es wurde aber auch Zeit. Das Gespräch mit Hans Schachner war sehr aufschlussreich. Er war überraschend ehrlich zu uns und hat sogar selbst zugegeben, dass er Toni nicht leiden kann. Das finde ich mutig von ihm. Mir war gleich danach klar, dass er mit dem Verschwinden von Toni wohl doch nichts zu tun hat. Trotzdem wollten wir es ganz genau wissen. Wir haben die Handwerker befragt und die haben das Alibi von Hans Schachner bestätigt.*
*Was den Hinweis angeht, Simon könnte irgendwie in die Sache verwickelt sein, sind Marie und ich unterschiedlicher Meinung. Marie glaubt nicht daran, ich schon.*
*Folgende Argumente sprechen für Simon als Täter:*
*1. Er ist schon lange eifersüchtig auf seinen Bruder.*
*2. Er will das Hotel übernehmen.*
*3. Er hat in seinem Leben zu wenig Liebe bekommen. Eine Entführung wäre ein Schrei nach Aufmerksamkeit. Er möchte, dass sein Vater ihn endlich wahrnimmt.*
*Aber bei allem Streit: Toni ist immer noch sein Bruder!*
*Was gibt es als Nächstes zu tun?*
*Wir müssen dringend noch mal mit Simon sprechen. Wir haben ihn schon im Tannenwinkel gesucht und überall nachgefragt, wo er gerade sein könnte. Keiner weiß es. Sehr merkwürdig! Ist er geflüchtet, weil er ein schlechtes Gewissen hat?*
*Marie, Franzi und ich werden gleich runter ins Tal fahren.*

*(Franzi ist so tapfer, sie will unbedingt mit.) Vielleicht finden wir Simon ja im Hotel. Zum Glück haben wir den Nachmittag zur freien Verfügung.*
*Ich hab gerade den Rucksack mit unserer Detektivausrüstung gepackt und bin schon total aufgeregt. Hoffentlich können wir heute noch klären, was mit Toni passiert ist!*

*Geheimes Tagebuch von Kim Jülich*
*Donnerstag, 14:10 Uhr*
***Wer hier weiterliest, wird schockgefroren und muss als Eisskulptur im Tannenwinkel bleiben. Erst wenn es wärmer wird, wird er erlöst. Aber ich warne denjenigen oder diejenige: Der Winter in den Bergen dauert lange. Sehr lange!***
*Franzi tut mir so leid. Sie leidet wie ein Hund. Ich kann nicht glauben, dass Felipe sie wirklich bewusst angelogen hat. Und dass er ein Dieb ist, kann ich mir auch nicht vorstellen. Hoffentlich schafft Franzi es, bald mit Felipe zu reden. Ich bin sicher, dann wird alles wieder gut. Es kann sich doch nur um ein Missverständnis handeln!*
*Die Trennung zwischen Michi und mir war leider kein Missverständnis. Wir haben uns auseinandergelebt. Am Ende waren unsere Interessen einfach zu verschieden. Ich denke nicht mehr ständig an ihn. Ist das nun ein gutes oder ein schlechtes Zeichen? Hiermit beschließe ich, dass es ein gutes Zeichen ist. Schließlich muss ich irgendwann über Michi hinwegkommen und wieder in die Zukunft sehen. Oder noch besser: in der Gegenwart leben und jeden neuen Tag so genießen, als ob es mein erster und gleichzeitig mein letzter wäre. Natürlich schafft man das nicht immer. Aber ich kann es wenigstens versuchen.*

# Helfer in der Not

»Stopp!«, rief Marie. Sie blieb derart abrupt stehen, dass Kim und Franzi über ihre Füße stolperten.
»Was ist denn? Hast du Simon oder Toni gesehen?«, fragte Franzi aufgeregt.
Marie schüttelte den Kopf. »Nein. Aber der Laden hier ist so cool! Seht nur, was für ausgefallene Perücken die im Schaufenster haben!«
Die drei !!! waren auf dem Weg zum *Brugger Hotel-Ressort und Spa.* Einen Zwischenstopp hatten sie eigentlich nicht vorgesehen. Schließlich wollten sie so schnell wie möglich Simon finden.
Kim versuchte, Marie sanft, aber bestimmt weiterzuschieben. »Zum Shoppen haben wir jetzt keine Zeit.«
»Bitte!« Maries Augen hingen sehnsüchtig an der Schaufensterauslage. Auf einer Schneelandschaft aus Watte lagen bunte Perücken und Faschingskostüme. »Vielleicht können wir die Perücken ja noch für unsere Ermittlungen brauchen.«
Bei früheren Fällen hatten die drei !!! damit tatsächlich verblüffende Erfolge erzielt. Inzwischen hatte Marie in ihrem Schrank einen richtigen Fundus an Kostümen und Perücken angelegt, aus dem die Detektivinnen schöpfen konnten. Kim und Franzi wollten Marie den Wunsch nicht abschlagen.
»Okay«, sagte Franzi. »Wir gehen rein. Aber nur ganz kurz.«
Sofort eroberte Marie den Laden und fand im Handumdrehen drei ausgefallene Perücken: eine knallrote, eine mit Rastazöpfen und eine platinblonde. Mit einer prall gefüllten

Tüte verließ sie glücklich das Geschäft. »So, jetzt bin ich voll und ganz für euch und die Ermittlungen da! Ich schalte sogar freiwillig mein Handy aus, wenn ihr darauf besteht.«
Wie aufs Stichwort klingelte nicht Maries, sondern Kims Handy. Kim sah die Nummer von Kommissar Peters auf dem Display. »Hallo, Kommissar Peters!« Insgeheim hoffte sie, er würde ihnen doch noch den Halter des Fahrzeugs verraten, aber da hatte sie sich getäuscht.
»Hallo, Kim, ich wollte nur mal hören, wie es euch geht«, sagte Kommissar Peters. Seine Stimme klang besorgt.
Kim fühlte sich kontrolliert, was sie überhaupt nicht leiden konnte. »Gut«, sagte sie höflich. »Wir haben viel zu tun.«
»Mit eurem Fall?«, hakte der Kommissar sofort nach. »Ihr solltet lieber vernünftig sein und die Finger davon lassen. Ich rate euch das nur, weil ich das Beste für euch will.«
Kim verdrehte die Augen. »Das glaube ich Ihnen. Leider hab ich jetzt gar keine Zeit. Wir sind gerade beim Shoppen. Sie müssen sich wirklich keine Sorgen machen. Tschüss!« Schnell legte sie auf und schaltete ihr Handy aus.
Die drei !!! legten einen Zahn zu. Es war nicht mehr so kalt wie in den letzten Tagen. Dafür schien die Sonne leider nicht und dicke Schneeflocken segelten auf die matschigen Gehsteige. Marie störte das nicht, obwohl sie heute lilafarbene Wildlederstiefel mit hohen Absätzen trug. Die waren übrigens der Grund gewesen, warum die Detektivinnen heute zu Fuß und mit der Gondel ins Tal gekommen waren.
Als Frau von Welt trat Marie als Erste durch die gläserne Drehtür des Hotels. Kim und Franzi folgten ihr so cool wie möglich.

Marie wollte gerade auf die Lobby zusteuern, als Franzi ihr plötzlich ins Ohr zischte: »Warte! Da kommt die Empfangschefin, mit der ich gesprochen habe.«

Frau Maurer trug über ihrem Dirndl einen eleganten Lodenmantel. Sie rollte zwei schwere dunkelblaue Koffer zum Ausgang und hatte sichtlich Mühe damit.

»Können wir Ihnen helfen?«, fragte Kim. Die Empfangschefin, die gerade den Zuggriff des einen Koffers höher stellte, hörte sie nicht.

»Hallo, Frau Maurer«, sagte Franzi etwas lauter. »Wir können Ihnen gerne helfen!«

Die Empfangschefin drehte sich überrascht um. Sie erkannte Franzi wieder, hatte aber heute offensichtlich keine Zeit für freundliche Worte. »Nein, danke«, lehnte sie ab. Es klang fast schon schroff. »Das schaffe ich sehr gut alleine.« Energisch ging sie an den Detektivinnen vorbei zur Drehtür.

Franzi starrte ihr hinterher. »Was hat sie denn? Wir wollten ihr doch bloß helfen.«

Kim zuckte mit den Schultern. »Auch Hotelangestellte dürfen mal schlechte Laune haben. Ihr Job ist stressig genug.«

Franzi wunderte sich trotzdem. Als Marie an der Rezeption nach Simon fragte, konnte die ausgesprochen höfliche junge Dame ihnen leider keine Auskunft geben. Sie versicherte glaubhaft, sie wisse nicht, wo sich der Junior gerade aufhalte.

»Dann würden wir gerne Herrn Brugger senior sprechen«, sagte Marie selbstbewusst.

Kim und Franzi standen mit offenen Mündern daneben. Diese Aktion war nicht abgesprochen gewesen. Marie überraschte sie immer wieder mit ihren spontanen Einfällen.

Die Angestellte griff nach dem Hörer des Haustelefons. »Wen darf ich melden und worum geht es?«
Marie erfand blitzschnell eine neue Persönlichkeit für sich und ihre Freundinnen. »Mein Name ist Maria. Eine Cousine von mir und meinen Schwestern hier wurde bei einem Lawinenunglück verletzt. Wir haben gehört, dass Toni immer noch vermisst wird, und wollten Herrn Brugger gerne Trost spenden.«
»Das ist aber nett von euch!«, sagte die Angestellte mit dem Telefonhörer am Ohr. »Da wird er sich bestimmt freuen.«
Sie wechselte ein paar kurze Worte mit dem Besitzer des Hotels, dann legte sie auf. »Herr Brugger erwartet euch in seinem Büro. Ich zeige euch den Weg.« Lächelnd nahm sie ihnen die Mäntel und Jacken ab.
Das Büro des Hoteldirektors war ein länglicher Raum, der von einer schweren Bücherwand dominiert wurde. Ein wuchtiger Schreibtisch aus dunklem Holz stand am Fenster. Das alles wirkte vornehm, aber auch ein wenig streng und bedrückend.
Herr Brugger senior passte in das Ambiente. Der Hoteldirektor war ein tadellos im Trachtenanzug gekleideter Mann Ende 50. Seine dünnen, grauen Haare waren akkurat gescheitelt und sein hageres Gesicht von vielen Falten durchzogen. Er kam den Detektivinnen mit ausgestreckter Hand entgegen. »Herzlich willkommen!«
»Es ist uns eine Ehre, Herr Brugger«, sagte Marie. »Ich bin Maria und das sind meine Schwestern Karin und Felizitas. Wir wollten Ihnen Mut machen. Unsere Cousine wurde vor einem Jahr von einer Lawine verschüttet. Man hat lange

nach ihr gesucht. Sie war schwer verletzt, aber sie hat überlebt und heute ist sie wieder ganz gesund.«

»Vielen Dank«, sagte der Hoteldirektor. Stumm zeigte er auf ein braunes Ledersofa vor seinem Schreibtisch.

Die drei !!! nahmen Platz und warteten. Herr Brugger kehrte zu seinem Arbeitsplatz zurück. Er sah sie mit unendlich traurigen Augen an und schwieg lange, bevor er sich räusperte. »Toni, der arme Toni … Ja, die Berge sind grausam. Aber ihr habt recht. Man darf die Hoffnung nie aufgeben. Wenn ich wenigstens etwas tun könnte, ihm helfen … Aber ich kann nur warten, beten und an ein Wunder glauben – und an unsere Lawinenhunde …« Seine Stimme war immer brüchiger geworden und versagte schließlich ganz.

Kim und Franzi tauschten einen schnellen Blick. Damit war ihnen klar, dass der Hoteldirektor bisher wohl keine Lösegeldforderung bekommen hatte.

»Ihr Sohn wird gerettet werden!« Marie legte all ihre positive Energie in diesen Satz. Auf einmal musste sie an ihren Vater denken. Wenn er jetzt hier sitzen würde und nicht wüsste, ob seine Tochter noch lebte. Ob er das zweite Mal in seinem Leben einen Menschen verlieren würde, den er über alles liebte. Maries Herz wurde schwer vor Schmerz. So schwer, dass sie nicht weiterreden konnte.

Franzi sprang für sie ein. »Wie geht es denn jetzt weiter? Werden die Rettungskräfte noch mal verstärkt?«

»Ja«, sagte Herr Brugger mit Tränen in den Augenwinkeln. »Die Menschen hier tun alles für meinen Sohn. Aber die Angst können sie mir nicht nehmen … ihn zu verlieren. Und nun steht auch noch der Dreikönigstag an …«

»Was ist denn für den Dreikönigstag geplant?«, fragte Kim. Der Hoteldirektor lehnte sich in seinem Stuhl zurück. Er hielt sich kerzengerade und wirkte dennoch plötzlich unsicher. »Das ist immer Tonis großer Tag gewesen. Er engagiert sich sehr für ein Entwicklungshilfeprojekt für Afrika. Am 6. Januar ist er immer gemeinsam mit den Sternsingern von Haus zu Haus gezogen, um Spenden zu sammeln. Simon hat leider gar keinen Sinn für so etwas …«

Die drei !!! sahen sich betroffen an. Dann gab sich Franzi einen Ruck. »Wir könnten Toni vertreten. Natürlich nur, wenn Sie damit einverstanden sind.«

Herr Brugger zögerte. »Ich weiß nicht.«

»Vertrauen Sie uns«, sagte Marie. »Wir haben Erfahrung in solchen Dingen. Ich nehme regelmäßig Schauspielunterricht, Felizitas kann ganz toll tanzen und Karin singt wie ein Engel.«

Kim wurde rot. Marie übertrieb wieder mal schamlos. Nur weil sie beim Abschlusskonzert im *Rock Camp* einen erfolgreichen Auftritt hingelegt hatte, hieß das noch lange nicht, dass sie die perfekte Sängerin war.

Der Hoteldirektor nickte. »Sehr schön, sehr schön.« Dann betrachtete er die Detektivinnen nachdenklich. »Vielleicht könnt ihr ja wirklich mithelfen.«

»Wir werden Sie nicht enttäuschen!«, versicherte Franzi. »Sie müssen uns nur sagen, wie alles ablaufen soll.«

Herr Brugger rang sich trotz Schmerz ein Lächeln ab. »Unsere Empfangschefin wird euch alle nötigen Informationen geben. Fragt einfach an der Rezeption nach Frau Maurer.«

»Das machen wir«, sagte Marie.

Die drei !!! standen auf und verabschiedeten sich. Herr Brugger sah müde aus, als er ihnen die Hand reichte. Sie ließen ihn mit seinen vielen Büchern und dunklen Möbeln zurück und hofften, dass er sich nach ihrem Besuch nicht mehr ganz so einsam fühlte wie vorher.
Als sie in die Lobby zurückkehrten, empfing sie wieder die Angestellte im hellblauen Dirndl. »Und, konntet ihr unseren Chef trösten?«
»Ein bisschen schon«, sagte Marie. »Er hat uns an Frau Maurer verwiesen. Können wir die Empfangschefin kurz sprechen?«
Die Angestellte schüttelte bedauernd den Kopf. »Momentan leider nicht. Frau Maurer ist unterwegs. Ihr habt ja vorhin gesehen, dass sie weggegangen ist. Sie wird aber in etwa einer halben Stunde zurückkommen.«
Die Detektivinnen waren erst einmal ratlos. Doch dann fiel Maries Blick auf einen Wegweiser neben der Rezeption. »Hotelcafé«, stand dort in geschwungenen Buchstaben neben einem Pfeil.
»Bitte richten Sie Frau Maurer aus, dass wir im Café auf sie warten«, sagte Marie. »Was haltet ihr von Linzer Torte und Kakao, Karin, Felizitas?« Sie betonte die Namen extra deutlich.
Kim unterdrückte nur mühsam ein Kichern. »Sehr gerne, Maria!«
Das Hotelcafé war wie der Wellnessbereich im asiatischen Stil eingerichtet. Es gab schlichte Hocker aus unbehandeltem Eichenholz und auf den Tischen lagen hübsche Bastmatten. Nur das Angebot an Kuchen und Torten war alles

andere als reduziert. Hinter der Vitrine stapelten sich sämtliche Köstlichkeiten, die Österreichs süße Küche zu bieten hatte.

»Was nehme ich bloß?«, murmelte Kim unschlüssig. »Linzer Torte oder doch lieber einen Apfelstrudel mit Vanillesoße?«

»Du nimmst erst mal das hier!« Marie raschelte mit ihrer Tüte und drückte der verblüfften Kim die Perücke mit den Rastazöpfen in die Hand.

»Was soll das denn?«, fragte Kim. »Damit sehe ich schrecklich aus.«

»Egal!«, sagte Franzi und deutete unauffällig zum Eingang des Cafés. In der Tür stand ein Paar: Simon und Chrissie!

# Chrissies Geständnis

Der Ober, der an den Tisch in der Fensternische kam, hatte derart merkwürdige Gäste noch nie gesehen. Die jungen Frauen schienen gerade von einem Kostümball zu kommen. Eine sah aus wie Pumuckl, eine andere wie ein Hippiemädchen und die dritte wie die Sängerin Pink. Doch jahrelange Arbeit in einem 5-Sterne-Haus hatten ihn gelehrt, dass man auch in solchen Fällen stets freundlich und diskret bleiben musste.

»Einen wunderschönen Nachmittag, die Damen«, begrüßte er die Gäste. »Was darf ich Ihnen bringen?«

»Einen Apfelstrudel mit Vanillesoße«, sagte das Hippiemädchen. »Und dazu heißen Kakao, mit Vanille-Aroma, wenn das möglich ist.«

Ihre Begleiterinnen nickten. »Für uns auch.«

Der Ober deutete eine knappe Verbeugung an. »Sehr gerne. Kommt sofort.«

Sobald er den Gästen den Rücken kehrte, fingen die drei !!! an zu tuscheln.

»Das war knapp! Beinahe hätten sie uns erkannt«, flüsterte Franzi.

»Cool bleiben«, sagte Marie. »Der Tisch hier ist perfekt. Wir können alles beobachten und hören, ohne selbst gesehen zu werden.«

Simon und Chrissie saßen nur ein paar Meter entfernt an einem Tisch in der Mitte des Hotelcafés. Sie waren neben Kim, Marie, Franzi und einem älteren Herrn mit Hörgerät die einzigen Gäste. Die beiden waren so mit sich selbst beschäftigt, dass sie gar nicht auf ihre Umgebung achteten. Simon wirkte blass, hatte jedoch wieder sein typisches verschmitztes Grinsen um den Mund. Chrissie dagegen schien ziemlich aufgelöst zu sein. Ständig zupfte sie an ihren roten Locken oder schob die Kuchengabel auf dem Tisch hin und her. Ihr Joghurttörtchen hatte sie noch nicht angerührt.

»Iss doch!«, sagte Simon, der sich seinen Käsekuchen schmecken ließ. »Ist echt lecker.«

Chrissie sah ihm ungläubig dabei zu. »Wie du jetzt nur was essen kannst!«

Simon schluckte schwer an seinem letzten Bissen. Sein Grinsen verschwand. »Mensch, Chrissie! Wir können nicht jede Sekunde in Angst und Trauer versinken. Wir hatten doch vereinbart, dass wir auch mal abschalten wollten.«

»Mir geht es nicht gut«, sagte Franzis Schwester. »Ich fühle mich so schuldig, weil …«

Augerechnet im spannendsten Augenblick brachte der Ober ein großes silbernes Tablett mit den Bestellungen für die Detektivinnen. »Dreimal Apfelstrudel, dreimal Kakao mit Vanille-Aroma.«

»Vielen Dank«, sagte Kim. »Wir machen das schon selbst, danke.«

Leicht beleidigt, weil er die Teller nicht formvollendet auf dem Tisch drapieren durfte, zog der Ober wieder ab. Die drei !!! hatten keine Zeit, sich um seine Gefühle zu kümmern. Womöglich hatten sie gerade das Wichtigste verpasst. Ein Blick hinüber zum Tisch der verdächtigen Zielobjekte beruhigte sie. Weil Chrissie plötzlich die Tränen gekommen waren, hatte sie ihren Satz offenbar nicht zu Ende gebracht. Simon reichte ihr ein Stofftaschentuch. »Du musst dich doch nicht schuldig fühlen. Das ist Unsinn.«

Chrissie tupfte die Tränen ab und achtete sorgfältig darauf, ihr Make-up nicht zu verwischen. »Tue ich aber! Ich hätte Toni auf der Piste nicht im Stich lassen dürfen.«

Simons Augen wanderten unruhig zum Tisch des älteren Herrn hinüber. Kim, Franzi und Marie hatte er seltsamerweise immer noch nicht bemerkt. »Du hast alles getan, was du tun konntest«, sagte Simon etwas leiser. »Du hast ihn nach seinem Sturz, als er ohnmächtig wurde, an den Rand der Piste gebracht.«

Chrissie nickte. »Ja, aber dann hab ich versagt. Ich hab das Grollen der Lawine gehört und mir ist nichts Besseres eingefallen, als mich selbst in Sicherheit zu bringen.«

Die drei !!! lauschten mit offenen Mündern.

Simon fuhr sich nervös mit den Fingern durch die blonden Haare. »Du bist in Panik geraten. Du hattest Angst um dein Leben. Das ist völlig normal – und menschlich. Mach dir deswegen bloß keinen Kopf.«

Chrissie beruhigte sich etwas. Sie probierte von ihrem Joghurttörtchen und nahm einen Schluck Cappuccino. Dann musterte sie Simon, der sich wieder mit seinem Käsekuchen beschäftigte. »Sag mal, und wie ist das bei dir? Fühlst du dich eigentlich gar nicht schuldig?«

Auf Simons Stirn bildete sich eine ärgerliche Falte. »Chrissie, bitte! Jetzt fang nicht schon wieder damit an.«

Franzis Schwester ließ nicht locker. »Wenn du es nicht selbst tust, muss ich dich eben daran erinnern. Tut es dir gar nicht

leid? Schließlich bist du einfach weitergefahren, obwohl du mitbekommen hast, dass Toni gestürzt war.«
Franzi konnte nicht glauben, was sie da gerade gehört hatte. Simon hatte seinen eigenen Bruder auf der Piste im Stich gelassen?
»Natürlich tut es mir leid.« Simon schlug die Augen nieder. Er schien auf seinem leeren Kuchenteller nach einem Ausweg zu suchen.
»Du musst deinem Vater endlich die Wahrheit sagen!«, flehte Chrissie ihn an. »Das wird dein Gewissen erleichtern.«
»Hör auf, mir Ratschläge zu geben!« Simon war jetzt richtig wütend geworden. »Du hast keine Ahnung, wie schwierig mein Vater sein kann. Aber tu dir keinen Zwang an. Geh du doch zu ihm und erzähle ihm alles.«
Chrissie faltete mit zitternden Fingern Simons Stofftaschentuch zusammen. Auf der Oberseite schimmerte ein weinrotes Monogramm, vermutlich die Anfangsbuchstaben von Simons Namen. »Das traust du mir zu? Nein, so was würde ich nie machen. Ich werde dich nicht verraten. Dazu hab ich dich viel zu gern.« Chrissie beugte sich vor und strich liebevoll über Simons Arm.
Der zuckte zurück. Dann schlug er sich stöhnend die Hände vors Gesicht. »Ich wollte das nicht! Ich hatte solche Panik vor der Lawine. Wenn so etwas noch mal passieren würde, würde ich ihn retten, sofort. Aber es ist zu spät.«
Chrissie stand auf, ging um den Tisch herum und umarmte Simon. Während die beiden gegenseitig die Köpfe in den Haaren des anderen vergruben, standen die drei !!! lautlos auf und verließen auf Zehenspitzen das Café.

Beim Ausgang kam ihnen der Ober entgegen. »Die Damen wollen schon gehen? Darf ich fragen, ob Sie die Rechnung mit Kreditkarte begleichen möchten? Wir akzeptieren …«
Wortlos drückte Marie ihm einen Geldschein in die Hand. »Der Rest ist für Sie.«
»Vielen herzlichen Dank.« Der Ober nahm das großzügige Trinkgeld erfreut entgegen und zog sich mit einer knappen Verbeugung zurück.
Kim starrte ihm kopfschüttelnd hinterher. »Komische Vögel gibt es in diesen Luxushotels. Das ist echt nicht meine Welt.«
»Meine schon«, sagte Marie. Sie fing an, von dem Hotel an der Côte d'Azur an zu schwärmen, in dem die drei !!! mal gewesen waren, und bekam nur aus den Augenwinkeln mit, wie Franzi zum Fenster lief.
Aufgeregt presste sie die Nase gegen die getönte Glasscheibe. Sie hatte sich nicht getäuscht. Ein schwarzes Auto bog gerade auf den Hotelparkplatz ein. Es konnte natürlich nur ein Zufall sein – oder auch nicht. Franzi starrte angestrengt hinaus. Als der Wagen zum Stehen kam, konnte sie das Kennzeichen endlich gut lesen. »Kommt her!«, rief sie aufgeregt. »Das ist das Auto, in das Toni oder der Mann, der wie Toni aussah, gestiegen ist!«
»Was? Bist du sicher?« Kim rannte mit Marie zum Fenster. Die beiden hatten sich das Kennzeichen ebenfalls gemerkt. Es gab keinen Zweifel. Gebannt warteten die Detektivinnen darauf, dass sich die Fahrertür öffnete. Ein langes, schlankes Frauenbein in Seidenstrümpfen tauchte auf, dann ein zweites. Über den Seidenstrümpfen trug die elegante Dame einen dunkelgrünen Lodenmantel.

»Frau Maurer!«, murmelte Marie fassungslos. »Was hat die denn mit der ganzen Sache zu tun?«
»Das werden wir gleich erfahren.« Franzi ballte beide Fäuste. In ihrem Bauch stieg eine unglaubliche Wut auf. Eigentlich war es die Wut auf Felipe, aber jetzt kam sie gerade recht. Franzi würde sie geschickt umlenken.
»Langsam, langsam!«, warnte Kim. »Wir müssen das Ganze vorsichtig anfangen und dürfen nicht gleich mit der Tür ins Haus fallen.«
»Geht klar«, sagte Marie. Dann deutete sie grinsend auf die Frisuren ihrer Freundinnen. »Aber vielleicht besser nicht in diesem Aufzug.«
Kichernd rissen sich die drei !!! ihre auffälligen Perücken vom Kopf. Dann liefen sie der Empfangschefin entgegen, die in diesem Moment mit einem Schlüsselbund in der Hand durch die Drehtür trat.
»Hallo, Frau Maurer!«, sagte Kim. »Herr Brugger senior schickt uns. Es geht um den Sternsingerumzug.«
Frau Maurer war mit ihren Gedanken anscheinend ganz weit weg gewesen. »Der Umzug? Äh … ja. Bitte, kommt doch mit zur Piano-Lounge.« Die Empfangschefin zog ihren Mantel aus und gab ihn einer Kollegin an der Rezeption. »Bin gleich wieder da.«
Am Flügel der Lounge saß heute ein junger Pianist, der Jazzmelodien vor sich hin klimperte und die neuen Gäste mit einem leichten Kopfnicken begrüßte. Sie nahmen in den braunen Clubsesseln Platz. Frau Maurer blieb an der äußersten Kante sitzen und hielt sich kerzengerade. »Bitte, was kann ich für euch tun?«

»Herr Brugger möchte, dass wir beim morgigen Umzug helfen«, fing Kim an. »Wir würden gerne mit den Sternsingern von Haus zu Haus ziehen und Spendengelder einsammeln. Herr Brugger hat uns an Sie verwiesen. Sie sind vermutlich für die Organisation zuständig?«
»Ja, das bin ich!« Die Empfangschefin war in ihrem Element. In knappen, klaren Sätzen erklärte sie den drei !!! den Ablauf und die Besonderheiten des Umzugs. Danach durften sie sich in der Kleiderkammer der Hotelangestellten die Dirndl aussuchen, die sie beim Fest tragen würden.
»Super, vielen Dank!«, sagte Marie überschwänglich, als sie wieder in der Piano-Lounge waren. »Es wird bestimmt ein wundervoller Tag werden. Die meisten Leute werden nichts von dem Schatten bemerken, der dieses Jahr auf dem Fest liegt.«
Frau Maurer presste die Lippen aufeinander. »Ja, das hoffen wir natürlich alle.«
Marie seufzte. »Ich wollte damit nicht sagen, dass nicht trotzdem alle Toni vermissen werden.«
Die Empfangschefin nestelte an ihrer Hochsteckfrisur und klemmte eine winzige Strähne, die sich gelöst hatte, wieder fest. »Ja.« Ihre Antworten wurden deutlich einsilbiger.
»Es ist ja immer noch nicht sicher, ob Toni wirklich bei dem Lawinenunglück gestorben ist«, warf Franzi in den Raum. Zufällig machte der Pianist gerade jetzt eine Pause. Auf diese Weise bekamen Franzis Worte noch mehr Gewicht.
»Nun ja«, sagte Frau Maurer. Trotz Schminke sah man, dass sie rot geworden war. Hastig wechselte sie das Thema. »Ich hoffe, ich habe alle eure Fragen zum Umzug beantwortet?

Schön. Wir sehen uns dann morgen. Ihr entschuldigt mich? Ich darf meine Kollegin an der Rezeption nicht so lange allein lassen.« Bis zur letzten Sekunde blieb die Empfangschefin freundlich, aber der Abschied fiel doch reichlich kühl aus.

Als der Pianist wieder anfing zu spielen, raunte Kim ihren Freundinnen zu: »Ich wette, sie hat was mit Tonis Verschwinden zu tun! Vielleicht hat sie ihn ja entführt? Aber warum sollte sie das tun?«

»Das werden wir schon noch herausfinden – und zwar bald!«, sagte Marie.

# Der verräterische Brief

Im Grunde mussten die drei !!! nur noch eins und eins zusammenzählen: Frau Maurer war die Besitzerin des schwarzen Wagens und sie hatte sich im Gespräch sehr ausweichend verhalten. Da schien es gar nicht so abwegig zu sein, dass sie Toni irgendwo versteckt hielt, womöglich sogar in ihrem eigenen Haus. Die naheliegenden Schlussfolgerungen waren in der Regel die besten.

Marie zückte ihr Handy. »Kim, du hast doch noch die Visitenkarte von Hans Schachner. Ich glaube, da muss jetzt unser Heimatautor ran.«

»Klar«, sagte Kim und reichte Marie die Karte über den Tisch. Franzi schlug sich begeistert mit der flachen Hand auf den Oberschenkel. »Du hast recht, Marie! Der kennt hier im Ort Hinz und Kunz.«

»Hallo? Ja, hier ist Marie … Danke, uns geht es gut. Wir hätten eine kurze Frage: Wissen Sie zufällig, wo Frau Maurer wohnt, die Empfangschefin vom *Brugger Hotel-Ressort und Spa*?« Marie strahlte und kritzelte schnell etwas auf die Rückseite der Visitenkarte. Dann lauschte sie noch eine Weile, bedankte sich und legte auf. »Er wusste die Adresse. Er hat mir sogar noch den Weg dahin beschrieben. Und ich weiß jetzt auch, dass Maurer der Mädchenname der Empfangschefin ist, den sie nur im Hotel benutzt. Überall sonst trägt sie noch den Namen ihres geschiedenen Mannes: Mühlbaum.«

Kim sprang auf. »Dann nichts wie los!«

Die drei !!! holten sich ihre Jacken bei der Rezeption ab, wo

Frau Maurer merkwürdigerweise nicht hinter dem Tresen stand. Plötzlich konnte sie ihre Kollegin doch alleine lassen. Schnell zogen sich Kim, Franzi und Marie an und verließen das Hotel. Die Chancen standen gut, dass sie die Empfangschefin auf frischer Tat ertappten.

Es war nicht weit bis zu der Adresse, die Hans Schachner ihnen gegeben hatte. Kurz vor dem Ziel kam ihnen die Umgebung plötzlich sehr vertraut vor. Das Haus stand direkt neben dem *Café Bergblick*!

Marie rief: »Mühlbaum! Warum bin ich da nicht gleich drauf gekommen? Der Name kam mir sofort so bekannt vor. Oh Mann, dann war ich hier also doch richtig! Ich hab es nur nicht gewusst.«

Kim und Franzi schauten Marie ratlos an. Als die ihre Freundinnen über die Zusammenhänge aufgeklärt hatte, konnten sie es auch kaum glauben. So was war ihnen in ihrer Laufbahn als Detektivinnen noch nie passiert.

»Seid ihr bereit?«, fragte Franzi. Kim und Marie nickten und Franzi drückte energisch auf die Klingel.

Zögernd ging die Tür auf. Es war wieder das Mädchen mit dem braunen Pferdeschwanz. Diesmal trug es Jeans und einen roten Norwegerpulli. Natürlich erkannte es Marie sofort, war allerdings noch weniger begeistert als bei ihrem ersten Besuch. »Ja? Was wollt ihr?«

»Wir müssen mit deiner Mutter sprechen«, sagte Kim. »Frau Maurer ist doch deine Mutter, richtig?«

Das Mädchen behandelte die drei !!! wie lästige Vertreter, die ihre kostbare Zeit stahlen. »Ja, aber sie ist nicht da. Ciao!«

Franzi machte einen Schritt nach vorne und blockierte mit

ihrem Ellbogen die Tür. »Nicht so schnell. Wie heißt du noch gleich?«

»Sarah«, sagte das Mädchen widerwillig.

Franzi lächelte. »Also hör zu, Sarah. Deine Mutter erwartet uns, sie muss uns noch Informationen für morgen geben. Wir machen nämlich bei der Sternsingeraktion mit.«

Sarah schwieg unbeeindruckt.

»Wir brauchen die Infos so bald wie möglich, sonst schaffen wir die Vorbereitungen nicht mehr rechtzeitig«, sagte Marie. »Es wäre sehr nett, wenn du uns ins Haus lässt. Wir werden dort auf deine Mutter warten.«

Sarah stöhnte. »Es ist aber nicht besonders aufgeräumt.«

Kim interpretierte die Antwort als freundliche Einladung. »Kein Problem, das stört uns überhaupt nicht.«

Endlich durften die drei !!! das Haus betreten. Im Flur sah es nicht unordentlicher aus als bei Franzi zu Hause. Auf der Kommode lagen ein angebissener Apfel und ein Stapel Werbeprospekte. Die Tür dahinter stand offen, doch Sarah zog sie blitzschnell zu. »Ihr könnt in der Küche warten.« Sie führte Kim, Marie und Franzi eine Tür weiter.

Es war eine helle Wohnküche mit einem langen Holztisch und zwei Bänken. Auf dem Tisch stand ein hübsches Trockenblumengesteck mit Kerzen. Aber da Sarah nicht daran dachte, ihnen etwas zu trinken anzubieten, und misstrauisch jede ihrer Bewegungen beobachtete, richteten sich die Detektivinnen auf eine ungemütliche Wartezeit ein.

Nach zehn Minuten Dauerschweigen, das nur vom Ticken der Wanduhr unterbrochen wurde, stand Kim auf. »Ich muss dringend aufs Klo. Wo ist denn bei euch das Bad?«

»Gleich gegenüber«, sagte Sarah.
Kim verschwand mit ihrem Detektivrucksack im Flur. Zuerst ging sie tatsächlich ins Bad und klappte den Toilettendeckel extra laut auf. Doch dann schlich sie lautlos zurück in den Flur, um sich das Zimmer anzusehen, das Sarah vor fremden Blicken schützen wollte. Sie ließ die Tür angelehnt, um sofort mitzubekommen, falls Sarah die Küche verlassen sollte. Die Wände des Raums waren meerblau gestrichen. Dazu passten die maritimen Vorhänge mit den blau-weißen Streifen und die weiß lackierten Möbel. Es schien sich um ein Gästezimmer zu handeln. »Hübsch«, murmelte Kim.
Plötzlich weiteten sich ihre Augen. Vor dem Bett standen zwei große dunkelblaue Rollkoffer, die sie sofort wiedererkannte. Es waren dieselben Koffer, die Frau Maurer durch die Hotellobby gerollt hatte. Kim versuchte einen davon anzuheben und ächzte. Er war extrem schwer. Dann fiel ihr Blick auf den Schreibtisch. Dort lag ein Briefumschlag einer bekannten Fluggesellschaft. Kim öffnete ihren Rucksack und zog sich dünne Gummihandschuhe über, um keine Fingerabdrücke zu hinterlassen. Vorsichtig nahm sie das Ticket aus dem Umschlag. Es war ein One-way-Flug in die Karibik, ausgestellt am 4. Januar auf den Namen Toni Brugger. Als Abreisetag war der 6. Januar aufgedruckt, Abflug um 23:05 Uhr. Kim lächelte zufrieden. Endlich kam Licht ins Dunkel dieses Falls! Kim war klar, dass sie nur noch kurz Zeit hatte, sich im Zimmer umzuschauen, damit Sarah keinen Verdacht schöpfte. Und dann musste sie mit Marie und Franzi unter einem Vorwand schnell aus dem Haus verschwinden und ihren Freundinnen die unglaubliche Neuigkeit erzählen.

Bevor Kim den Schreibtisch nach weiteren Beweisstücken durchsuchen konnte, hörte sie im Flur ein leises Geräusch. Durch die angelehnte Tür sah sie, wie draußen ein Mann vorbeihuschte. Kim rieb sich die Augen. Das war doch Toni! Eine Sekunde lang überlegte sie, ob sie ihm nachschleichen sollte, aber dann entschied sie sich dagegen. Es war besser, wenn Sarah und Toni ahnungslos blieben.
Schnell suchte Kim weiter – und wurde prompt fündig. Der handschriftliche Brief, der als Lesezeichen in einem Krimi steckte, beseitigte auch noch die letzten offenen Fragen.

*Lieber Toni,*
*du weißt, dass du immer zu mir kommen kannst. Wenn es dir nicht gut geht, wenn du mit jemandem reden möchtest oder nicht mehr weiterweißt. Ich bin immer für dich da. Ich kenne dich schon so lange. Und ich erinnere mich noch gut, wie stark du bereits als kleiner Junge warst. Stark und voller Träume.*
*Auch wenn andere darüber lachen mögen, ich bewundere deinen großen Traum. Du möchtest in die Karibik auswandern und dort Surflehrer werden. Dieser Wunsch ist über Jahre in dir gereift. Es ist keine spontane, verrückte Idee. Lieber Toni: Wenn du diesen Wunsch – gegen alle Widerstände – durchsetzen möchtest, kannst du auf meine Unterstützung zählen. Gemeinsam werden wir dann auch eine Lösung finden, damit du trotzdem beim Dreikönigstag mitmachen kannst. Lass es mich wissen, wenn du deinen Traum verwirklichen willst. Ich werde für dich da sein.*
*In Liebe,*
*deine Helene*

# Dreikönigstag

Am nächsten Morgen wartete im Gemeinschaftsraum eine Überraschung auf Franzi. Auf ihrem Platz stand ein goldgelber Hefekranz mit kandierten Früchten. Die Früchte waren so angeordnet, dass sie den Schriftzug »Für Franzi« bildeten. Kim zwinkerte Franzi zu. »Wie hast du das denn geschafft? Hast du die Köchin bestochen?«
»Ich hab gar nichts getan«, beteuerte Franzi und starrte ratlos auf den Kuchen. Die Sonderbehandlung war ihr ein bisschen peinlich. Zum Glück waren die drei !!! noch alleine im Gemeinschaftsraum. Verenas dumme Kommentare hätten Franzi jetzt gerade noch gefehlt.
Franzi war kurz davor, in die Küche zu gehen und sich bei der Köchin zu bedanken, als plötzlich ein Junge hinter dem Kamin auftauchte.
»Bitte renn nicht gleich wieder weg«, sagte Felipe. Er trug einen schneeweißen Rollkragenpullover zur schwarzen Hose und sah umwerfend aus. »Alles Gute zum Dreikönigstag! Ich habe dir einen *Rosca de Reyes* gebacken, den traditionellen Dreikönigskuchen aus Mexiko.«
»Wie süß«, flüsterte Marie Kim zu.
Franzi war wie erstarrt. Ein Teil von ihr wollte Felipe umarmen, ein anderer Teil wollte davonlaufen. Warum machte er bloß solche Sachen? Auf diese Weise fiel es ihr noch schwerer, ihn zu hassen.
»Möchtest du ein Stück probieren?«, fragte Felipe. »Das Rezept ist von meiner Mutter. Innen ist übrigens eine Jesus-

figur versteckt. Es gibt einen Brauch bei uns in Mexiko. Wer die Figur findet, muss …«

»Nein danke«, unterbrach ihn Franzi. Sie würde keinen Bissen hinunterbekommen und es war auch nicht der richtige Zeitpunkt, um über mexikanische Bräuche zu plaudern.

Felipe legte traurig das Messer, mit dem er den Kuchen hatte anschneiden wollen, zurück auf den Tisch. »Okay. Ich wollte dir nicht nur den *Rosca de Reyes* bringen. Ich wollte dir auch sagen, wie unglücklich ich bin, wie alles gelaufen ist. Ich liebe dich. Lass uns reden. Wir müssen uns aussprechen.«

Seine dunkelbraunen Augen waren so offen und ehrlich auf sie gerichtet, dass Franzi sich plötzlich überhaupt nicht mehr vorstellen konnte, dass er sie so übel belogen hatte. Also sprang sie über ihren Schatten und fragte ihn noch einmal: »Was hast du am 27. Dezember abends gemacht? Und bitte lüg mich nicht an. Ich weiß, dass du deinem Onkel nicht bei seiner Zaubershow geholfen hast.«

Felipe schüttelte langsam den Kopf. »Ich hab nicht gelogen. Es war nämlich so …«

Franzi stiegen Tränen in die Augen. Warum konnte Felipe seinen Fehler nicht einfach zugeben? Sie wollte sich seine Erklärungen und Ausflüchte nicht anhören. Und sie wollte nicht, dass Felipe ihre Tränen sah. Schnell drehte Franzi sich um und rannte aus dem Gemeinschaftsraum.

»Warte doch. Bitte!«, hörte sie Felipe hinter sich herrufen. Er klang richtig verzweifelt.

Am liebsten wäre Franzi umgekehrt, aber dazu war sie zu stolz. Mit knurrendem Magen wartete sie in ihrer Hütte, bis Kim und Marie endlich vom Frühstück zurückkamen.

»Hier. Wir haben dir was mitgebracht.« Marie gab Franzi ein Mohnbrötchen, das sie extra dick mit Butter bestrichen hatte. »Damit du beim Sternsingerumzug nicht umkippst.«
»Danke«, sagte Franzi und dann sagte sie erst einmal nichts mehr, weil sie vollauf mit Kauen beschäftigt war.
Kim seufzte. »Wir sollen dir von Felipe ausrichten, dass er in der Pension auf dich wartet. Der Arme leidet total. Du solltest wirklich mit ihm reden.«
»Hmm … Mache ich schon noch«, nuschelte Franzi. Sie klopfte sich die Mohnbrösel von der Hose und ging zur Tür. »Aber vorher müssen wir unseren Fall zu Ende bringen.«

Im Tal schien das ganze Dorf auf den Beinen zu sein. Die Hauptstraße war mit bunten Girlanden geschmückt. Auf den Gehsteigen drängten sich die wartenden Menschen. Alle hatten ihre Festtagskleider angezogen und freuten sich über das schöne Wetter. Franzi wurde bald von der feierlichen Stimmung angesteckt. Auch sie konnte es kaum erwarten, bis der Umzug endlich begann. Tom hatte natürlich nichts dagegen gehabt, dass sie daran teilnahmen. Außerdem war das Fest der gelungene Abschluss für die ganze Gruppe.
»Wie sehe ich aus?«, fragte Marie. Sie drehte sich, bis der Rock ihres Dirndls um ihre schlanken Beine wirbelte.
»Einfach toll!«, sagte Kim ohne eine Spur von Neid. Sie selbst fühlte sich ein bisschen unwohl im Dirndl, was vor allem daran lag, dass es eine Spur zu eng geschnitten war. Frau Maurer hatte leider nur für Marie und Franzi die richtige Größe dagehabt. Trotzdem war es Ehrensache für Kim, dass sie am Umzug in Festtagskleidung teilnahm.

»Also«, sagte Franzi zu ihren Freundinnen. »Jetzt heißt es Augen und Ohren offen halten! Toni muss hier irgendwo sein. Wir müssen ihn unbedingt finden und mit ihm sprechen, bevor er heute Abend tatsächlich in die Karibik fliegt.«
Die drei !!! gingen zur Kirche und tauchten unter dem gelben Absperrband durch, das die Feuerwehr aus Sicherheitsgründen gespannt hatte. Damit ernteten sie ein paar murrende Kommentare von den Leuten. Nur ihre Freunde vom Jugendzentrum klatschten begeistert und der Pfarrer nickte ihnen freundlich zu.
»Das geht schon in Ordnung«, versicherte Frau Maurer, die mit Herrn Brugger und einem Feuerwehrmann die Detektivinnen begrüßte. »Schön, dass ihr da seid!« Ihr Gesicht war völlig entspannt. Keine Regung, kein nervöses Muskelzucken verrieten, dass sie vom Besuch der drei !!! in ihrem Haus etwas wusste. Vielleicht hatte ihre Tochter ihr gar nichts davon erzählt? Umso besser, dachte Kim. Dann würde sie ihnen heute nicht in die Quere kommen.
Der Hoteldirektor drückte jeder herzlich die Hand. Danach bekamen die Detektivinnen drei Spendenkörbchen, mit denen sie während des Umzugs herumgehen sollten. Herr Brugger und Frau Maurer wünschten ihnen viel Glück.
Dann läuteten die Glocken. Alle blickten zur Kirchentür. Vier junge Menschen traten heraus: drei Sternsinger und ein Mädchen, das einen goldenen Stern an einem Stab in der Hand hielt. Die Sternsinger trugen bodenlange, bunte Umhänge und kunstvoll gebastelte Kronen auf den Köpfen. Der Mohr stach nicht nur durch sein schwarz geschminktes Gesicht heraus, er war auch mit Abstand der Größte.

Die Sternsinger nickten Kim, Marie und Franzi kurz zu und gingen los. Ihre hellen Stimmen erfüllten die klare Winterluft.

Die drei !!! folgten den Sternsingern und sangen beim Refrain mit. Sie gingen mit ihren Körbchen zu den Menschen auf den Gehsteigen und sagten immer wieder: »Bitte eine Spende für Afrika!« – »Wer möchte Tonis Entwicklungsprojekt unterstützen?« – »Bitte geben Sie Geld für neue Schulen in Afrika!«

Die Leute waren großzügig. Viele Münzen, kleine und größere Scheine landeten in den Körben der freiwilligen Helferinnen. Kim, Franzi und Marie bedankten sich lächelnd. Nach außen hin waren sie voll bei der Sache, aber in Wirklichkeit hielten sie ständig nach Toni Ausschau.

Die Sternsinger blieben vor dem ersten Haus stehen, läuteten, sagten ihren Spruch auf und schrieben mit Kreide über die Tür die Jahreszahl und die Buchstaben C+M+B. Auch hier spendeten die Bewohner gerne. So ging es Haus für Haus weiter, mit Sprüchen und Liedern. Langsam wurden die Sternsinger heiser. Besonders der Mohr musste sich immer wieder zwischendurch räuspern. Marie fiel bei der Gelegenheit auf, dass er eine viel tiefere Stimme hatte als seine Begleiter. Er schien auch deutlich älter zu sein.

Flüsternd machte Marie ihre Freundinnen darauf aufmerksam. Zufällig drehte sich der Mohr in diesem Augenblick zu ihnen um. Ein Sonnenstrahl traf sein rechtes Ohrläppchen, in dem ein silbernes Kreuz aufblitzte.

Franzi erinnerte sich sofort an den Tag, als Toni ihr Tipps beim Snowboarden gegeben hatte. Hektisch gab sie Kim

und Marie Zeichen. Die waren gar nicht mehr nötig. Die beiden hatten es zur gleichen Zeit bemerkt: Der Mohr war niemand anderes als Toni!
Der Rest war nur noch eine Frage des Timings. Als die Sternsinger eine Pause einlegten, um in einem Café Tee zu trinken und sich aufzuwärmen, umringten die drei !!! Toni und zogen ihn blitzschnell in den nächsten Hinterhof.
»Was soll das?«, rief der Mohr. »Was habt ihr denn vor?«
Kim lächelte entschuldigend. »Wir müssen dringend mit dir reden. Es ist wichtig.«
Marie nickte ernsthaft. »Es geht um deine Zukunft, Toni.«
»Wie habt ihr mich erkannt? Und was wisst ihr denn über meine Zukunft?«, fragte Toni. Seine braunen Augen, die durch die schwarze Hautfarbe noch dunkler wirkten, funkelten herausfordernd.
»Einiges«, sagte Franzi. »Zum Beispiel, dass du heute noch in die Karibik fliegen möchtest. Und dass deine Kinderfrau dir dabei geholfen hat.«
Toni sah die Detektivinnen verblüfft an. Als sie noch mehr Details ihrer Ermittlungen erwähnten und am Schluss ihre Visitenkarte präsentierten, war er völlig platt. »Okay …«, sagte er. »Wenn ihr sowieso schon fast alles herausgefunden habt, kann ich euch auch noch den Rest erzählen.« Er lehnte sich gegen die Hauswand und holte tief Luft. »Ja, es stimmt, ich will heute noch in die Karibik. Eigentlich dürfte ich gar nicht hier sein. Alles sollte heimlich stattfinden. Aber die Spendenaktion hat mir keine Ruhe gelassen. Ich wollte die Sternsinger nicht im Stich lassen. Deshalb hab ich mich als Mohr verkleidet.«

»Gute Tarnung«, lobte Kim. »Keiner hat dich erkannt.«
Toni grinste schief. »Bis auf euch. Ihr seid echt clever. Ihr habt selbst herausgefunden, dass Simon und ich um die Wette gefahren sind. Der Gewinner sollte das Hotel übernehmen. Das Wettrennen war übrigens Simons Idee. Ich hab mitgemacht, wollte aber gar nicht gewinnen. Vielleicht hab ich mich deshalb bei der Fahrt nicht so konzentriert wie sonst. Der Sturz war nicht schlimm. Trotzdem bin ich kurz ohnmächtig geworden. Erst als ich aufgewacht bin, kam der große Schock: Die Lawine ist direkt auf mich zugerollt.«
Franzi malte sich lieber nicht aus, wie sie sich an Tonis Stelle gefühlt hätte. Es musste schrecklich sein, wenn man glaubte, in den nächsten Sekunden zu sterben.
»Ich hatte einen Schutzengel dabei oder gleich mehrere«, erzählte Toni weiter. »Fragt mich nicht, wie ich es geschafft habe. Irgendwie konnte ich mich vor der Lawine retten. Ich hab gewartet, bis sie an mir vorbeigerollt ist. Dann bin ich zu Helene geflüchtet. So heißt meine ehemalige Kinderfrau.«
Marie nickte. »Helene Mühlbaum, geborene Maurer. Sie ist geschieden, trägt aber immer noch den Namen ihres Mannes und hat eine Tochter.«
Toni staunte ein zweites Mal über die professionelle Arbeit der Detektivinnen. »Genau. Und als ich mich von meinem Schock erholt hatte, wurde mir bewusst, dass das die Chance für mich ist. Ich kann heimlich verschwinden, ohne mit meinem Vater reden zu müssen. Also hab ich mit Helene vereinbart, dass sie ihm Bescheid gibt, sobald ich in der Karibik angekommen bin. Mir ist natürlich klar, dass er toben wird, aber ich werde seine Wut nicht direkt abkriegen.«

Franzi konnte Toni gut verstehen. Auch sie riss sich nicht gerade um unangenehme Auseinandersetzungen mit ihren Eltern. Andererseits tat ihr Herr Brugger leid. Er lebte schon seit Tagen mit der Angst, sein Sohn könnte tot sein.
Toni wickelte den Umhang fester um seine Schultern. »Eins müsst ihr mir versprechen: Ihr dürft mich nicht verraten!«
»Keine Angst«, sagte Kim. »Du kannst dich auf uns verlassen.« Insgeheim überlegte sie jedoch schon, wie sie Toni dazu bringen könnte, freiwillig zu seinem Vater zu gehen.
Toni schien beruhigt. »Eigentlich könnte alles so einfach sein. Simon wollte schon immer das Hotel übernehmen. Er ist sehr ehrgeizig und hat nie begriffen, dass ich mich überhaupt nicht darum reiße, das Familienunternehmen zu übernehmen. Im Gegenteil: Seit Jahren leide ich unter dem Druck, den mir mein Vater macht. Ihm konnte ich von meinem Traum nie erzählen. Ich wusste, er würde ihn nicht verstehen.«
»Bist du dir da ganz sicher?«, hakte Kim vorsichtig nach. »Du könntest es doch wenigstens mal versuchen.«
Toni schüttelte den Kopf. »Es hat keinen Sinn. Der Zug ist längst abgefahren.« Es war offensichtlich, dass er sich von seiner Meinung nicht abbringen lassen wollte.
Auch Marie drang mit ihrem Charme nicht zu ihm durch. Sie und Kim wollten schon aufgeben, als Franzi sich plötzlich zu Wort meldete: »Bitte hör mir kurz zu, Toni. Ich stecke auch gerade in einer verfahrenen Situation. Ich hab mich mit meinem Freund gestritten und mich bis heute geweigert, mit ihm zu reden. Jetzt glaube ich, das war falsch. Ich werde ihm noch eine Chance geben, weil ich spüre, dass

er mich liebt. Toni, ich bin mir sicher, dein Vater liebt dich auch.«

Toni schlang die Arme um seinen Körper. Auf einmal sah Franzi ihn als kleinen Jungen vor sich. Ein Junge, der so große Ehrfurcht vor dem riesigen Schatten seines Vaters hatte, dass er sich nicht traute, aus diesem Schatten herauszutreten.

»Geh zu ihm, am besten jetzt gleich«, sagte Franzi leise.

Toni schien ihr nicht zugehört zu haben. Sein Blick war auf die Straße gerichtet, wo sich vor dem Café die anderen Sternsinger versammelten und bereits unruhig nach ihm Ausschau hielten. Plötzlich kramte er hektisch in den Taschen seines Umhangs und holte eine kleine, runde Dose heraus. »Wer von euch wollte schon immer mal wissen, wie es sich anfühlt, eine andere Hautfarbe zu haben?«, fragte er.

Die drei !!! begriffen zunächst nicht, wovon er redete. Marie kam als Erste darauf. »Ich!«, sagte sie lachend und schnappte sich die Dose.

Wenige Minuten später ging der Umzug weiter – mit einem Mohr, der während der Pause kleiner geworden war und blonde statt schwarze Haare hatte. Die Leute, denen es auffiel, vergaßen diesen merkwürdigen Umstand sofort wieder, als der Mohr zu singen begann. Seine Stimme war so hell und rein, dass sie Tränen der Rührung in den Augen hatten.

# Pferde bringen Glück

Die Sonne näherte sich bereits den weißen Berggipfeln, als Franzi vor der Pension *Himmelreich* stehen blieb. Der Name gefiel ihr. In den Bergen hatte sie tatsächlich manchmal das Gefühl, dem Himmel ganz nahe zu sein. Franzis Herz pochte bis in den Hals hinauf. Auf einmal hatte sie unglaubliche Sehnsucht nach Felipe.

Genau in dem Moment, als Franzi so weit war, den ersten Schritt in Richtung Tür zu machen, ging plötzlich die Haustür auf und Felipe trat heraus.

»Hallo, Franzi«, sagte er. »Irgendwie wusste ich, dass du gleich kommen würdest.« Felipe trug einen dicken, türkisfarbenen Pullover und darüber eine weiße, ärmellose Daunenweste. Unter der schwarzen Wollmütze kringelten sich seine dunklen Locken.

Franzi konnte gar nicht hinsehen, so heftig war der Wunsch, diese Locken zu berühren. »Wollen wir ein bisschen spazieren gehen?«, schlug sie vor.

»Gern«, sagte Felipe.

Gemeinsam stapften sie durchs Dorf, das sich langsam mit den heimkehrenden Skifahrern füllte. Franzi war es nicht wichtig, wohin sie gingen. Hauptsache, sie waren in Bewegung. So ließ es sich leichter reden. »Möchtest du mir jetzt erzählen, was am 27. Dezember wirklich passiert ist?«, fing sie zögernd an.

Felipe nickte. »Ich hab mit Onkel Miguel eine neue Zaubernummer einstudiert. Wir waren im Restaurant meiner Mutter. Dort haben wir die Gäste nach Strich und Faden beklaut.« Als er Franzis erschrockenen Gesichtsausdruck bemerkte, fügte er schnell hinzu: »Natürlich nur mit ihrem Einverständnis. Die Leute wussten, dass wir an diesem Abend eine Improvisation machen würden. Sie wussten nur nicht genau, was wir vorhatten. Die Nummer kam total gut an. Es gab viele Lacher, als wir den verdutzten Opfern ihre Geldbeutel zurückgaben.«

Franzi blieb wie angewurzelt mitten auf dem Gehsteig stehen. Eine Frau rempelte sie von hinten an und schimpfte. Franzi spürte weder den Schmerz noch hörte sie etwas. »Ihr habt die Gäste absichtlich beklaut?«, fragte sie nach.

»Ja.« Felipe blieb neben ihr stehen. Halb verlegen, halb stolz kratzte er sich am Ohr. »Findest du das nicht so lustig?«

Franzi wurde knallrot. »Doch, doch. Das ist gut. Ich meine nur … es ist … ich schäme mich so!«

»Warum denn?« Felipe machte ein erschrockenes Gesicht.

»Ich war so dumm, ich hab dieser blöden Verena geglaubt. Sie hat dich zufällig im Restaurant gesehen und behauptet, du wärst ein ganz gemeiner Dieb.« Franzi erzählte hastig, was in der Zwischenzeit passiert war. Am peinlichsten war ihr der Moment, als sie ihre Recherche im Internet zugeben musste. »Ich hab dir nicht vertraut. Das tut mir so leid. Bitte verzeih mir!«

Felipe presste ein mexikanisches Wort zwischen den Lippen hervor, das Franzi nicht kannte. Es hörte sich nach einem Schimpfwort an, wenn nicht gar nach einem Fluch. Felipe stapfte weiter, ohne darauf Rücksicht zu nehmen, ob Franzi ihm so schnell folgen konnte.

Sie musste einige Leute beiseiteschieben, bis sie ihn endlich einholte. »Warte! Ich kann dich total gut verstehen. An deiner Stelle wäre ich auch sauer.«
Felipe tippte sich mit dem Finger an die Stirn. »Sauer? Ich bin stinkwütend – und enttäuscht. Vor einer Woche haben wir uns gegenseitig ewige Liebe geschworen. Für mich bedeutet, den anderen zu bewundern, dass man immer zuerst davon ausgeht, dass er nur das Beste im Sinn hat.«
»Du hast ja so recht.« Franzi wäre vor Scham am liebsten in Grund und Boden versunken. Noch nie hatte sie sich so sehr geschämt. »Entschuldige, Felipe. Es tut mir wirklich sehr, sehr leid!« Sie nahm Felipes Arm und drückte ihn.
Plötzlich verschwand die Wut aus seinem Gesicht. Felipe seufzte aus tiefem Herzen. »Ist schon gut! Da ist gerade mein mexikanisches Temperament mit mir durchgegangen. Mich trifft auch ein Teil der Schuld. Ich hätte dir von den Plänen meines Onkels erzählen sollen, statt ein Geheimnis daraus zu machen. Ich wollte dich damit überraschen und dir nach dem Skiurlaub persönlich meine Zauberkünste vorführen.«
»Ist das süß!« Franzi spürte so viel Liebe für Felipe, dass ihr Herz damit restlos überfordert war. »Das heißt, du kannst mir verzeihen?«
Felipe lächelte breit. Zwei Reihen strahlend weißer Zähne schimmerten im Licht der untergehenden Sonne. »Nur, wenn du mir auch verzeihst.«
»Natürlich!«, rief Franzi. Endlich durfte sie Felipes Locken berühren, sein Gesicht streicheln und ihn umarmen. Es war, als würde sie einen Schatz wiederfinden, der lange Zeit tief unter einer Lawine begraben gewesen war.

Plötzlich hörte Franzi hinter sich das Getrappel von Pferdehufen. Überrascht löste sie sich aus Felipes Armen und drehte sich um. Zwei wunderschöne Schimmel trabten auf sie zu. Sie zogen eine Pferdekutsche hinter sich her.
Der Mann auf dem Kutschbock beugte sich zu Franzi und Felipe hinunter. »Na, ihr zwei? Habt ihr Lust auf eine romantische Fahrt durch die Winterlandschaft?«
Felipe brauchte nur in Franzis leuchtendes Gesicht zu sehen, um die Antwort zu wissen. »Wir sind dabei!«, sagte er.
Franzi und Felipe kletterten in die Kutsche, deren Bank mit weichen Schaffellen ausgelegt war. Kaum hatten sie sich unter mehrere Wolldecken gekuschelt, schnalzte der Mann mit der Zunge. »Tee-raaab!«
Die Schimmel kannten den Weg. Sie bogen in eine ruhige Seitenstraße ein. Danach in einen Feldweg, der über eine tief verschneite Wiese führte. Langsam senkte sich die Dämmerung über das Tal. Der Schnee funkelte. Über den dunklen Berggipfeln tauchten die ersten milchig weißen Sterne auf. Sie allein waren Zeugen, als Franzi und Felipe sich küssten.

»Herzlich willkommen bei unserem letzten Hüttenabend!« Tom hob sein Glas mit Früchtepunsch und prostete den Teilnehmern der Skifreizeit zu. »Eine aufregende Woche liegt hinter uns. Ich danke euch für die tolle Zeit! Und jetzt lasst uns auf Toni, unseren Skilehrer, anstoßen!«
»Auf Toni!«, rief Marie laut.
Kim, Franzi und die anderen nahmen den Trinkspruch gerne auf. Gläser klirrten aneinander, braun gebrannte Gesichter strahlten sich an. Anschließend kosteten alle vom Punsch,

den die Köchin nach einem Geheimrezept aus Orangensaft, schwarzem Tee, Zimt und Nelken gezaubert hatte.
Toni trank sein Glas in einem Zug. »Ein karibischer Cocktail könnte nicht besser schmecken.«
»Echt?«, sagte Simon. »Dann kannst du ja hierbleiben!«
Lachend schüttelte Toni den Kopf. »Ich hab meine Abreise nur um einen Tag verschoben. Morgen fliege ich.« Er zwinkerte den drei !!! zu, die sich möglichst weit weg von Verena und ihren Freundinnen den besten Tisch am Fenster gesichert hatten.
Felipe legte lächelnd den Arm um Franzi. »Ihr könnt wirklich stolz auf euch sein.«
Das waren Kim, Franzi und Marie auch. Dieser Fall hatte sie ganz schön in Atem gehalten, aber am Ende war alles gut ausgegangen. Toni hatte sich mit seinem Vater ausgesprochen. Der war so froh gewesen, ihn lebendig wiederzusehen, dass er seine ursprünglichen Pläne rasch aufgegeben hatte. Er wollte, dass sein Sohn glücklich wurde – und wenn es sein musste, dann eben als Surflehrer in der Karibik. Er hatte sich nur gewünscht, dass Toni ab und zu nach Hause kam. Und diesen Wunsch erfüllte ihm sein Sohn gerne.
Auf einmal stand Verena vor den drei !!!. Sie war sichtlich verärgert, dass sie diesmal gar nichts von den Ermittlungen mitbekommen hatte. »Wie war das denn nun mit diesem Wettrennen? Was ist da genau passiert?«
Franzi antwortete achselzuckend: »Tut mir leid. Das musst du Simon und Toni schon selbst fragen.«
Enttäuscht zog Verena wieder ab. Die ins Gespräch vertieften Brüder zu stören, traute sie sich dann doch nicht.

Franzi genoss den kleinen Triumph. Als sie von ihrer Kutschfahrt zurückgekehrt war, hatte sie sich sofort Verena vorgeknöpft und ihr klargemacht, dass sie nie wieder unschuldige Menschen verleumden sollte. Verena hatte es hoch und heilig versprochen. Ob sie sich an ihr Versprechen halten würde, war eine andere Frage, aber die brauchte Franzi nicht mehr zu interessieren. Sie selbst jedenfalls würde ihren Fehler kein zweites Mal machen. In Zukunft würde sie Felipe vertrauen.

»Jetzt seht euch mal Toni und Simon an!«, raunte Marie Kim und Franzi zu.

Kim nickte. »Scheint ganz so, als hätten sie ihren alten Konkurrenzkampf für immer begraben. Und wem haben wir das zu verdanken?«

»Meiner lieben Schwester Chrissie!«, musste Franzi zugeben. Bei Simon hatten die drei !!! gar nicht mehr eingreifen müssen. Chrissies eindringliche Bitte im Hotelcafé hatte positiv nachgewirkt. Simon hatte sich bei seinem Bruder entschuldigt, dass er ihn im Stich gelassen hatte. Und Toni hatte ihm verziehen. Jetzt, wo sich die beiden versöhnt hatten, konnte jeder seinen eigenen Weg gehen. Simon übernahm das Hotel. Er hatte die Schenkungsurkunde unterschrieben, die seinem Vater den wohlverdienten Ruhestand ermöglichte.

»Ich fürchte, Hans Schachner muss sein Buch umschreiben«, sagte Kim.

Der Verwalter hatte nur am Anfang kurz beim Hüttenabend hereingeschaut. Wahrscheinlich war die ungewohnte Harmonie der Brüder zu viel für ihn. Die musste er erst einmal verarbeiten.

»Hans Schachner ist mir egal. Ich beneide Toni!« Marie schwenkte ihr leeres Punschglas und richtete dabei den Blick verträumt in die Ferne. »Ich würde auch gerne morgen in ein Flugzeug steigen und mich in der Karibik unter zwei Palmen in die Hängematte legen. Stattdessen muss ich in drei Tagen wieder in die Schule!«
»Es hat alles seine Vor- und Nachteile«, gab Kim zu bedenken. »In der Karibik kann es ganz schön einsam sein, alleine, ohne Holger.«
»Stimmt auch wieder«, sagte Marie. Ihre Augen schimmerten plötzlich sehr hell, und das lag nicht nur am lindgrünen Lidschatten, den sie aufgetragen hatte.
Während Maries Gedanken nach Billershausen wanderten, sah sich Kim im Gemeinschaftsraum um. Fast überall blickte sie in glückliche Gesichter. Chrissie hatte sich zu den Skilehrern gesetzt und gab Simon gerade einen Kuss. Franzi und Felipe hielten sich verliebt an den Händen. Und Viktor und Lars flirteten mit Lena, die ihre Gitarre ausnahmsweise mal zur Seite gelegt hatte.
Vor einer Woche noch hätte Kim sich bei so viel Glück in ihrer unmittelbaren Umgebung unendlich einsam gefühlt. Heute war es anders. Natürlich dachte sie an Michi, aber es war ein schönes, friedliches Gefühl. Was auch immer die Zukunft an Neuem für sie bereithielt, sie würde Michi für immer in ihrem Herzen bewahren.
Als ein Handy klingelte, merkte Kim erst nach einer Weile, dass es ihr eigenes war. »Hallo?«, fragte sie, ohne auf das Display zu sehen.
»Hier ist Kommissar Peters. Ich hab nichts mehr von euch

gehört. Da wollte ich dann doch mal nachfragen, wie es euch geht.«
Im Nu war Kim wieder in der Gegenwart angelangt. »Sehr gut«, sagte sie und stellte den Lautsprecher an, damit Marie und Franzi mithören konnten. »Wir haben wieder einen Fall gelöst. Diesmal brauchen wir allerdings keine Handschellen. Niemand hat sich strafbar gemacht.«
»Soso. Aha …« Der Kommissar räusperte sich. »Das freut mich zu hören. Vielleicht war ich … äh … ein bisschen überängstlich. Ich hoffe, ihr nehmt mir das nicht übel. Wenn ihr wieder im Lande seid, könnt ihr jederzeit gerne im Präsidium vorbeischauen.«
»Vielen Dank für die Einladung«, sagte Kim. Zum ersten Mal hatte Kommissar Peters zugegeben, dass er es mit seiner Sorge für die Detektivinnen übertrieben hatte. Das ging natürlich runter wie Öl.
Franzi stand auf, um eine neue Runde Früchtepunsch für die drei !!! und Felipe zu holen. Bevor sie ging, drückte sie Felipe schnell noch ein Küsschen auf die Nasenspitze und er bedankte sich mit einem Lächeln, das bis in ihr Herz hinein strahlte.
Als Franzi zurück an den Tisch kam, grinste Marie von einem Mundwinkel zum anderen. »Du kommst gerade richtig. Wir müssen unbedingt auf unseren Fall anstoßen – und auf das Traumhaus, in das ich bald ziehen werde. Mein Vater hat mir gerade eine SMS geschickt. Die Villa gehört uns!«
»Hurra!«, riefen Kim und Franzi und fielen ihrer Freundin um den Hals.

Maja von Vogel

Die drei !!!

# Verliebte Weihnachten

Die drei !!!

# Verliebte Weihnachten

# Weihnachtseinkäufe

Kim hatte es eilig. Mit langen Schritten marschierte sie durch den frostigen Dezembernachmittag in Richtung Innenstadt. Während sie an einer Ampel die Straße überquerte, warf sie einen Blick auf ihre Armbanduhr. Mist, schon kurz nach vier! Sie würde zu spät kommen, dabei war sie eigentlich die Pünktlichkeit in Person. Franzi und Marie wunderten sich bestimmt schon, wo sie blieb.

Kim ging noch etwas schneller. Doch als sie in die Fußgängerzone einbog, kam sie nur noch im Schneckentempo voran. Menschenmassen schoben sich durch die große Einkaufsstraße. Kim schlängelte sich zwischen den Leuten hindurch zum Marktplatz, wo sie mit ihren Freundinnen verabredet war.

»Geld oder Leben!«

Kim zuckte zusammen, als ihr kurz vor dem Treffpunkt ein breit grinsender Weihnachtsmann in den Weg sprang. Das Lächeln war zu künstlich, um freundlich, und die Gesichtszüge waren zu starr, um echt zu sein. Nur die grünen Augen funkelten lebhaft. Moment mal – ein Weihnachtsmann mit grünen Augen?

»Haha, sehr witzig, Franzi!« Kim riss ihrer Freundin die Maske herunter.

Franzi kicherte begeistert und schob sich eine rote Haarsträhne aus der Stirn. »Nicht schlecht, oder? Gib's zu, du hast einen Schreck bekommen!«

»Allerdings.« Kim musste lachen. »Du bist unmöglich!«

»Danke!« Franzi nahm es als Kompliment. Sie legte die Weihnachtsmann-Maske zurück auf den Grabbeltisch des Ein-Euro-Shops, vor dem sie gerade standen.
Kim sah sich suchend um. »Wo ist Marie?«
»Wo wohl?« Franzi deutete auf die Parfümerie gegenüber. »Sie hat etwas von einem neuen Lippenstift gemurmelt und weg war sie.«
»Typisch!« Kim grinste. »Komm, wir holen sie.« Geschickt drängelten sie sich zwischen den Passanten hindurch, die in kleineren und größeren Grüppchen durch die Fußgängerzone strömten. Einige trugen rote Nikolausmützen, andere waren schwer mit Geschenktüten bepackt. »Du meine Güte, ist das voll!«, murmelte Kim.
»Was hast du erwartet?« Franzi fuhr neben Kim die Ellbogen aus, um nicht von einer fröhlichen Frauengruppe mit Rentiergeweihen auf dem Kopf umgerannt zu werden. »Es ist Samstagnachmittag und morgen ist der dritte Advent. Wir sind nicht die Einzigen, die heute unterwegs sind, um Weihnachtseinkäufe zu erledigen.«
»Nein, offensichtlich nicht.« Kim fragte sich bereits, ob es nicht besser gewesen wäre, ihren Stadtbummel auf einen anderen Tag zu verlegen. Aber jetzt war es zu spät.
Die Türen zur Parfümerie öffneten sich automatisch und ein Schwall warmer Luft schlug Kim entgegen. Sie öffnete den Reißverschluss ihrer Winterjacke, während sie das Geschäft betrat und nach Marie Ausschau hielt. Es war gar nicht so einfach, in dem Gewühl jemanden ausfindig zu machen. Der Laden war völlig überfüllt und an den Kassen hatten sich lange Schlangen gebildet.

»Da ist sie ja!« Franzi winkte Marie zu, die sich bereits zum Bezahlen angestellt hatte.

Kim drängelte sich zu Marie durch und begrüßte sie mit einer Umarmung. »Wie ich sehe, bist du fündig geworden.«

»Und ob!« Marie strahlte. In dem kleinen Körbchen, das sie in der Hand hielt, lagen gleich drei Lippenstifte der gehobenen Preiskategorie. Außerdem ein teures Herrenaftershave, ein Grapefruit-Duschgel mit Bio-Zertifikat und eine Anti-Pickel-Creme.

»Was willst du denn damit?« Franzi zeigte auf die Creme. »Deine Haut ist doch super.«

»Ja, klar.« Marie sah wie immer makellos aus. Auf ihrem Gesicht schimmerte ein Hauch Gold-Puder, von Pickeln keine Spur. Sie war dezent in kühlen Winterfarben geschminkt und unter ihrer neuen türkisfarbenen Baskenmütze flossen ihre langen, blonden Haare hervor und fielen wie ein Wasserfall über ihren Rücken. »Die Creme ist für Lina. Sie hat in letzter Zeit ziemliche Hautprobleme. Ich kann ihre Pickel einfach nicht mehr sehen! Darum dachte ich, eine gute Anti-Pickel-Creme ist das perfekte Weihnachtsgeschenk für sie.«

»Na, hoffentlich findet Lina das auch.« Franzi kicherte. »Pickel-Creme zu Weihnachten – ich würde mich bedanken!«

Marie zuckte mit den Schultern. »Wenn's ihr nicht gefällt, hat sie eben Pech gehabt. Das Aftershave ist für Papa und das Duschgel für Tessa.«

Tessa, die Lebensgefährtin von Maries Vater, war ein echter Öko-Freak. Neben ihrer Arbeit als Kamerafrau vertrieb sie sehr erfolgreich T-Shirts aus Bio-Baumwolle über das Internet. Ihre Tochter Lina ging Marie mit ihrer lauten und manchmal etwas dreisten Art gehörig auf die Nerven. Seit die Patchwork-Familie vor einiger Zeit in eine große, alte Villa ins Ostviertel gezogen war, konnte Marie ihr wenigstens etwas leichter aus dem Weg gehen.

»Seht mal!« Franzi hatte in einem Regal neben der Kasse ein heruntergesetztes Parfum entdeckt. »Chrissies Lieblingsparfum kostet nur noch die Hälfte! Das nehme ich sofort mit.«

Kim seufzte. »Wenn es doch nur genauso leicht wäre, etwas für die Zwillinge zu finden.«

Kims Brüder Ben und Lukas waren zehn Jahre alt und furchtbare Nervensägen. Außer Fußball, Computerspielen, Unsinn anstellen und ihre große Schwester ärgern hatten sie keine besonderen Hobbys. Trotzdem mochte Kim die Zwillinge und wollte ihnen etwas schenken, über das sie sich wirklich freuten.

»Bastle ihnen doch einen Maulkorb«, schlug Franzi vor. »Dann können sie dir wenigstens keine frechen Schimpfnamen mehr an den Kopf werfen.«

Marie lachte, aber Kim war gerade abgelenkt. Auf einem kleinen Tisch wurden edle Badezusätze präsentiert. »*Tauchen Sie ab in die Welt der Düfte*«, las Kim halblaut und griff nach der obersten Schachtel. Von Rosen- über Lavendel- bis Sanddorn-Orangen-Öl war alles dabei. »Das ist das perfekte Geschenk für meine Mutter«, stellte Kim fest. »Sie liebt es, nach einem anstrengenden Tag ein entspannendes Bad zu nehmen.« Doch als Kim die Schachtel umdrehte und den Preis sah, machte sie ein langes Gesicht. »Was? So viel Geld für ein bisschen Badeöl? Das gibt's doch nicht!« Kim stellte die Schachtel wieder zurück. »Das ist mir zu teuer.« Sie seufzte. »Ich weiß sowieso nicht, wovon ich die restlichen Weihnachtsgeschenke bezahlen soll. Mein Taschengeld reicht hinten und vorne nicht! Vielleicht hätte ich mir den einen oder anderen *Kakao Spezial* im *Café Lomo* lieber verkneifen sollen. Und dann hab ich mir letzte Woche auch noch einen neuen Krimi gekauft …«

Kim las für ihr Leben gern Krimis. Sie schrieb sogar selbst manchmal Kriminalgeschichten. Seit sie gemeinsam mit Franzi und Marie den Detektivclub *Die drei !!!* gegründet hatte, kam sie allerdings kaum noch dazu. Der Club war von Anfang an sehr erfolgreich gewesen und die Detektivinnen hatten schon viele Fälle gelöst. Zuletzt waren sie auf der Suche nach einem gestohlenen Spiegel gewesen, der angeblich magische Kräfte haben sollte. Davor hatten sie bei einer berühmten Pferdeshow ermittelt. Momentan war der Detektivclub allerdings arbeitslos, was Kim ausnahmsweise einmal ganz gelegen kam. In der Adventszeit gab es mit den Weihnachtsvorbereitungen sowieso genug zu tun – vom üblichen Schulstress ganz abgesehen.

»Soll ich dir Geld leihen?« Marie zückte ihr Portemonnaie. »Kein Problem, wie viel brauchst du?«

Marie kannte keine Geldsorgen. Ihr Vater, der bekannte Schauspieler Helmut Grevenbroich, las ihr jeden Wunsch von den Augen ab und war mehr als großzügig, was das Taschengeld seiner Tochter betraf. Darum konnte sich Marie, die leidenschaftlich gerne shoppen ging, stets die neuesten Mode- und Kosmetikartikel leisten – und auch sonst alles, was ihr Herz begehrte. Aber sie war nicht geizig und lud ihre Freundinnen gerne ins Café ein, wenn sie gemeinsam

unterwegs waren, oder verwöhnte sie mit kleinen Geschenken.
Doch jetzt schüttelte Kim den Kopf. »Lass mal, ich will kein Geld von dir.«
»Warum denn nicht?« Marie zog verständnislos die Augenbrauen hoch. »Ist doch nichts dabei.«
»Ich will einfach keine Schulden haben, das ist alles.« Kim lächelte ihrer Freundin zu. »Trotzdem danke für das Angebot.«
»Du könntest Geschenke basteln«, schlug Franzi vor. »Das ist billiger, als welche zu kaufen.«
»Hm«, machte Kim wenig begeistert. Sie hatte zwar eine exzellente Kombinationsgabe und kannte sich gut mit Computern aus, aber Basteln gehörte nicht unbedingt zu ihren Hobbys. »Mal sehen, vielleicht fällt mir ja noch etwas Besseres ein …«
Inzwischen waren sie endlich zur Kasse vorgerückt, sodass Marie und Franzi ihre Einkäufe bezahlen konnten. Kim war froh, als sie die überfüllte Parfümerie verlassen und wieder in die klare Winterluft hinaustreten konnten. Die Sonne ging bereits unter und in das Eisblau des Himmels mischte sich eine orangerote Färbung.
Kim zog den Reißverschluss ihrer Jacke zu und wickelte sich ihren XXL-Schal fester um den Hals.
»Weiter geht's!«, rief Marie fröhlich und hakte sich bei ihren Freundinnen unter. »Ich muss noch eine irre lange Geschenkeliste abarbeiten.«
Zum Frieren blieb Kim keine Zeit, denn während der nächsten Stunde zogen sie von einem Geschäft ins nächste. Marie

kaufte so viele Geschenke, dass Kim ganz schwindelig wurde. Franzi besorgte einen Kinogutschein für ihre Eltern, ein Buch für ihren Bruder Stefan und ein warmes Stirnband für ihren Skaterkumpel Benni. »Damit er im Winter keine kalten Ohren beim Training bekommt«, erklärte sie.

Kim fand eine heruntergesetzte Klassik-CD für ihre Mutter. »*Sanfte Melodien zum Entspannen* – das ist fast so gut wie Badeöl«, stellte sie zufrieden fest. »Jetzt brauche ich nur noch Papas Lieblingsgummibärchen. Die gibt's bei *Feinkost Kranichstein*.«

Kims Vater war genauso versessen auf Süßigkeiten wie seine Tochter. Wenn er im Gartenschuppen seine geliebten Kuckucksuhren bastelte, vertilgte er raue Mengen an Gummibärchen und Schokolade.

Bei *Feinkost Kranichstein* war es so voll, dass sich die Leute gegenseitig auf die Füße traten. Das alteingesessene Familienunternehmen war die erste Adresse der Stadt, wenn es um Delikatessen, guten Wein und besondere Pralinen oder Schokolade ging. Kim war seit Jahren Stammkundin der Süßigkeitenabteilung. Als Kopf der drei !!! brauchte sie jede Menge Nervennahrung und dazu eigneten sich Gummibärchen oder handgeschöpfte Schokolade von *Feinkost Kranichstein* besonders gut. Letztere war leider nicht gerade billig, sodass sich Kim diese Köstlichkeit nur zu besonderen Gelegenheiten gönnte.

Kim marschierte zielsicher zu den Süßwaren und griff nach den Lieblingsgummibärchen ihres Vaters, die aus reinem Fruchtsaft hergestellt wurden. Beim Anblick der köstlichen Pralinen und Schokoladensorten, der bunt leuchtenden

Fruchtgummis, der leckeren Gebäckmischungen und täuschend echt aussehenden Marzipan-Früchte lief ihr das Wasser im Mund zusammen.
»Was haltet ihr von einer kleinen Stärkung?« Marie schwenkte eine große Tüte *Kranichsteiner Mischung.* Die beliebtesten Pralinen des Feinkostgeschäfts wurden in der hauseigenen Pralinenmanufaktur von Hand hergestellt und schmeckten einfach himmlisch.
»Au ja!«, rief Franzi und auch Kim nickte begeistert.
Sie boxten sich zur Kasse durch und reihten sich in die Warteschlange ein.
»Hey, ob das etwas für Holger wäre?« Marie griff nach einer roten Dose in Herzform, die mit kleinen Nugat-Herzen gefüllt war. »Er liebt Nugat!«
Kim grinste. »Ein Herz für Holger? Läuft da also doch etwas zwischen euch?«
Marie und ihr Ex-Freund trafen sich regelmäßig und verstanden sich prima, doch Marie hatte sich bisher nicht dazu durchringen können, ihrer Beziehung eine neue Chance zu geben.
Auch jetzt schüttelte sie den Kopf. »Ich will keinen festen Freund – dafür ist Flirten doch viel zu schön!«
»Aber du stehst noch auf Holger, oder?«, hakte Franzi nach.
Marie lächelte versonnen. »Na ja, irgendwie schon. Mein Herz schlägt jedes Mal einen Purzelbaum, wenn ich ihn sehe.«
»Dann passt das Geschenk ja«, bemerkte Kim trocken mit Blick auf die rote Herz-Dose.
Marie nickte. »Stimmt! Darum nehme ich es auch mit.«

Sie hatten die Kasse erreicht und Kim schrie auf.
»Was ist los?«, fragte Franzi erschrocken. »Hast du einen Ladendieb gesichtet? Oder ist dein Portemonnaie geklaut worden?«
Kim schüttelte den Kopf und deutete stumm auf einen Aushang neben der Kasse.

AUSHILFE DRINGEND GESUCHT!
Schülerin oder Studentin für leichte Hilfstätigkeiten
bis Weihnachten gesucht. Arbeitszeiten und
Stundenlohn nach Absprache.
Bitte bei Herrn Kranichstein oder an der Kasse melden.

»Das … das ist es!« Kims Stimme überschlug sich. »Das ist die perfekte Lösung für mein Geldproblem!«
»Ein Nebenjob?« Marie rümpfte die Nase, während sie der Kassiererin einen Geldschein reichte. »Ausgerechnet jetzt, in der Adventszeit, wo man so viele schöne andere Dinge tun kann? Leckeren Adventstee trinken zum Beispiel. Oder Plätzchen backen. Also ehrlich, ich finde, das klingt nicht besonders verlockend.«
»Warum denn nicht?«, fragte Franzi. »So ein Job kann doch auch Spaß machen.«
»Genau!« Kim nickte eifrig. »Und ich kann mir endlich alles leisten, was ich will. Außerdem ist ja sowieso gerade kein neuer Fall in Sicht, sodass ich genug Zeit zum Jobben habe. Am besten rede ich gleich heute oder morgen mit meinen Eltern. Und wenn sie einverstanden sind, bewerbe ich mich Montag für den Job.« Sie bezahlte die Gummibärchen,

steckte die Tüte in ihre Umhängetasche und verließ hinter Franzi und Marie den Laden. Der Gedanke, bald eigenes Geld zu verdienen, hob ihre Laune beträchtlich.
Vor dem Geschäft öffnete Marie die Pralinentüte und bot sie ihren Freundinnen an.
»Danke!« Kim entschied sich für einen Orangen-Sahne-Trüffel. Die Schokolade zerging förmlich auf der Zunge und der leichte Orangengeschmack gab der Praline eine herrlich fruchtige Note. Kim schloss genießerisch die Augen. »Lecker! Die *Kranichsteiner Mischung* ist wirklich eine Wucht.« Sie sah auf die Uhr. »Sorry, ich muss los. Ich bin gleich mit Michi auf dem Weihnachtsmarkt verabredet.«
Marie und Franzi wechselten einen vielsagenden Blick.
»Soso.« Franzis Augen blitzten spöttisch, während sie sich eine Pistazien-Marzipan-Praline in den Mund steckte. »Rein freundschaftlich, nehme ich an.«
»Klar, was sonst?«, gab Kim zurück, konnte aber nicht verhindern, dass sie rot anlief.
Michi war ihre erste große Liebe gewesen. Kim hatte lange gebraucht, um über ihre Trennung hinwegzukommen, doch jetzt hatte sie es endlich geschafft. Michi und sie waren gute Freunde, nicht mehr, aber auch nicht weniger.
»Darum hast du dich also so chic gemacht.« Marie nickte anerkennend. »Dein neuer Look ist mir vorhin schon aufgefallen. Steht dir übrigens sehr gut, das findet dein *guter, alter Freund* Michi bestimmt auch …« Grinsend angelte sie sich eine Nugat-Muschel aus der Tüte.
Kims rote Gesichtsfarbe vertiefte sich. Sie überhörte Maries ironischen Tonfall und versuchte, sich hinter ihrem dicken

Schal zu verstecken. »Ach was, das hat gar nichts mit Michi zu tun. Ich wollte einfach mal etwas anderes ausprobieren.« Dass sie geschlagene dreißig Minuten vor dem Badezimmerspiegel gestanden und versucht hatte, das *coole Winter-Make-up für kalte Tage* aus der neuen *Sweet* in die Tat umzusetzen, brauchten ihre Freundinnen ja nicht zu wissen. Darum war sie vorhin auch zu spät gekommen. Leider hatte sie im Schminken nicht so viel Übung wie Marie, die sich auch mit zwei geschlossenen Augen noch einen perfekten Lidstrich ziehen konnte.

Franzi seufzte. »Ich würde auch gerne mal mit Felipe über den Weihnachtsmarkt schlendern. Oder gemütlich im *Lomo* sitzen und Kakao trinken. Aber er hat ja nie Zeit!«

Kim war froh über den Themenwechsel. »Das kapier ich nicht. Ich dachte, du wärst ganz glücklich über etwas Abstand. Immerhin haben dich Felipes Eifersuchtsattacken in der letzten Zeit ziemlich genervt.«

Franzis Freund Felipe war Halb-Mexikaner und hatte ein feuriges Temperament. Er konnte unglaublich charmant und witzig sein, war aber leider auch extrem eifersüchtig. Schon mehrfach hatte er Franzi heftige Szenen gemacht, wenn er der Meinung war, sie hätte mit einem anderen Jungen geflirtet. Franzi, die selbst auch ziemlich schnell in die Luft ging, war jedes Mal ausgeflippt und es waren ordentlich die Fetzen geflogen. Bisher hatten sich die beiden jedoch immer wieder versöhnt.

»Ja, ich weiß.« Franzi machte ein unglückliches Gesicht. »Aber jetzt fehlt mir Felipe doch. Wegen der vielen Weihnachtsfeiern ist er noch mehr als sonst im *Yucatán* einge-

spannt. Dabei ist der Advent zu zweit viel schöner als allein!«
Felipes Mutter Juana betrieb im nahe gelegenen Freizeitpark *Sugarland* ein mexikanisches Restaurant, in dem Felipe oft aushalf.
Marie klopfte Franzi aufmunternd auf die Schulter. »Du hast ja noch uns, vergiss das nicht.« Sie steckte die Pralinentüte in ihre Handtasche.
»Genau, du bist nicht allein«, versicherte Kim. In diesem Moment schlug die Uhr der Stadtkirche sechs Mal. »Mist, ich muss weg! Bis Montag!« Sie drückte Franzi besonders fest zum Abschied, dann sauste sie los.

# Herzklopfen und heiße Waffeln

»Hallo, Kim.«

Michi wartete bereits an einem Stehtisch vor der Waffelbude, als Kim den Treffpunkt etwas abgehetzt erreichte.

»Hallo!« Sie lächelte ihm entschuldigend zu. »Tut mir leid, dass ich zu spät bin. Ich hab mich mit Franzi und Marie verquatscht.«

»Kein Problem.« Michis blaugrüne Augen sahen sie aufmerksam an und Kims Herz begann schneller zu klopfen. »Du siehst gut aus!«

»Danke.« Kim fuhr sich verlegen durch ihre kurzen, dunklen Haare. Die Freude über Michis Kompliment hüllte sie ein wie ein warmer Mantel. Plötzlich spürte sie die Dezember-Kälte nicht mehr.

»Möchtest du eine Waffel?«, fragte Michi. »Ich lad dich ein.«

Kim nickte. »Gern!«

Während Michi Waffeln holte, zog Kim einen kleinen Schminkspiegel aus der Jackentasche und überprüfte unauffällig ihr Make-up. Ihr Gesicht wirkte geschminkt irgendwie fremd. Aber die schwarze Wimperntusche ließ ihre Augen strahlen und der eisblaue Glitzer-Lidschatten betonte das Blau ihrer Iris. Sah wirklich nicht schlecht aus. Zufrieden steckte sie den Spiegel wieder weg. Plötzlich musste sie über sich selbst lachen. Wenn sie nicht aufpasste, wurde sie noch wie Marie, die immer und überall ihr Schminktäschchen dabeihatte, um stets perfekt gestylt zu sein.

»Was ist so lustig?« Michi trat an den Tisch, in jeder Hand

eine dampfende Waffel mit viel Puderzucker. Eine davon reichte er Kim.

»Ach, nichts.« Kim schnupperte genießerisch an ihrer Waffel. »Hm, riecht das gut!« Vorsichtig knabberte sie den knusprigen Rand ab. »Übrigens habe ich heute einen wichtigen Entschluss gefasst: Ich werde mir einen Nebenjob suchen!«

»Prima Idee.« Michi nickte zustimmend. »Dann bist du finanziell unabhängig und musst nicht ständig mit deinen Eltern ums Taschengeld feilschen.« Bei diesem Thema war Michi Experte. Vor seiner Ausbildung zum chemisch-technischen Assistenten hatte er verschiedene Nebenjobs gehabt, unter anderem in einer Kneipe, im Elektrogeschäft seines Vaters und in einer Eisdiele.

»Genau!« Kim nahm einen großen Bissen von ihrer Waffel und nuschelte: »Hoffentlich sind meine Eltern einverstanden. Meine Mutter hat bestimmt Angst, dass ich die Schule vernachlässigen könnte.«

»Triff doch ein Abkommen mit ihr«, schlug Michi vor. »Sobald sich deine Noten verschlechtern, hörst du auf zu jobben.«

»Gute Idee!« Kims Miene hellte sich auf.

»Außerdem lernst du so schon frühzeitig die Arbeitswelt kennen und sammelst wichtige Erfahrungen für deine spätere Berufswahl«, erklärte Michi. Er zwinkerte Kim zu. »Damit hab ich meinen Vater immer rumgekriegt, wenn er meinte, ich würde zu viel arbeiten.«

»Mensch, Michi, du bist genial!« Kim grinste. »Das ist das perfekte Argument!« Sie aß ihre Waffel auf und wischte sich

die fettigen Finger an der Papierserviette ab. »Superlecker!« Sie seufzte. »Aber wie immer zu klein. Warum können sie die Waffeln nicht einfach doppelt so groß machen?«
»Du kannst gerne von meiner abbeißen.« Michi hielt ihr seine Waffel hin, die er bisher kaum angerührt hatte.
»Ehrlich?« Kim zögerte. Sie wollte nicht verfressen wirken – andererseits kannte Michi sie viel zu gut, als dass sie ihm noch irgendetwas hätte vormachen können. Das war ja gerade das Schöne an ihrer Freundschaft. Michi wusste, dass sie süßen Sachen einfach nicht widerstehen konnte. »Danke!« Sie beugte sich vor und nahm einen Bissen. Dabei streckte sie automatisch die Hand aus, um die Waffel festzuhalten. Ihre Fingerspitzen berührten Michis und ein leichtes Kribbeln breitete sich in ihrem ganzen Körper aus. Ihr Herz geriet aus dem Takt, um dann doppelt so schnell weiterzuschlagen. Eilig zog Kim die Hand zurück. Ihr Blick wanderte zu Michis Gesicht, das ungewöhnlich ernst aussah. Seine Augen waren so vertraut und so sanft …
»Liebe Kim …«, murmelte Michi.
Kim blinzelte. Hatte er das tatsächlich gesagt? Oder hatte sie sich das nur eingebildet? Erst jetzt bemerkte sie, wie nah sie sich gegenüberstanden. Sie konnte jede Einzelheit in Michis Gesicht erkennen. Eine braune Haarsträhne, die ihm vorwitzig in die Stirn fiel, die Sommersprossen auf seiner Nase, die süßen Grübchen neben seinem Mund, seine wunderschönen Lippen, die sie so oft geküsst hatte …
Plötzlich kitzelte es in Kims Hals und sie musste husten. Der Waffelbissen, den sie zwischenzeitlich völlig vergessen hatte, war ihr in die falsche Kehle gerutscht und es dauerte eine

Weile, bis sie wieder Luft bekam. Ihre Augen tränten und Kim verfluchte die Wimperntusche, die vermutlich gerade in schwarzen Bächen über ihr Gesicht floss.
»Alles in Ordnung?«, fragte Michi besorgt und reichte ihr ein Taschentuch.
»Geht schon wieder«, krächzte Kim, tupfte sich vorsichtig die Augen ab und putzte sich die Nase.
»Ich hol dir was zu trinken.« Michi spurtete zum benachbarten Glühweinstand und kam kurz darauf mit einem Becher Apfelpunsch zurück, den er Kim in die Hand drückte. Sofort stieg ihr ein herrlicher Duft nach Äpfeln und Zimt in die Nase.
Kim musste lächeln. Michi war einfach wahnsinnig süß! So hilfsbereit und einfühlsam …
Moment mal – was war hier eigentlich los? Süß, hilfsbereit, einfühlsam? Das klang ja fast so, als ob sie … Stopp! Nein, nein, nein! Michi war nur ein guter Freund und sonst nichts! Alles andere würde sowieso nicht funktionieren und damit basta!
Kim räusperte sich und straffte die Schultern. »Danke.« Sie trank einen kleinen Schluck von dem heißen Getränk und überlegte krampfhaft, welches unverfängliche Thema sie anschneiden könnte. Warum war sie auf einmal so verlegen?
Michi nahm ihr die Entscheidung ab. »Weißt du schon, wo du arbeiten willst?«, erkundigte er sich.
»Äh – arbeiten?«, fragte Kim verwirrt.
»Der Nebenjob, den du dir suchen möchtest«, half Michi ihr auf die Sprünge. »Hast du etwas Bestimmtes im Blick?«
»Ach so!« Kim nickte eifrig. »Ich hab vorhin einen Aushang

bei *Feinkost Kranichstein* gesehen. Die suchen eine Aushilfe für die Vorweihnachtszeit.«

»Klingt gut. Die zahlen bestimmt nicht schlecht, der Laden läuft doch wie geschmiert.«

»Woher weißt du das?« Kim pustete vorsichtig in ihren Apfelpunsch.

»Max Kranichstein, der Neffe vom Chef, geht auf meine Berufsschule«, erklärte Michi. »Er macht auch eine CTA-Ausbildung, ist aber einen Jahrgang über mir. Letztens hab ich zufällig mitbekommen, wie er damit geprahlt hat, was der Laden für eine Goldgrube ist. Apropos Berufsschule: Hab ich dir schon das Neueste erzählt?« Michi grinste. »Vor ein paar Tagen ist fast unser Chemieraum in die Luft geflogen!«

»Was?« Kim riss die Augen auf. »Wie ist das denn passiert?«

Michi berichtete, wie sein Chemielehrer bei einem Experiment zwei Chemikalien verwechselt und dadurch eine heftige Verpuffung ausgelöst hatte. »Es hat ordentlich geknallt und alles war voller Rauch.« Michi lachte. »Wir sahen aus wie die Schornsteinfeger. Es ist niemandem etwas passiert, aber das Gebäude wurde vorsorglich für den Rest des Tages gesperrt und wir durften nach Hause gehen.«

Kim lachte. »Glück im Unglück, würde ich sagen.« Die merkwürdige Verlegenheit von vorhin war spurlos verschwunden. Jetzt fühlte sie sich wieder wunderbar entspannt. So ging es ihr oft in Michis Gegenwart. Seine bloße Anwesenheit ließ sie ruhig und gelöst werden. Wie machte er das nur? Ein Blick auf die Rathausuhr zeigte Kim, dass es kurz vor sieben war. Zeit fürs Abendessen. Sie seufzte. »Ich muss jetzt leider los.«

»Schade«, sagte Michi bedauernd. Es klang so, als würde er es auch wirklich meinen.

»Das finde ich auch.« Kim hätte noch ewig mit Michi weiterplaudern können. Umständlich zupfte sie ihren Schal zurecht. »Wir … wir könnten nächste Woche ja mal wieder ins *Lomo* gehen«, schlug sie vor und biss sich direkt danach auf die Zunge. Jetzt dachte Michi bestimmt, dass sie es nicht mal ein paar Tage ohne ihn aushielt.

Doch Michi nickte begeistert und strahlte über das ganze Gesicht. »Gute Idee, sehr gerne!« Er nahm Kim in die Arme und drückte sie kurz. »Bis bald!«

»Ja, bis bald.« Etwas benommen machte sich Kim auf den Heimweg. Sie spürte den Druck von Michis Umarmung noch, als sie den Weihnachtsmarkt schon längst hinter sich gelassen hatte. Seine blaugrünen Augen und sein umwerfendes Lächeln gingen ihr einfach nicht aus dem Kopf. Was war bloß los mit ihr?

Als sie vor ihrem Haus angekommen war, fiel Kims Blick auf die Buche, in die jemand vor einer Weile *I love Kim* eingeritzt hatte. Trotz ihrer detektivischen Fähigkeiten hatte Kim bisher nicht herausfinden können, wer dahintersteckte. Sie fuhr mit den Fingerspitzen über die Buchstaben. Plötzlich wünschte sie sich nichts sehnlicher, als dass es Michi gewesen war. Allein der Gedanke zauberte ein glückliches Lächeln auf ihr Gesicht …

»Platz da!«

Eine unangenehm laute Stimme riss Kim grob aus ihren süßen Träumereien, gleichzeitig bohrte sich ein spitzer Ellbogen in ihre Seite. Kim fuhr herum und blickte in die grinsenden Gesichter der Zwillinge. Sie hatten sich ihre Sporttaschen lässig über die Schultern geworfen und kamen offensichtlich gerade vom Fußballtraining. Ihre Haare waren zerzaust – sie hatten trotz der Kälte keine Mützen auf, Mama würde ausrasten, wenn sie das sah – und aus Lukas' Nase tropfte der Schnodder. Kein besonders erquicklicher Anblick.

»Musst du mitten im Weg rumstehen?«, beschwerte sich Ben, während Lukas lautstark die Nase hochzog, bevor er hinzufügte: »Genau, bist du hier festgewachsen, oder was?«

Kim schüttelte langsam den Kopf. Die Zwillinge kamen ihr vor wie zwei Wesen aus einer anderen Welt. Sie passten nicht zu dem prickelnden, federleichten Gefühl, das sie seit Michis Umarmung erfüllte.

Ben und Lukas, die mit einer heftigen Erwiderung gerechnet hatten, sahen sich verdutzt an, als ihre Schwester nicht reagierte. »Kim?«, fragte Ben vorsichtig. »Alles klar?«

Lukas kratzte sich verwirrt am Kopf. »Vielleicht hatte sie einen Unfall und steht unter Schock«, vermutete er. »Oder Außerirdische haben sie entführt und ihr Gedächtnis gestohlen. Vermutlich ist das gar nicht Kim, sondern ein hirntoter Zombie, der die Weltherrschaft an sich reißen will …«

Ben wedelte mit einer Hand vor Kims Gesicht herum. »Hallo? Jemand zu Hause?«

Kim reagierte mit einem strahlenden Lächeln. Sie war so glücklich und dieses Glück musste sie einfach weitergeben. Erst drückte sie Ben einen dicken Schmatzer auf die Wange, dann Lukas. »Wisst ihr eigentlich, wie lieb ich euch habe?« Sie warf ihren Brüdern eine Kusshand zu und tänzelte leise vor sich hin summend zur Haustür.

Die Zwillinge starrten ihrer Schwester mit offenen Mündern nach. Lukas wischte sich mit angeekeltem Gesichtsausdruck über die Wange und Ben murmelte: »Jetzt ist sie endgültig verrückt geworden!«

*Geheimes Tagebuch von Kim Jülich*
*Sonntag (3. Advent), 9:17 Uhr*
***Letzte Warnung: Lesen für Unbefugte verboten! Wer sich nicht daran hält, dem hetze ich ein paar Außerirdische auf den Hals, die ihm unverzüglich das Gedächtnis rauben. Habe ich mich klar genug ausgedrückt, Ben und Lukas?***
*Ich bin total durcheinander! Hab die ganze letzte Nacht von Michi geträumt, und kaum bin ich wach, spukt er schon wieder in meinem Kopf herum. Ich muss ständig an ihn denken! An seine tollen Augen, seine süßen Grübchen, seine witzige Art … Ich könnte noch ewig so weitermachen!*
*Was ist nur los mit mir? Ich hatte geglaubt, meine Gefühle für Michi seien Vergangenheit, und nun ist plötzlich alles wieder da. Die Schmetterlinge in meinem Bauch flattern mindestens so heftig wie am ersten Tag. Ach Michi, wenn du jetzt nur bei mir wärst …*
*Gestern auf dem Weihnachtsmarkt waren wir uns plötzlich so nah. Als sich unsere Fingerspitzen berührt haben, war es, als würde elektrischer Strom durch meine Adern fließen. Ganz ehrlich – und das verrate ich nur dir, liebes Tagebuch –, ich hätte Michi am liebsten geküsst! Bin ich etwa nicht mehr zurechnungsfähig? Vielleicht haben die Zwillinge ja recht und ich verwandle mich allmählich in einen Zombie …*
*Michi ist aber auch einfach supersüß! Seit unserer Trennung hat*

*er sich ziemlich verändert. Statt langweilige Endlosmonologe über seine Ausbildung zu halten, erzählt er witzige Anekdoten aus der Berufsschule. Und dass er sich für Pyrotechnik interessieren würde, hätte ich ihm früher auch nicht zugetraut. Schließlich ist es nicht ungefährlich, mit Feuerwerkskörpern zu experimentieren. Aber dieses Draufgängerische und Abenteuerliche passt total gut zu ihm, finde ich. Und es macht ihn noch unwiderstehlicher!*

*Es hilft nichts, mir länger etwas vorzumachen. Ich muss der Wahrheit ins Auge sehen: Michi ist immer noch mein absoluter Traumtyp! Oder bin ich lediglich wegen der romantischen Adventszeit so gefühlsduselig? Wenn ich das bloß wüsste!*

*Im Moment weiß ich nur eins: Ich will Michi so schnell wie möglich wiedersehen! Er fehlt mir jetzt schon …*

*Sorry, ich muss Schluss machen. Mama ruft zum Adventsfrühstück. Danach werde ich mit meinen Eltern über den Nebenjob reden. Hoffentlich sagen sie Ja!*

# Aller Anfang ist schwer

»Ich kann's immer noch nicht glauben!« Franzi drückte Kims Arm. »Es ist so toll, dass du den Job bekommen hast!«
»Ja, und es ging alles total schnell.« Kim hatte sich bei ihren Freundinnen eingehakt. Die drei !!! marschierten zügig durch die Fußgängerzone, in der es am Dienstagnachmittag längst nicht so voll war wie am vergangenen Samstag. »Gestern hab ich mich vorgestellt und heute geht's schon los!« Sie lächelte Marie und Franzi zu. »Wirklich nett von euch, dass ihr mich zu meinem ersten Arbeitseinsatz begleitet.«
»Das ist doch selbstverständlich.« Marie lächelte zurück. »Beste Freundinnen sind schließlich immer füreinander da. Und deine Mutter hatte tatsächlich nichts dagegen?«
Kim grinste. »Erst war sie nicht so begeistert. Sie meinte, ich solle mich lieber auf die Schule konzentrieren. Genau wie ich befürchtet hatte. Aber Michis Argument, dass es wichtig ist, frühzeitig Erfahrungen in der Arbeitswelt zu sammeln, hat sie schließlich überzeugt.«
Franzi pfiff anerkennend durch die Zähne. »Kluger Michi!«
»Ja, das ist er wirklich.« Beim Gedanken an Michi schlug Kims Herz augenblicklich höher. Schnell konzentrierte sie sich wieder auf das eigentliche Thema. »Und gestern war ich dann bei Herrn Kranichstein und habe mich vorgestellt.«
»Und er hat dich gleich genommen?«, fragte Marie. »Respekt!«
»Was musst du denn alles machen?«, wollte Franzi wissen.
»Ich soll für die Kunden Geschenke einpacken«, berichtete

Kim. »An zwei Nachmittagen in der Woche für jeweils zwei Stunden.«
Sie hatten den Marktplatz mit den Weihnachtsmarktbuden hinter sich gelassen und bogen in die Straße ein, in der das Feinkostgeschäft lag. Der Himmel war bedeckt und es war nicht mehr ganz so kalt wie am Wochenende.
»Klingt super!«, sagte Franzi. »Das ist keine schwere Arbeit und du hast noch genug Zeit für andere Dinge.«
»Zum Beispiel für unser Clubtreffen am Freitag«, fügte Marie hinzu. »Du kommst doch, oder?«
Kim nickte. »Natürlich, was denkst du denn?« Sie lächelte verschmitzt. »Und ich bringe uns ein bisschen süße Nervennahrung mit. Denn das Beste hab ich euch ja noch gar nicht erzählt.«
Franzi machte ein neugieriges Gesicht. »Schieß los!«
Kim holte tief Luft und verkündete: »Als Angestellte des Ladens bekomme ich fünfundzwanzig Prozent Rabatt auf alle Produkte! Ist das nicht super?«
»Wow!« Franzi klang beeindruckt. »Wirklich auf alles?«
Kim nickte. »Gummibärchen, Schokolade, Marzipan, Pralinen …« Ihre Augen leuchteten beim Gedanken an all die Leckereien, die sie sich in Zukunft leisten konnte.
»Klingt gut«, stellte Marie fest. »Allein deswegen hat sich die Sache mit dem Nebenjob schon gelohnt.«
Gerade als sie das Feinkostgeschäft erreicht hatten, piepste Kims Handy. Sie blieb stehen und warf einen Blick auf das Display. Eine SMS von Michi! Augenblicklich war das angenehme Kribbeln in Kims Bauch wieder da. Mit klopfendem Herzen öffnete sie die Nachricht.

*Liebe Kim, viel Glück für den 1. Arbeitstag! Ich drück dir die Daumen. Übermorgen um 17.00h im* Lomo? *GLG! Dein Michi*

Diese zwei kleinen Wörter reichten, um Kim in Hochstimmung zu versetzen. Wie nett von Michi, dass er an ihren ersten Arbeitstag gedacht hatte. Sie hatte ihm gestern, direkt nach dem erfolgreichen Vorstellungsgespräch, eine kurze SMS geschickt, woraufhin er ihr umgehend zum neuen Job gratuliert hatte. Und übermorgen würde sie ihn endlich wiedersehen! Schnell bestätigte sie die Verabredung im *Lomo* und steckte mit einem seligen Lächeln das Handy weg.

»Was Wichtiges?«, erkundigte sich Franzi.

Kim räusperte sich. »Nein. Nur eine SMS von Michi. Er wünscht mir viel Glück.«

»Wie süß!«, quietschte Marie.

Kim zuckte mit den Schultern und versuchte so auszusehen, als würde sie diese kleine Geste unter Freunden nicht sonderlich berühren. Ihre Gefühle für Michi waren ganz allein ihre Angelegenheit. Auch wenn sie sonst fast alles mit ihren Freundinnen besprach, die neu aufkeimende Liebe zu ihrem Ex-Freund war ein viel zu zartes Pflänzchen, um darüber zu reden. Dafür war es einfach noch zu früh.

»Leute, ich muss los«, sagte Kim. »Ich will schließlich nicht gleich an meinem ersten Arbeitstag zu spät kommen.«

»Aber vorher brauchst du noch eine extra Portion Power!« Franzi streckte den Arm aus. Kim und Marie machten es ihr nach und alle drei legten die Hände übereinander.

»Die drei !!!«, sagten Kim, Franzi und Marie im Chor.

Franzi sagte »Eins!«, Marie »Zwei!« und Kim »Drei!«.
Zum Schluss hoben sie gleichzeitig die Hände und riefen: »Power!!!«
Sofort fühlte Kim, wie sie von neuer Energie erfüllt wurde. Das Ritual, das sie regelmäßig mit ihren Freundinnen zelebrierte, hatte mal wieder Wirkung gezeigt.
»Viel Spaß!« Franzi lächelte Kim zu. »Du schaffst das!«
»Wir schauen nachher mal rein«, kündigte Marie an.
Kim atmete einmal tief durch und betrat schwungvoll den Laden. Viele neue Aufgaben warteten auf sie und Kim war bereit, die Arbeitswelt im Sturm zu erobern.

Eine Stunde später war Kim schweißgebadet.
»Wo bleibt mein Geschenk?«, fragte eine Kundin mit gepflegten grauen Haaren und dezenten Perlenohrringen ungeduldig. »Ich warte schon eine Ewigkeit!«
»Kommt sofort!« Hastig griff Kim nach dem roten Geschenkband, schnitt ein langes Stück ab und schnürte es um das flache Päckchen. Dann kräuselte sie das Band mit einer Schere, klebte den silbern schimmernden *Feinkost Kranichstein*-Aufkleber in die Mitte und reichte der Dame das fertige Geschenk. »Bitte schön. Viel Spaß damit!«
»Aber ich hatte doch eine Dose mit kandierten Früchten gekauft!« Die Kundin starrte missbilligend auf das hübsch eingewickelte Päckchen. »Das hier sieht mir eher nach einer Pralinenpackung aus.«
Kim merkte, wie sie rot anlief. »Oh, tut mir leid! Da muss ich etwas verwechselt haben.« Hektisch suchte sie auf dem voll beladenen Packtisch nach den kandierten Früchten. »Da

sind sie ja!« Triumphierend hielt Kim eine Dose hoch. »Einen kleinen Moment noch, ich bin gleich so weit.«
Während Kim einen neuen Bogen Geschenkpapier abriss, erschienen weitere Kunden und verlangten nach ihren Einkäufen.
»Wie lange dauert das denn noch?« Ein Herr in Anzug und Mantel sah auf seine goldene Armbanduhr. »Ich habe gleich noch einen Termin.«
»Ich bin aber vor Ihnen dran!«, ereiferte sich eine Frau mit kleinen Kringellöckchen und zu grellem Lippenstift. »Das geht hier schön der Reihe nach!«
»Einen winzigen Augenblick noch!« Kim versuchte beschwichtigend zu lächeln, was jedoch gründlich misslang. Sie merkte, wie ihr ein Schweißtropfen über die Stirn lief. Es war furchtbar warm in dem Geschäft, das jetzt, zur besten Einkaufszeit am Nachmittag, rappelvoll war. Kim hatte zu Beginn ihrer Schicht eine kurze Einweisung von der Auszubildenden Peggy bekommen, dann war es sofort losgegangen. In der vergangenen Stunde hatte sie mehrere große Präsentkörbe mit edlen Delikatessen, teure Weihnachtsschokolade, handgemachte Pralinen, Weinflaschen, Konfitüre und jede Menge andere Präsente in allen Formen und Größen verpackt. Allmählich schwirrte ihr der Kopf und ihre Finger verhedderten sich immer öfter im Geschenkband. Kim seufzte und wünschte sich eine Sekunde lang ganz weit weg.
»Huhu, da sind wir!« Ausgerechnet in diesem Moment tauchten Marie und Franzi vor dem Packtisch auf und winkten ihr fröhlich zu.

»Na, wie läuft's?«, erkundigte sich Franzi.
»Ich kann jetzt nicht!«, zischte Kim. »Bin total im Stress.«
Zum Glück erfassten die beiden die angespannte Lage mit einem Blick. Franzi streckte aufmunternd den erhobenen Daumen in die Luft und Marie flüsterte Kim ein »Du schaffst das!« zu. Dann zogen sie wieder ab.
»Jetzt schwatzt sie auch noch mit ihren Freundinnen«, schimpfte der Herr im Anzug. »Unmöglich!«
»Ja, ja, so sind die jungen Mädchen von heute«, seufzte die Dame mit den grauen Haaren.
Kim merkte, wie sie wütend wurde. »Ich tue doch, was ich kann!«, fuhr sie die Kundin an.
Ehe die Situation eskalieren konnte, tauchte Peggy neben Kim auf. »Komm, ich helf dir schnell.« Mit wenigen Handgriffen hatte sie eine Pralinenschachtel eingepackt. Sie brauchte dazu ungefähr die Hälfte der Zeit, die Kim benötigte. »Bitte schön.« Sie reichte der Frau mit dem grellen Lippenstift das Päckchen.
»Na also, geht doch«, murmelte die Kundin, die sich nicht einmal bedankte.
»Viel Spaß beim Verschenken!«, rief Peggy ihr nach, während sie mit flinken Fingern eine Tafel Weihnachtsschokolade in Geschenkpapier wickelte. »Bleib immer freundlich, hörst du?«, raunte sie Kim zu. »Egal was passiert, der Kunde ist König!«
Kim nickte. »Danke für deine Hilfe!«
Peggy lächelte ihr zu. »Kein Problem, ich weiß, wie das am Anfang ist. Wart's ab, mit der Zeit bekommst du Übung und wirst immer schneller.«

Plötzlich schallte eine ärgerliche Stimme durch den Laden. »FRAU BRETTSCHNEIDER!«

Peggy zuckte zusammen. »Der Chef ruft! Ich muss weg.«

Sie eilte in die Weinabteilung, wo Herr Kranichstein sie mit vor der Brust verschränkten Armen erwartete.

»Die spanischen Weine sind ja immer noch nicht ausgezeichnet!«, schimpfte er. »Was machen Sie eigentlich die ganze Zeit?«

Peggy wurde rot. »Äh, ich hab nur kurz der neuen Aushilfe am Packtisch geholfen. Da hatte sich eine Schlange gebildet und …«

Aber der Chef hörte gar nicht zu. »Geschenke verpacken ist heute nicht Ihre Aufgabe, hören Sie? Kümmern Sie sich bitte um die Auszeichnung der Weine.«

»Ja, Chef.« Peggy senkte den Kopf und arbeitete eilig weiter. Kim biss sich auf die Lippe. Mist! Jetzt hatte Peggy einen Rüffel bekommen, nur weil sie Kim geholfen hatte. Herr Kranichstein schien heute aber auch besonders gereizt zu sein. Während Kim eine Aprikosen-Konfitüre in goldglänzendes Papier wickelte, beobachtete sie, wie der Geschäftsinhaber eine Verkäuferin anschnauzte, weil sie die Schokoweihnachtsmänner zu weit hinten im Laden positioniert hatte.

Was war nur los mit ihm? Bisher hatte Kim Herrn Kranichstein immer als sehr zuvorkommend und freundlich erlebt. Mit seinen weißen Haaren und den dichten, weißen Augenbrauen wirkte er ein bisschen wie der Weihnachtsmann. Er war bekannt dafür, sich sehr um seine Kunden zu bemühen. Auch zu Kim war er während ihres gestrigen Vorstellungsgesprächs ausgesprochen nett gewesen. Merkwürdig …

In diesem Moment betrat ein schlaksiger junger Mann den Laden. Sofort schoss Herr Kranichstein auf ihn zu und redete auf ihn ein. Sein Tonfall klang nicht besonders freundlich. Kim runzelte die Stirn. Nanu, was war denn jetzt los? Automatisch prägte sie sich die Personenbeschreibung des jungen Mannes ein: ca. 18 Jahre, groß und dünn, schwarze Haare, Brille, blasse Gesichtsfarbe, Kleidung: Jeans und schwarze Windjacke, insgesamt unauffälliger Typ ohne besondere Kennzeichen.

»Was denkst du dir eigentlich, Max?« Herrn Kranichsteins Stimme schwoll an, sodass Kim seine Worte gut verstehen konnte, genauso wie jeder andere im Laden. »Das Geschäft ist voll und du kommst zu spät. Wir brauchen so kurz vor Weihnachten jede helfende Hand, das weißt du doch!«

Max? Kim kombinierte blitzschnell. Also musste der Typ in der schwarzen Windjacke Max Kranichstein sein, der Neffe des Chefs!

Max hatte den Kopf gesenkt und sein blasses Gesicht war rot angelaufen, während er eine Entschuldigung murmelte und schnell im hinteren Teil des Ladens verschwand. Herr Kranichstein sah ihm kopfschüttelnd nach. Dann wandte er sich mit einem professionellen Lächeln an eine Kundin, die unschlüssig vor dem Regal mit den Konfitüren stand, und begann ein Beratungsgespräch.

»War das eben Max Kranichstein?«, erkundigte sich Kim leise bei Peggy, die mit dem Auszeichnen des Weins fertig war und gerade am Packtisch vorbeikam.

Peggy nickte. »Der Neffe vom Chef.« Sie lehnte sich vertraulich über den Tisch. »Er lebt seit dem Unfalltod seiner Eltern vor zehn Jahren bei seinem Onkel und seiner Tante. Sie haben ihn gemeinsam mit ihrem leiblichen Sohn Karl aufgezogen. Die beiden Jungs sollen später den Laden übernehmen. Na, wenn das mal gut geht …« Ihre dunklen Augen blitzten. Offenbar liebte sie Klatsch und Tratsch.

»Wieso?«, fragte Kim. »Verstehen sich Max und Karl nicht?«

Peggy schüttelte den Kopf. »Sie sind wie Tag und Nacht! Max hilft im Laden, sooft er kann. Dabei hat er mit seiner Ausbildung eigentlich genug um die Ohren. Er will sich auf Lebensmittelchemie spezialisieren, um die Pralinenherstellung in der hauseigenen Manufaktur überwachen zu können.«

»Klingt logisch«, sagte Kim. »Und was ist dieser Karl für ein Typ?«

Peggy winkte ab. »Er ist ein Jahr jünger als Max und ein echter Hallodri. Er treibt sich lieber in angesagten Cafés herum und trifft sich mit hübschen Mädels, statt im Geschäft zu helfen. Hat jeden Monat eine neue Freundin.« Peggy fuhr sich mit einem geringschätzigen Schnauben durch ihre schwarzen Locken. »Keine Ahnung, was die alle an ihm finden.« Sie wollte gerade weitergehen, als sie plötzlich erstarrte.

»Da ist er ja!«, hauchte sie und nickte zum Eingang hinüber. Dort schlenderte gerade ein ausgesprochen gut aussehender Typ mit blonden Wuschelhaaren in den Laden. Er war mittelgroß, trug eine teuer aussehende Lederjacke zur kunstvoll zerfetzten Jeans und hatte einen Arm nachlässig um eine hübsche Blondine gelegt, die mit ihrer schlanken Figur, dem süßen Puppengesicht und den langen Beinen echte Barbie-Qualitäten hatte.

»Hallo allerseits!« Er nickte Peggy zu, die daraufhin prompt rot anlief und verlegen zur Seite blickte.

Kim musste grinsen. Offenbar war Peggy entgegen ihrer eigenen Aussage durchaus empfänglich für Karls Charme. Vielleicht war sie ja selbst eine seiner häufig wechselnden Freundinnen gewesen und deshalb nicht gut auf ihn zu sprechen.

»Karl, mein Junge!« Auf Herrn Kranichsteins Gesicht erschien das erste echte Lächeln des Tages. »Hallo, Sarah.« Er nickte der Barbie zu. »Seid ihr zum Helfen gekommen?«

»Kann man so sagen.« Karl schob seine Freundin nach vorne. »Sarah würde sich gerne nützlich machen. Sie sucht einen Nebenjob und du hast doch gesagt, du kannst Unterstützung im Geschäft gebrauchen. Vielleicht könnte sie ja Geschenke einpacken oder so.«

»Dafür habe ich gestern erst jemanden eingestellt.« Herr Kranichstein sah zu Kim hinüber, die schnell nach einer Tafel Marzipanschokolade griff. Vor lauter Ohrenspitzen hatte sie das Einpacken beinahe vergessen. Peggy verschwand eilig in der Delikatessenabteilung, um nicht schon wieder angeschnauzt zu werden.

»Aber mir fehlt noch jemand, der als Engel verkleidet Pralinen und Schokolade am Eingang verteilt. Dieser kleine Werbegag kam letztes Jahr sehr gut bei den Kunden an.«

»Perfekt!« Karl drückte seiner Freundin einen Kuss aufs Ohr. »Mein Engel wird ein Engel!« Er lachte über seinen eigenen Witz, während Sarah albern kicherte.

»Du kannst morgen Nachmittag anfangen«, sagte Herr Kranichstein zu Sarah, die eifrig nickte.

»Danke, Paps, und bis später!« Karl hob lässig die Hand zum Abschied und schob seine Freundin zum Ausgang.

In diesem Moment tauchte Max im weißen Angestelltenkittel zwischen den Regalen auf. Als er Sarah erblickte, blieb er abrupt stehen und errötete leicht.

Karl grinste seinem Cousin zu. »Na, schon wieder fleißig, alter Junge? Löblich, löblich!«

»Du könntest ja auch mal ein bisschen mit anpacken«, bemerkte Max ärgerlich. »Es gibt genug zu tun.«

»Sorry, keine Zeit.« Karl zuckte bedauernd mit den Schultern. »Wir wollen ins Kino. Ein andermal gerne, okay?«

Er ließ Max einfach stehen und ging mit seiner Freundin hinaus. Max sah den beiden nach, dann rannte er wie ein gereizter Stier in die Süßwarenabteilung und pfefferte eine neue Lieferung Gummibärchen in die Regale.

Kim schüttelte ungläubig den Kopf. Was für eine Familie! Wer hätte gedacht, dass sich bei den Kranichsteins solche Dramen abspielten? Wenn das so weiterging, war ihr neuer Job besser als jede Soap.

Die Uhr über der Kasse zeigte kurz nach fünf.

»Feierabend!«, seufzte Kim erleichtert und räumte den Packtisch auf. Sie hatte ihren ersten Arbeitstag überstanden. Jetzt wollte sie nur noch eins: auf direktem Weg nach Hause gehen, sich mit einer zum günstigen Mitarbeiterpreis gekauften Tafel Weihnachtsschokolade in die Badewanne legen und bei Kerzenschein in aller Ruhe von Michi träumen …

# Notstand im Pralinenregal

*Geheimes Tagebuch von Kim Jülich*
*Mittwoch, 14:02 Uhr*
***Lesen verboten!!! Wer sich nicht daran hält, wird mit totaler Nichtbeachtung und Liebesentzug nicht unter zwei Jahren bestraft!***
*Nun schreibe ich schon so lange Tagebuch, aber noch nie habe ich einen dermaßen bahnbrechenden Entschluss festgehalten. Meine Hände zittern vor Aufregung, ich kann kaum tippen …*
*Aber der Reihe nach: Gestern lag ich nach meinem ersten Arbeitstag gemütlich in der Wanne, futterte Schokolade, inhalierte den beruhigenden Duft meines Rosmarin-Lavendel-Badeöls und dachte an Michi. Als ich die Augen schloss, sah ich ihn genau vor mir: sein Gesicht mit den lieben Augen, die kleine Narbe an seinem Ohr, die er von einem verunglückten Feuerwerksexperiment hat, die dunkelbraune Haarsträhne, die ihm immer ins Gesicht fällt …*
*Und plötzlich wurde mir etwas klar. Tief in meinem Innern weiß ich es schon lange:*
*ICH WILL MICHI ZURÜCK!!!*
*Michi ist der Richtige für mich und ich bin die Richtige für ihn. Wir gehören einfach zusammen. Schluss mit den Zweifeln und Grübeleien. Jetzt wird gehandelt!*
*Und hier kommt mein weltverändernder Entschluss:*
*MORGEN IM* LOMO *WERDE ICH MICHI MEINE LIEBE GESTEHEN!*
*Ich glaube, das ist der wichtigste Satz, den ich je in mein Tage-*

*buch geschrieben habe. Jetzt, wo ich ihn schwarz auf weiß vor mir sehe, werde ich noch kribbliger. Gott, bin ich nervös! Was soll ich nur sagen? Wie soll ich es sagen? Und wie wird Michi reagieren? Wird er mich in seine Arme reißen und mir mitten im* Lomo *einen leidenschaftlichen Kuss auf die Lippen drücken? Hach, wie romantisch … Oder wird er peinlich berührt zur Seite blicken und so tun, als hätte er mein Liebesgeständnis nicht gehört? Oder wird er mir einfach ins Gesicht lachen? Tu mir das bitte nicht an, Michi!*
*Ich höre jetzt lieber auf, sonst verlässt mich noch der Mut und ich mache einen Rückzieher.*
*Wenn es doch nur schon morgen wäre!*

»Mist!«, fluchte Kim. Sie tauchte unter den Packtisch und hob die Schere auf, die ihr nun schon zum dritten Mal heruntergefallen war. Kein Wunder, ihre Hände zitterten und ihre Bewegungen waren fahrig. Vor lauter Aufregung wegen des Dates mit Michi konnte sie sich kaum auf ihre Arbeit konzentrieren. Zum hundertsten Mal warf sie einen Blick auf die Uhr über der Kasse, doch der Zeiger schien am Ziffernblatt zu kleben. Erst Viertel nach drei! Sie musste noch über eine Stunde arbeiten, bevor sie den weißen Kittel ausziehen und sich auf den Weg ins *Lomo* machen konnte – zu Michi!
»Hallo, Fräulein, wie viele Aufkleber sollen denn da noch drauf?«
Eine zittrige Stimme riss Kim aus ihren Gedanken. Eine alte Dame, die auf ihren Gehwagen gestützt vor dem Packtisch stand, sah Kim fragend an.

Erst jetzt bemerkte Kim, dass sie bereits den vierten *Feinkost Kranichstein*-Aufkleber auf die in rotgoldenes Geschenkpapier eingewickelte Pralinenschachtel klebte.
»Entschuldigung!« Vorsichtig zog sie drei der vier Aufkleber wieder ab und reichte der Dame das Päckchen. »Bitte schön, viel Spaß beim Verschenken!« Der Satz ging Kim inzwischen wie von selbst über die Lippen.
Die alte Frau lächelte wissend. »Sie sind verliebt, nicht wahr?«
Kim wurde rot. »Wie bitte?«
»Das sieht man Ihnen an der Nasenspitze an.« Die Kundin zwinkerte ihr zu. »Viel Glück!« Dann schlurfte sie langsam davon, während Kim ihr verblüfft nachschaute.
In diesem Moment schwebte Sarah im Engelskostüm herein. Bei jedem anderen Mädchen hätten das weiße, sackartige Kleid und die mit weißen Federn beklebten Engelsflügel total albern gewirkt, aber Sarah schaffte es, darin tatsächlich wie ein Engel auszusehen. Sie trug ein schmales, goldenes Stirnband um ihre blonden Locken und einen goldenen Gürtel um die Taille, sodass ihre schlanke Figur gut zur Geltung kam. Peggy drückte ihr einen Korb mit kleinen Schokoladen-Täfelchen in die Hand und erklärte ihr, was sie zu tun hatte. Sarah nickte und postierte sich neben dem Eingang, um die Schokolade an die Kunden zu verteilen.
Herr Kranichstein, der kurz darauf aus seinem Büro in den Laden kam, nickte zufrieden, als er sah, wie Sarah einem älteren Herrn mit einem strahlenden Lächeln ein Täfelchen in die Hand drückte.
»Chef!«, rief Peggy, die gerade die Bestände in der Süßwarenabteilung kontrollierte. »Die *Kranichsteiner Mischung* ist

fast ausverkauft. Wann kommt endlich die neue Lieferung aus der Schokoladenmanufaktur?«

»Gar nicht«, antwortete Herr Kranichstein knapp.

Kim horchte auf.

»Was?« Peggy runzelte die Stirn. »Aber die Pralinenmischung ist der beliebteste Geschenkartikel in der Vorweihnachtszeit. Die Kunden reißen sich die Tüten ja förmlich aus der Hand!«

»Ich weiß.« Der Geschäftsinhaber seufzte. »Es gibt Probleme mit einem Lieferanten. Er kann die Kuvertüre nicht liefern. Und ohne Kuvertüre keine Pralinen.«

Kim beschloss, sich gleich eine der letzten Tüten *Kranichsteiner Mischung* für die morgige Clubsitzung zu sichern, bevor die Pralinen komplett ausverkauft waren. Wie praktisch, dass sie direkt an der Quelle saß und gratis mit Insiderinformationen versorgt wurde. Jetzt wunderte es sie auch nicht mehr, dass ihr Chef so schlecht gelaunt war. Bestimmt setzte ihm der Ärger mit dem Lieferanten ganz schön zu. Von dem verlorenen Umsatz, der durch die ausgesetzte Pralinenproduktion entstehen würde, ganz zu schweigen. Sicher ging es um eine Menge Geld.

Kim griff nach einem Päckchen Trinkschokolade aus edlen Kakaobohnen und wollte es in Silberfolie verpacken, doch die Rolle war leer. Auch das noch! Seufzend machte sich Kim auf den Weg ins Lager, um Nachschub zu holen. Wo sich die Verpackungsmaterialien befanden, hatte Peggy ihr an ihrem ersten Arbeitstag gezeigt.

Durch eine Tür mit der Aufschrift *Nur für Mitarbeiter* betrat Kim einen schmalen Flur, von dem mehrere Räume abgingen. Sie kam am Aufenthaltsraum für die Angestellten, der

kleinen Teeküche, der Mitarbeiter-Toilette und dem Büro von Herrn Kranichstein vorbei. Das Lager befand sich ganz hinten. Kim musste sich mit ihrem gesamten Gewicht gegen die schwere Stahltür stemmen, um sie zu öffnen.
Im Lager war es kühl. Die Leuchtstoffröhren an der Decke verbreiteten ein unangenehm grelles Licht. Kim ging zwischen den Regalen hindurch, in denen sich Kisten voller Delikatessen, Süßwaren, Wein und anderen Waren stapelten. Vor dem Regal mit dem Verpackungsmaterial blieb sie stehen. Sie griff nach einer Rolle Silberfolie und beschloss, auch gleich neues Geschenkband mitzunehmen. Aber wo war es nur? Kim durchwühlte mehrere Kartons, ohne Erfolg. Irgendwo musste dieses verflixte Kräuselband doch sein! Schließlich entdeckte sie ganz weit hinten, gut versteckt hinter einer Lage Geschenkpapierrollen, noch eine Kiste. Kim zerrte sie hervor, öffnete den Deckel und runzelte verwirrt die Stirn. Was war denn das? Auf jeden Fall kein Geschenkband. Sondern – Kuvertüre! Das stand zumindest schwarz auf weiß auf dem Lieferschein, der Kim beim Öffnen der Kiste entgegengeflattert war.
Wie merkwürdig! Herr Kranichstein musste die Pralinenproduktion aus Mangel an Kuvertüre einstellen und hier stand eine ganze Kiste von dem Zeug! Wusste ihr Chef etwa nichts davon? War die Kiste aus Versehen zwischen den Verpackungsmaterialien gelandet?
Kim klemmte sich die Rolle Silberfolie unter den Arm, griff nach dem Lieferschein und sprang auf. Sie musste Herrn Kranichstein sofort von ihrem Fund erzählen! Er würde bestimmt froh sein, dass sie die Kiste entdeckt hatte.

Kim eilte aus dem Lager und lief zurück in den Laden. Herr Kranichstein hatte gerade ein Kundengespräch beendet und schnippte sich ein Staubkorn von seinem weißen Kittel. Kim rannte auf ihn zu.

»Ich hab sie gefunden!«, verkündete sie etwas außer Atem und wedelte mit dem Lieferschein.

Herr Kranichstein zog die Augenbrauen hoch. »Was hast du gefunden?«

»Die Kuvertüre!« Kim hielt den Lieferschein in die Höhe. »Im Lager steht noch eine ganze Kiste. Sie brauchen die Pralinenproduktion also doch nicht zu stoppen!«

Plötzlich veränderte sich der Gesichtsausdruck des Geschäftsinhabers. Doch statt zu lächeln und ihr auf die Schulter zu klopfen, wie Kim es erwartet hatte, wurde er blass und presste die Lippen aufeinander. Gleichzeitig sah er blitzschnell nach rechts und links, als befürchtete er, jemand könnte sie hören. »Was redest du da für einen Unsinn?«, zischte er und zog Kim hinter ein Regal mit teurem Essig und kalt gepresstem Öl. »Die Kuvertüre ist nicht geliefert worden!«

»Ist sie doch«, widersprach Kim. »Sie war hinter den Verpackungsmaterialien versteckt. Vielleicht hat sie jemand falsch eingeräumt.«

»Ich bezahle dich nicht dafür, dass du im Lager herumschnüffelst«, fuhr Herr Kranichstein sie an. »Ist das klar?«

»Aber …«, begann Kim verwirrt. Jetzt verstand sie überhaupt nichts mehr. Warum war ihr Chef plötzlich so wütend?

»Nichts aber!« Herr Kranichstein riss Kim den Lieferschein aus der Hand. »Die Kuvertüre im Lager ist schon lange abgelaufen. Ich werde dafür sorgen, dass sie so schnell wie möglich im Müll landet. Und du solltest jetzt lieber deine Arbeit machen und unsere Kunden nicht unnötig warten lassen.« Er nickte zum Packtisch hinüber, an dem sich in der Zwischenzeit schon wieder eine Schlange gebildet hatte. Dann durchquerte er mit langen Schritten den Laden und verschwand in Richtung Lager.

Kim kehrte seufzend an ihren Arbeitsplatz zurück und begann in Windeseile, den Geschenkstapel, der sich vor ihr auftürmte, abzuarbeiten. Während ihre Hände Papier falteten, Klebestreifen abschnitten und Geschenkband kräuselten, schossen ihr viele Fragen durch den Kopf. Warum war Herr Kranichstein so ausgerastet? Wieso hatte er so gehetzt und verängstigt gewirkt? Und weshalb hatte er sie angelogen? Die Kuvertüre war nämlich keineswegs abgelaufen. Kim hatte den Datumsstempel auf dem Lieferschein genau vor Augen. Die Lieferung war nicht einmal eine Woche alt. Kim schüttelte nachdenklich den Kopf. Irgendetwas war hier faul. Sie beschloss, Marie und Franzi gleich bei der morgigen Clubsitzung von den merkwürdigen Vorkommnissen zu erzählen. Wartete hier etwa ein neuer Fall auf die drei !!!?

# Zerbrochenes Herz

Um Punkt Viertel vor fünf verließ Kim den Packtisch, zog den Kittel aus und eilte in den Mitarbeiterraum, um ihre Sachen zu holen. Bevor sie das Geschäft verließ, kaufte sie noch schnell ein kleines Marzipanherz, auf dem in verschlungenen Buchstaben *I love you* stand. Falls sie es doch nicht über sich brachte, Michi ihre Liebe zu gestehen, würde sie ihm einfach das Herz in die Hand drücken, dann wusste er Bescheid.

Draußen war es bereits dunkel, als Kim die Fußgängerzone durchquerte. Es nieselte und sie holte ihren Regenschirm aus der Umhängetasche und spannte ihn auf. Ihre Füße schmerzten, während sie unaufhaltsam in Richtung *Café Lomo* marschierten. Vielleicht war es doch keine so gute Idee gewesen, die Stiefel mit den Absätzen anzuziehen. Aber sie passten nun mal perfekt zu ihrem neuen, anthrazitfarbenen Wollkleid, das knapp über den Knien endete und sich sehr vorteilhaft um Kims Körper schmiegte. Kleinere Fettpölsterchen an Bauch und Hüften wurden durch den weichen Stoff perfekt kaschiert. Auch wenn Franzi und Marie ihr stets versicherten, sie sei nicht zu dick, gab es doch immer wieder Momente, in denen Kim gerne ein paar Kilo weniger gewogen hätte. Aber Michi mochte sie so, wie sie war. Ob ihm ihr neues Kleid gefiel?

Kim verließ die Fußgängerzone und bog in eine kleine Seitenstraße ein. Es war nicht mehr weit bis zum *Lomo* und Kims Schritte wurden unwillkürlich langsamer. Einerseits konnte sie es kaum erwarten, Michi zu sehen, andererseits schnürte ihr eine schreckliche Angst die Kehle zu. Angst vor Zurückweisung, dem mitleidigen Ausdruck in Michis Gesicht, während er ihr sagte, dass er sie nicht mehr liebte. Das durfte einfach nicht geschehen!

»Keine Panik«, murmelte Kim, um sich Mut zu machen. »Es wird alles gut.«

Mit neuem Schwung marschierte sie weiter. Bald tauchte das *Lomo* in der Ferne auf. Das Schild mit dem vertrauten Schriftzug über der Tür wurde von einem Strahler angeleuchtet und warmes Licht fiel durch die Fenster auf den feucht glänzenden Bürgersteig. Kim entdeckte Michis rotes Mofa vor dem Café. Sofort machte ihr Herz einen Satz. Er war schon da! Bestimmt saß er an ihrem Lieblingstisch am Fenster und hielt nach ihr Ausschau. Sie schluckte. Gleich war es so weit! Gleich würde sie ihrem Liebsten gegenüberstehen und ihm diesen einen Satz sagen, der alles verändern würde, nämlich …

Ja, welchen Satz eigentlich? Panik überkam Kim. Mist, sie hatte sich noch gar nicht zurechtgelegt, was sie sagen wollte! Wie hatte sie das nur vergessen können? Jetzt würde sie in wenigen Minuten stammelnd vor Michi stehen und sich wahrscheinlich komplett lächerlich machen.

Vor dem Café blieb Kim stehen und atmete dreimal tief durch. Allmählich legte sich die Panik und sie wurde etwas ruhiger. Kim griff nach dem Marzipanherz in ihrer Manteltasche. Am besten übergab sie es Michi gleich zur Begrüßung, dann konnte sie sich alle weiteren Erklärungen sparen …

Durch eins der hell erleuchteten Fenster konnte Kim ihren Lieblingstisch sehen. Dort saß jemand. Michi! Kim lächelte. Sie hatte also richtiggelegen, auf Michi war Verlass! Doch plötzlich stutzte sie. Er saß nicht allein am Tisch. Statt sehnsüchtig nach ihr Ausschau zu halten, unterhielt er sich angeregt mit jemandem. Kim konnte nur die Silhouette der Person erkennen. Wer war das? Wie von unsichtbaren Fäden gezogen ging Kim näher an das Fenster heran.

An Michis Tisch saß ein Mädchen! Die langen, blonden Haare und die selbstbewusste Haltung kamen Kim nur allzu bekannt vor. Das war doch – Marie!

Kim schüttelte verwirrt den Kopf. Was machte ihre Freundin an Michis Tisch? Hatten sie sich zufällig im *Lomo* getroffen? Auszuschließen war das nicht. Kim wollte sich gerade abwenden, um das Café zu betreten, da erstarrte sie. Was war denn das? Hatte Marie gerade tatsächlich ihre Hand auf Michis gelegt? Kim schob sich noch einen Schritt näher an das Fenster heran. Sie schluckte. Es war kein Zweifel möglich. Maries Hand lag auf Michis!

Erst jetzt fiel Kim auf, wie vertraulich die beiden miteinander sprachen. Sie hatten die Köpfe zusammengesteckt und Marie redete eindringlich auf Michi ein. Sie war wie immer sorgfältig geschminkt und ihre Haare schimmerten im Schein der Kerzen, die auf der Fensterbank standen, wie flüssiges Gold. Kim kamen ihre eigenen Schminkversuche plötzlich lächerlich vor. Neben Marie würde sie immer aussehen wie ein angemalter Papagei!

Nun schien Michi etwas zu sagen. Er wandte Kim den Rücken zu, doch sie konnte an Maries Gesichtsausdruck able-

sen, dass sie konzentriert zuhörte. Jetzt lächelte sie ihm liebevoll zu und drückte sanft seine Hand, während sie sich noch weiter zu ihm hinüberbeugte und ihm etwas ins Ohr hauchte. Ihre Lippen berührten beinahe seine Ohrmuschel. Kim wurde übel. Was ging hier vor?
Die beiden erhoben sich und Marie schlüpfte in ihren Mantel. Michi fuhr sich durch seine fransigen Haare. Kim kannte diese Geste, er machte sie immer, wenn er verlegen war. Zum Abschied umarmte Marie Michi ganz fest. Und eine Spur zu lange, als dass es freundschaftlich hätte gemeint sein können. Eine gefühlte Ewigkeit standen die beiden eng umschlungen mitten im *Lomo*.
Kim erwachte aus ihrer Erstarrung. Ihr Herz schlug so heftig, dass es wehtat. Aber noch schlimmer war der Schmerz in ihrer Brust, der sich anfühlte wie von tausend kleinen Nadelstichen. Nur ein Gedanke hatte Platz in ihrem Kopf. Er wiederholte sich in einer Endlosschleife:
*Marie und Michi,*
*Marie und Michi,*
*Marie und Michi …*
Immer lauter dröhnten die Worte in ihren Ohren, bis Kim es kaum noch aushielt. Sie drehte sich um und rannte davon, ehe Michi und Marie sie entdecken konnten. Fort von den beiden Menschen, die sie so gemein verraten hatten. Fort von den trügerisch anheimelnden Lichtern des *Lomo*. Nur fort!
Aber vor den höhnischen Stimmen in ihrem Kopf konnte sie nicht davonlaufen. Genauso wenig wie vor dem Schmerz in ihrem Herzen.

*Geheimes Tagebuch von Kim Jülich*
*Donnerstag, 18:37 Uhr*
***Finger weg!!! Wer sich an meinen persönlichen Aufzeichnungen vergreift, soll im See meiner Tränen ertrinken!***
*Es ist aus und vorbei! Mein Leben ist ein Trümmerhaufen. Alles ist zerstört: meine Liebe zu Michi, mein Vertrauen zu meiner besten Freundin, mein Selbstbewusstsein, mein Stolz, meine Zukunft.*
*Denn wie soll ich nach dem, was ich heute gesehen habe, weiterleben? Wie soll ich in die Schule gehen, zur Arbeit, zum Detektivclub-Treffen? Wie soll ich es schaffen, morgens aufzustehen?*
*Das kleine Marzipanherz, das ich für Michi gekauft hatte, habe ich auf dem Heimweg in den nächsten Mülleimer geworfen. Ich wünschte, ich könnte mein Herz auch einfach entsorgen. Es aus meiner Brust reißen und im See meiner Tränen versenken. Denn was soll ich mit einem Herz, das mir nichts als Schmerzen bereitet?*
*Oh Michi und Marie, wie konntet ihr mir das nur antun? Meine große Liebe und meine beste Freundin – gibt es etwas Schlimmeres? Und das ausgerechnet heute, wo ich Michi meine Liebe gestehen wollte. Welche Ironie des Schicksals!*
*Ich verstehe einfach nicht, wie das möglich ist! Michi ist eigentlich gar nicht Maries Typ. Außerdem bin ich mir ganz sicher, dass es zwischen Michi und mir bei unserem letzten Treffen auf dem Weihnachtsmarkt geknistert hat. Warum flirtet er ein paar Tage später mit Marie? Das ist doch überhaupt nicht seine Art!*
*Gerade stiehlt sich ein kleiner Hoffnungsschimmer in mein Herz. Könnte es sein, dass alles nur ein Missverständnis war? Allein der Gedanke lässt meine Tränen augenblicklich versiegen*

*und erfüllt mich mit neuer Zuversicht. Ein dummes Missverständnis, das muss es sein! Denn alles andere wäre einfach unerträglich …*
*Soll ich gleich bei Marie anrufen, um die Sache zu klären? Nein, so etwas bespricht man besser persönlich. Morgen steht ja sowieso unser Clubtreffen an – die perfekte Gelegenheit für eine Aussprache!*
*Vielleicht gibt es ja doch eine ganz einfache Erklärung für das, was ich vorhin gesehen habe. Ich hoffe es so sehr!*
*Wenn nicht, werde ich nie wieder glücklich sein.*

# Wahrheit oder Lüge?

Als Kim am nächsten Tag das Hauptquartier des Detektivclubs betrat, hatte Franzi bereits vorgeheizt und den Tisch gedeckt. Der kleine Bollerofen in der Ecke verbreitete behagliche Wärme und der ganze Raum war erfüllt vom weihnachtlichen Aroma des Adventstees, der in einer roten Porzellankanne auf einem Stövchen vor sich hin dampfte.
»Pünktlich wie die Feuerwehr!«, stellte Franzi grinsend fest und pustete das Streichholz aus, mit dem sie gerade drei Kerzen am Adventskranz angezündet hatte.
»Ist Marie noch nicht da?«, fragte Kim statt einer Begrüßung.
Franzi schüttelte den Kopf und goss heißen Tee in zwei Becher. »Sie ist mal wieder zu spät. Dabei hab ich ihr gestern extra gesimst, dass wir uns eine halbe Stunde eher treffen als geplant. Ich hab nachher mit Tinka noch einen Termin beim Hufschmied.« Tinka war Franzis Pony, das sie über alles liebte, genauso wie ihr hinkendes Huhn Polly. Tiere waren Franzis große Leidenschaft, was sicher damit zusammenhing, dass ihr Vater Tierarzt war. Seine Praxis befand sich in dem alten, gemütlichen Bauernhaus, in dem Franzi mit ihrer Familie wohnte.
Kim zog ihre Jacke aus und ließ sich auf einen Stuhl fallen. Das Hauptquartier lag im ehemaligen Pferdeschuppen der Winklers, den die drei !!! kurz nach der Clubgründung entrümpelt, gründlich gesäubert und zu einem gemütlichen Büro- und Besprechungsraum für ihren Detektivclub um-

funktioniert hatten. Der früher bis unter die Decke mit Gerümpel vollgestopfte Schuppen wirkte im Schein der Kerzen, die Franzi auf die Fensterbank gestellt hatte, richtig gemütlich. Der Tee dampfte verlockend in Kims Becher und daneben stand eine Schale mit Zimtsternen. Es hätte alles so schön sein können!

»Greif zu!« Franzi hatte Kims Blick bemerkt. »Die Zimtsterne hat meine Mutter vorhin erst gebacken.«

Doch Kim winkte ab. »Danke, keinen Hunger.«

»Du lässt frisch gebackene Zimtsterne stehen?« Franzi runzelte die Stirn. »Alles in Ordnung?«

Kim sah zu Boden, um Franzis prüfendem Blick auszuweichen. Nichts war in Ordnung! Das Bild von Michi und Marie, die eng umschlungen im *Lomo* standen, ging ihr einfach nicht aus dem Kopf. Es verfolgte sie Tag und Nacht. Kim hatte schlecht geschlafen und in der Schule nur vor sich hin gedämmert. Die ganze Zeit hatte sie über das nachgegrübelt, was sie gestern gesehen hatte. Sie konnte es kaum erwarten, endlich mit Marie zu reden und die Sache – hoffentlich! – ein für alle Mal aus der Welt zu schaffen. Gleichzeitig hatte sie Angst vor dem Gespräch. Was, wenn es doch kein Missverständnis gewesen war?

Plötzlich wurde die Tür aufgerissen und Marie stürmte herein. Sie brachte einen Schwall klare Winterluft mit und die Kerzen auf der Fensterbank flackerten unruhig.

»Hallo allerseits!«, rief Marie fröhlich. Ihre Wangen waren von der Kälte gerötet und ihre Augen blitzten. Kim beobachtete sie genau. War da ein Funken schlechtes Gewissen hinter der strahlenden Fassade? Eine kleine Unsicherheit in Ma-

ries Blick? Irgendein Hinweis darauf, dass sie Kim gestern ihre große Liebe ausgespannt hatte? Nein, nichts. Abgesehen davon, dass Marie beneidenswert ausgeruht und gut gelaunt aussah, während Kim sich nach der halb durchwachten Nacht so hässlich und ausgelaugt wie ein Zombie fühlte.
»Du bist zu spät«, stellte Franzi fest. »Hast du meine SMS nicht gekriegt?«
»Doch, aber ich hatte einen Friseurtermin bei Giovanni und den konnte ich so kurzfristig nicht umlegen.« Marie zog ihren Mantel aus und warf ihn nachlässig über einen Stuhl. »Ich soll euch übrigens schön grüßen. Wie findet ihr meine neuen Strähnchen?« Marie drehte sich einmal um die eigene Achse. Giovanni war ihr Lieblings-Hairstylist. Die drei !!! hatten ihm vor einer Weile geholfen, als in seinen neuen Salon eingebrochen worden war. Die smaragdgrünen Haarspitzen, die Franzi sich bei der Gelegenheit hatte färben lassen, waren bei ihrem letzten Friseurbesuch der Schere zum Opfer gefallen. Auch Kims Feder-Extension war Geschichte. Eigentlich schade, denn der außergewöhnliche Haarschmuck hatte Kim richtig gut gefallen.
Franzi schüttelte genervt den Kopf. »Na toll! Dir ist ein Friseurtermin also wichtiger als unser Detektivclub-Treffen.«
Marie verdrehte die Augen, während sie sich ihre frisch geföhnten Haare durch die Finger gleiten ließ. »Unsinn! Was kann ich dafür, wenn du das Treffen plötzlich vorverlegst?«
Franzi überging den Einwand. »Warum bist du eigentlich gestern nicht an dein Handy gegangen? Ich hab am späten Nachmittag dreimal versucht, dich zu erreichen. Schließlich blieb mir nichts anderes übrig, als dir eine SMS zu schicken.«

Kim, die dem Geplänkel ihrer Freundinnen nur mit halbem Ohr gelauscht hatte, horchte auf. Sie ließ Marie nicht aus den Augen. Darum entging ihr auch nicht das winzige Zögern, bevor Marie antwortete.

»Ich war im Kino«, behauptete Marie. »Da hatte ich mein Handy natürlich ausgeschaltet.«

Bei Kim schrillten sämtliche Alarmglocken. Ihr Mund war trocken. Sie fuhr sich mit der Zunge über die Lippen, ehe sie nachhakte: »Im Kino? Wirklich?«

Marie nickte. »Klar, warum nicht?«

Kim meinte ein unruhiges Flackern in Maries Blick wahrzunehmen. Sie beschloss, aufs Ganze zu gehen. »Warst du vielleicht vor dem Kino noch im *Lomo*?«

Marie stutzte. Für einen Moment zog sie die Augenbrauen zusammen, dann glättete sich ihre Stirn wieder und sie schüttelte vehement den Kopf. »Nein, wie kommst du denn darauf? Im *Lomo* war ich schon seit Tagen nicht mehr.«

Kim schluckte. Ihr wurde kalt. Ihre beste Freundin hatte ihr soeben eine faustdicke Lüge aufgetischt. Und dafür gab es eigentlich nur eine Erklärung …

»Wie war's eigentlich mit Michi?«, fragte Marie scheinbar ganz nebenbei. »Wolltet ihr euch nicht gestern treffen?«

Kims Schultern sackten nach vorn. »Das Treffen ist ausgefallen«, antwortete sie knapp.

Marie machte ein bestürztes Gesicht. »Ausgefallen? Aber warum denn? Michi hatte sich doch so darauf gefreut!«

Fast hätte Kim ihrer Freundin die Bestürzung abgekauft. Marie war wirklich eine ausgezeichnete Schauspielerin. Aber der letzte Satz hatte sie verraten.

»Woher willst du das denn so genau wissen?«, fragte Kim scharf.
Marie wurde rot. »Äh … na ja … das kann man sich doch denken. Ich meine, ihr seid schließlich gute Freunde …«
Kims schnelle Reaktion hatte Marie offensichtlich aus dem Konzept gebracht, doch sie hatte sich sofort wieder im Griff. »Oder ist es vielleicht doch mehr als reine Freundschaft?« Sie lächelte Kim verschwörerisch zu. »Uns kannst du es doch sagen!«
Kim wurde beinah übel von Maries Theater. Was sollte das? Franzi, die natürlich keine Ahnung hatte, worum es hier eigentlich ging, interpretierte Kims Schweigen falsch. »Keine Antwort ist auch eine Antwort!« Sie grinste triumphierend. »Also empfindest du doch noch etwas für Michi, ich hab's ja die ganze Zeit gewusst!«
Marie wickelte eine glänzende Locke um ihren Finger und sah Kim von der Seite an: »Könntest du dir vorstellen, noch einmal mit Michi zusammenzukommen?«
Kim schnappte nach Luft. »Das geht dich gar nichts an!«, schnauzte sie Marie an. Sie wollte noch viel mehr sagen, aber ihr fehlten die Worte. Ihr Kopf war wie leer gefegt, die Wut füllte jeden Winkel ihres Gehirns aus und legte sich wie ein roter Schleier vor ihre Augen.
»Du brauchst mich ja nicht gleich so anzuschreien«, bemerkte Marie etwas pikiert. »Man wird ja wohl noch fragen dürfen.«
Kim konnte kaum glauben, wie dreist Marie war. War das wirklich ihre Freundin, der sie immer vertraut hatte? Sie merkte, wie ihr die Tränen in die Augen stiegen. Auch das

noch! Sie wollte auf keinen Fall vor Franzi und Marie anfangen zu heulen. »Ich muss mal kurz wohin«, murmelte sie, sprang auf und verließ fluchtartig das Hauptquartier.
Kim stolperte durch den Garten, stieß die Hintertür zum Haus der Winklers auf und rettete sich aufs Gäste-WC. Jetzt ließen sich die Tränen nicht länger zurückhalten. Kim hockte sich auf den Klodeckel und wurde von heftigen Weinkrämpfen geschüttelt. Es gab keinen Zweifel mehr – Marie hatte es auf Michi abgesehen! Und mit ihren scheinheiligen Fragen wollte sie nur herausfinden, ob sie freie Bahn hatte. So eine falsche Schlange!
Immer mehr Tränen strömten über Kims Wangen. Es tat so weh! Kim wusste nicht, was schlimmer war: Maries Verrat oder die Tatsache, dass sie Michi für immer verloren hatte. Verzweifelt krümmte sie sich auf dem Klo zusammen. Was für ein Albtraum!
Irgendwann versiegten die Tränen. Kim atmete zitternd ein, ging zum Waschbecken und klatschte sich eine Ladung kaltes Wasser ins Gesicht. Aus dem Spiegel blickte ihr ein völlig verheultes Etwas entgegen. Die Augen waren verquollen und die Lippen bebten. Was sollte sie jetzt machen? Sie konnte unmöglich zurückgehen und so tun, als wäre alles in bester Ordnung. Das schaffte sie einfach nicht. Sie war keine so gute Schauspielerin wie Marie. Und sie wollte es auch gar nicht sein.
Kim straffte die Schultern. Es gab nur einen Weg: Sie musste Marie die Meinung sagen. Hier und jetzt. Sie hatte keine Lust mehr auf dieses alberne Katz-und-Maus-Spiel. Sie würde Marie ins Gesicht sagen, dass sie eine hundsgemeine Ver-

räterin war, und ihr die Freundschaft kündigen. Ein für alle Mal.

Kim trocknete sich das Gesicht ab, fuhr sich durch ihre zerzausten Haare und verließ die Toilette. Mit weichen Knien überquerte sie den Rasen, der mit weißem Raureif bedeckt war. Die kühle Luft tat gut, sie sorgte dafür, dass Kim wieder einen klaren Kopf bekam.

Mit einem Ruck stieß Kim die Tür zum Hauptquartier auf. Sie holte tief Luft, um Marie ihre geballte Verachtung entgegenzuschleudern – aber Marie war gar nicht da! Franzi saß allein am Tisch und starrte missmutig in ihren Teebecher.

»Na endlich!«, begrüßte sie Kim nicht besonders freundlich. »Ich dachte schon, du wärst auch abgehauen.«

Kim blieb verwirrt mitten im Raum stehen. »Wo ist Marie?«

»Weg.« Franzi schnaubte ärgerlich. »Ihr Handy hat gepiept und sie ist plötzlich ganz hektisch geworden. Hat etwas von einer zusätzlichen Gesangsstunde gemurmelt, die sie komplett vergessen hatte – und weg war sie. Erst der Friseurtermin, jetzt die Gesangsstunde. So geht das nicht weiter! Was denkt sich Marie eigentlich? Dass wir hier herumsitzen und darauf warten, dass sie endlich Zeit für uns hat?«

»Gesangsstunde?« Kim runzelte die Stirn. Es kam zwar hin und wieder vor, dass Maries Gesangslehrerin ihr Extra-Unterricht gab – den Marie auch immer gerne annahm, da sie später eine berühmte Sängerin oder Schauspielerin werden wollte –, aber heute konnte Kim nicht so recht daran glauben. Was, wenn etwas anderes dahintersteckte? Eine heimliche Verabredung mit Michi zum Beispiel? Der Gedanke war wie ein Stich mitten ins Herz. Eine tiefe Traurigkeit überkam Kim und verdrängte ihre Wut. Sie fühlte sich plötzlich furchtbar erschöpft. Ihre Beine gaben nach und sie ließ sich schnell auf einen Stuhl fallen.

»Was ist eigentlich los mit dir?«, fragte Franzi. »Irgendetwas stimmt doch nicht! Du siehst die ganze Zeit schon so traurig aus.«

Kim biss sich auf die Lippe. Franzi war eine gute Beobachterin. Und Kim konnte sich einfach nicht so gut verstellen wie Marie. Sollte sie ihr alles erzählen? Es würde bestimmt guttun, mit jemandem darüber zu sprechen. Vielleicht würde der Schmerz in Kims Brust dann ja ein bisschen nachlassen. Andererseits war das eine Sache zwischen ihr und Marie. Es wäre nicht fair, Franzi mit hineinzuziehen und sie dazu zu nötigen, sich auf eine Seite zu schlagen. Nein, Kim musste erst mit Marie reden.

»Mir geht's gut.« Kim versuchte zu lächeln. Innerlich entschuldigte sie sich bei Franzi für diese Lüge. Irgendwann würde sie ihr die Wahrheit erzählen, ganz sicher! »Ich bin nur etwas gestresst von meinem neuen Job.« Kim seufzte. »Es ist viel anstrengender, als ich dachte, und mein Chef ist ständig schlecht gelaunt …« Das war zumindest nicht gelogen. Da fiel Kim etwas ein. »Übrigens ist gestern etwas ziemlich Merkwürdiges passiert.«

Franzi horchte auf. »Was denn?« Wenigstens war sie jetzt abgelenkt und erkundigte sich nicht weiter nach Kims Befinden.

Kim erzählte von der im Lager versteckten Kuvertüre-Lieferung, die angeblich nie angekommen war, und dem seltsamen Verhalten ihres Chefs.

Franzi runzelte die Stirn. »Klingt ganz so, als wäre da was faul. Ob Herr Kranichstein etwas zu verbergen hat?«
»Aber was?« Kim konnte sich nach wie vor keinen Reim auf die Sache machen. Doch es tat gut, mal wieder an etwas anderes zu denken als immer nur an Marie und Michi. »Ich werde jedenfalls in der nächsten Zeit Augen und Ohren offen halten«, beschloss sie.
»Gute Idee.« Franzi nickte. »Wer weiß, vielleicht bahnt sich ja ein neuer Fall für uns an.«
Kim seufzte sehnsüchtig. Hoffentlich hatte Franzi recht! Ein neuer Fall wäre genau die richtige Ablenkung, die sie jetzt brauchte …

# Gefährliche Post

Am Montagnachmittag machte sich Kim auf den Weg zu einem neuen Arbeitseinsatz bei *Feinkost Kranichstein.* Sie hatte ein absolut grauenhaftes Wochenende hinter sich. Den vierten Advent hatten sie größtenteils heulend in ihrem Zimmer verbracht. Nur zu den Mahlzeiten war sie kurz nach unten gegangen, damit ihre Eltern keine nervigen Fragen stellten. Ihre Mutter hatte ihr trotzdem prüfend die Hand auf die Stirn gelegt und gefragt, ob sie krank sei. Ja, sie war krank! Krank vor Liebeskummer. Der Schmerz fraß sich immer tiefer in ihre Brust und ließ sie keine Sekunde vergessen, dass ihr Leben ein Scherbenhaufen war.

Mehrmals hatte sie in den letzten Tagen ihr Handy gezückt, um Marie anzurufen. Doch sie hatte es nicht über sich gebracht. Sie wollte Maries Stimme nicht hören. Die Stimme einer Verräterin. Kim wusste, dass sie irgendwann mit Marie sprechen musste. Aber jetzt war es noch zu früh. Sie brauchte Zeit, um mit ihrer Wut klarzukommen, mit der Enttäuschung und den anderen widersprüchlichen Gefühlen.

Kim freute sich aufs Arbeiten. Im Laden war heute bestimmt so viel los, dass sie keine Sekunde Zeit zum Nachdenken haben würde. Und das war genau das, was sie jetzt brauchte. Schwungvoll bog Kim um die Ecke und steuerte auf das Feinkostgeschäft zu. Doch plötzlich blieb sie wie angewurzelt stehen. Neben dem Eingang wartete jemand. Einer der beiden Menschen, die sie im Moment am allerwenigsten sehen wollte.

»Michi!«, flüsterte Kim. Sie ärgerte sich darüber, dass ihr Herz trotz allem wild zu klopfen begann.
Michi kam direkt auf sie zu. »Hallo, Kim«, begrüßte er sie. Sein Gesichtsausdruck war abwartend, die Hände hatte er in den Taschen seiner Winterjacke vergraben.
Kim räusperte sich. »Hallo.« Mehr fiel ihr nicht ein. In den letzten Tagen hatte sie sich so oft vorgestellt, mit Michi zu reden. In Gedanken hatte sie ihm alles Mögliche an den Kopf geworfen, aber jetzt fehlten ihr die Worte.
»Warum bist du am Donnerstag nicht gekommen?«, fragte Michi.
»Was?«, krächzte Kim. Was sollte die Frage? Konnte Michi sich die Antwort nicht denken?
»Ich hab am Donnerstag über eine Stunde im *Lomo* auf dich gewartet«, erklärte Michi. »Wo warst du? Und warum gehst du seitdem nicht mehr an dein Handy? Auf die Nachrichten, die ich dir am Wochenende geschickt habe, hast du auch nicht reagiert. Was ist denn los?« Er klang nicht vorwurfsvoll, eher ratlos.
»Ich …« Kim stockte. Das war die perfekte Gelegenheit, Michi zu sagen, was sie gesehen hatte. Kim hatte sich diesen Moment tausendmal ausgemalt, aber jetzt zögerte sie. Bisher war alles nur in ihrem Kopf gewesen. Wenn sie die schreckliche Wahrheit aussprach, würde sie Wirklichkeit werden.
»Hab ich was falsch gemacht?«, fragte Michi.
Diese Frage war so absurd, dass Kim beinahe gelacht hätte. Sie gab sich einen Ruck. Sie würde reinen Tisch mit Michi machen, einmal musste es ja sein. »Ich … ich kenne deine wahren Gefühle«, presste sie hervor.

Michi sah Kim überrascht an. Er wurde sogar ein bisschen rot. Offenbar war es ihm peinlich, dass Kim über ihn und Marie Bescheid wusste. Er grinste verlegen. »Bin ich tatsächlich so leicht zu durchschauen?«

Kim nickte stumm.

Michi wippte ein paar Mal auf den Zehenspitzen auf und ab, dann zuckte er mit den Schultern. »Na ja, was soll's, früher oder später hättest du es sowieso herausgefunden. Ich wollte es dir schon länger sagen, aber ich hab mich nicht getraut.«

Kim spürte, wie ihr schon wieder die Tränen die Kehle hinaufkrochen, und sie biss die Zähne zusammen. Jetzt bloß nicht heulen!

Michi schien auf eine Reaktion von Kim zu warten. Als keine kam, fügte er beinahe trotzig hinzu: »Niemand kann etwas für seine Gefühle, oder?«

Kim schluckte. So einfach war das also für ihn? Sie wusste nicht, was sie erwartet hatte, aber das sicher nicht. Vielleicht hatte sie mit einem schlechten Gewissen gerechnet, mit ein wenig Reue, einer Entschuldigung, irgendwas! Aber Michi schien sich keiner Schuld bewusst zu sein, er war offenbar völlig mit sich im Reinen.

Und er schien immer noch darauf zu warten, dass Kim etwas zu seinem Geständnis sagte. »Also?«, fragte er schließlich. »Was hältst du davon?«

So viel Dreistigkeit verschlug Kim glatt die Sprache. Sollte sie jetzt auch noch ihren Segen zu Michis neuer Beziehung geben? Wo waren seine Sensibilität und sein Einfühlungsvermögen geblieben, die Kim immer so an ihm geschätzt hatte? Warum tat er ihr das an? Die Tränen lauerten jetzt direkt hinter ihren Augenlidern. Sie musste weg hier, und zwar schnell! Weinend vor Michi zu stehen war das Letzte, was sie wollte.

»Ich muss zur Arbeit«, murmelte sie mit auf den Boden gerichtetem Blick, damit Michi den verräterischen Glanz in ihren Augen nicht bemerkte. »Bin sowieso schon spät dran.« Ohne Michi noch einmal anzusehen, lief sie an ihm vorbei in den Laden.

Zum Glück war der Mitarbeiterraum leer. Kim ließ sich auf einen Stuhl fallen und versuchte sich zu sammeln. Sie blinzelte die Tränen weg und atmete mehrmals tief durch.

*Reiß dich zusammen, Kim!*

Wenn sie sich heute wieder einen Patzer leistete, war sie ihren Job bald los. Sie durfte sich von Michis unsensibler Art nicht so aus dem Gleichgewicht bringen lassen.

Nach fünf Minuten schaffte sie es, aufzustehen und ihren Kittel anzuziehen. Sie schloss ihre Sachen in einem der Schließfächer ein, die für die Mitarbeiter bereitstanden, fuhr sich mit gespreizten Fingern durch ihre dunklen Haare und straffte die Schultern. Sie würde jetzt da rausgehen und ihren Job machen. Geschenke einpacken, lächeln, freundlich zu den Kunden sein … Und niemand würde ihr etwas anmerken.

Gestärkt durch ihre guten Vorsätze verließ Kim den Mitarbeiterraum. Schräg gegenüber lag das Büro von Herrn Kranichstein. Die Tür stand offen, doch der Chef war nirgendwo zu sehen. Zögernd blieb Kim stehen. Ihr Detektivinstinkt meldete sich. Dies war die perfekte Gelegenheit, um sich ein wenig im Büro des Geschäftsinhabers umzusehen! Vielleicht

entdeckte sie ja etwas, das sein merkwürdiges Verhalten von letzter Woche erklärte.
Kim sah sich schnell um. Sie war allein auf dem Flur. Niemand würde es merken, wenn sie sich jetzt in das Büro schlich. Sollte sie es wirklich tun? Ihre Füße nahmen ihr die Entscheidung ab. Sie trugen Kim bereits über die Türschwelle, ehe sie länger über die Sache nachdenken konnte. Kims Hände wurden feucht. Was, wenn doch jemand kam und sie entdeckte? Wie sollte sie erklären, was sie hier machte? Panik stieg in ihr auf, aber Kim schluckte sie tapfer hinunter. Sie war schließlich Profi und begab sich nicht zum ersten Mal in eine brenzlige Situation.
Langsam ging sie auf den Schreibtisch zu, auf dem sich Rechnungen, Briefe, Akten und anderer Papierkram stapelten. Herr Kranichstein schien nicht gerade der ordentlichste Mensch zu sein, das war Kim schon bei ihrem Bewerbungsgespräch aufgefallen, das sie ebenfalls in diesem Raum geführt hatten. An den Wänden standen mit Unterlagen vollgestopfte Regale und Aktenschränke, ein bestimmtes Ablagesystem war nicht zu erkennen. Kim seufzte. Wenn sie hier etwas Bestimmtes finden wollte, hatte sie schlechte Karten. Zumal sie ja nicht mal genau wusste, wonach sie eigentlich suchte.
Kim sah einige Papiere durch, die auf dem Schreibtisch lagen, aber es waren nur uninteressante Rechnungen. Ihr Blick blieb an zwei gerahmten Fotos hängen, die neben einem Aktenstapel standen. Eins zeigte Herrn und Frau Kranichstein in jungen Jahren mit einem etwa fünfjährigen Karl, der frech in die Kamera grinste. Ein Bild aus glücklichen Zeiten. Da-

neben stand ein Porträtfoto von Max in einem etwas zu engen Konfirmationsanzug. Mit seiner Brille, den streng gescheitelten Haaren und dem ernsten Gesichtsausdruck wirkte er ungefähr so fröhlich und aufgeschlossen wie ein Sargträger. Selbst hier auf dem Schreibtisch seines Onkels nahm er eine Außenseiterposition ein. Eigentlich konnte er einem leidtun.

Plötzlich kam Kim ein spontaner Einfall. Vorsichtig hob sie die lederne Schreibtischunterlage an und schob eine Hand darunter, immer darauf bedacht, die Papiere auf der Unterlage nicht durcheinanderzubringen. Kurze Zeit später ertasteten ihre Finger einen kleinen, flachen Gegenstand. Aufgeregt zog sie ihn hervor. Ein Schlüssel!

»Bingo!«, murmelte Kim zufrieden. Ihr Vater deponierte seinen Schlüssel auch immer unter der Schreibtischunterlage. Gut, dass Herr Kranichstein genauso wenig originell bei der Wahl seines Verstecks war!

Das Jagdfieber packte Kim. Hastig probierte sie den Schlüssel der Reihe nach an allen Schreibtischschubladen aus. Bei der untersten passte er! Mit klopfendem Herzen drehte Kim den Schlüssel herum und zog die Schublade auf. Was hatte Herr Kranichstein hier versteckt?

Im Gegensatz zum restlichen Büro war der Inhalt der abschließbaren Schublade sehr übersichtlich. Es befanden sich lediglich zwei Briefumschläge darin, so weit hinten, dass Kim sie erst auf den zweiten Blick entdeckte. Vorsichtig nahm Kim sie heraus. Sie ärgerte sich, dass sie ihre Plastikhandschuhe nicht dabeihatte. Jetzt würde sie unweigerlich Fingerabdrücke auf den Umschlägen hinterlassen. Aber viel-

leicht handelte es sich ja auch nur um harmlose Geschäftspost. Oder verbarg Herr Kranichstein hier vielleicht alte Liebesbriefe? Bei dem Gedanken musste Kim unwillkürlich kichern.
Doch als sie den ersten Brief aus dem Umschlag gezogen und auseinandergefaltet hatte, verging ihr das Lachen. Das war kein Liebesbrief. Kim stockte der Atem, während sie den schlichten Computerausdruck las.

ICH BEOBACHTE DICH.
ICH SEHE ALLES, WAS DU TUST.
ICH BIN IMMER BEI DIR.
BALD IST ZAHLTAG.
BALD WERDE ICH MIT DIR ABRECHNEN.
BALD.

»Das ist ja ekelhaft!«, murmelte Kim. Der Brief war nicht unterschrieben. Wer schickte Herrn Kranichstein denn einen anonymen Drohbrief?
Der zweite Brief war genauso schlimm.

DER ZAHLTAG RÜCKT NÄHER.
MACH DICH BEREIT.
ICH WILL GELD. VIEL GELD.
WENN DU NICHT ZAHLST, VERGIFTE ICH DIE *KRANICHSTEINER MISCHUNG.*
WEITERE ANWEISUNGEN FOLGEN.

»Was machst du da?«

Eine schneidende Stimme ließ Kim zusammenfahren. Sie hob ruckartig den Kopf, den Brief immer noch in der Hand. In der Tür stand Herr Kranichstein! Er funkelte Kim wütend an.

»Was hast du in meinem Büro zu suchen?«

Kim schluckte. Im ersten Moment war sie wie erstarrt. Was sollte sie jetzt tun? Da es sowieso keinen Zweck hatte, nach Ausflüchten zu suchen, beschloss Kim, in die Offensive zu gehen. »Sie werden erpresst.« Es war keine Frage, sondern eine Feststellung. Kim hielt den Brief hoch.

Herr Kranichstein sackte in sich zusammen. Er schloss schnell die Tür hinter sich und ließ sich auf den Besucherstuhl vor dem Schreibtisch sinken. »Ja, es stimmt«, murmelte er. »Ich werde seit einiger Zeit erpresst. Niemand weiß davon. Versprich mir, dass du es für dich behältst!«

»Das kann ich nicht.« Kim war hinter dem Schreibtisch stehen geblieben. Letzte Woche hatte sie auf dem Stuhl gesessen, auf dem nun ihr Chef saß. Die Rollen waren vertauscht. »Sie müssen zur Polizei gehen«, sagte sie eindringlich. »Erpressung ist eine ernste Angelegenheit.«

Herr Kranichstein seufzte. »Genau darum will ich die Polizei heraushalten. Die machen mir doch gleich den Laden zu – und das mitten im Weihnachtsgeschäft! Kannst du dir vorstellen, was das bedeutet? Das wäre eine Katastrophe!«

»Aber der Täter will die *Kranichsteiner Mischung* vergiften!« Kims Stimme wurde lauter. »Dabei können Menschen zu Schaden kommen. Das dürfen Sie nicht auf die leichte Schulter nehmen!«

»Das tue ich auch nicht.« Herr Kranichstein fuhr sich mit

der Hand über sein müdes Gesicht. »Genau aus diesem Grund habe ich die Produktion der Pralinen gestoppt. Die nicht gelieferte Kuvertüre war nur ein Vorwand.«
Jetzt wurde Kim alles klar. »*Sie* haben die Kiste mit der Kuvertüre im Lager versteckt!«
Herr Kranichstein nickte. »Doch offensichtlich nicht gut genug.« Er lächelte etwas gequält. »Tut mir leid, dass ich dich letzte Woche deswegen angeschnauzt habe. Du kannst ja nichts dafür. Aber es darf doch niemand wissen, was tatsächlich hinter dem Stopp der Pralinenproduktion steckt.« Er sah Kim beinahe flehend an. »Ich habe nicht mal meiner Frau von den Briefen erzählt. Den ersten hab ich gar nicht richtig ernst genommen. Ich dachte, da erlaubt sich jemand einen schlechten Scherz mit mir. Als der zweite Brief kam, wusste ich, dass der Absender es ernst meint. Und jetzt warte ich darauf, dass der Täter seine Forderung stellt und wir diese unselige Angelegenheit zu Ende bringen können.«
»Sie wollen zahlen?«, fragte Kim.
Ihr Chef nickte. »Natürlich! Was soll ich denn sonst tun?« Er stöhnte. »Das Warten ist das Schlimmste. Es zermürbt mich. Ich kann nachts nicht mehr schlafen. Ich kann an nichts anderes mehr denken. Es ist ein Albtraum …« Er verstummte.
Kim konnte sich gut vorstellen, wie ihr Chef sich fühlte. Im Grunde ging es ihr mit ihrem Liebeskummer nicht anders. Jetzt verstand sie auch, warum Herr Kranichstein in letzter Zeit so gereizt war. Kein Wunder, wenn man bedachte, unter welcher Anspannung er stand.
Sie zog eine Karte aus ihrer Hosentasche und reichte sie ihrem Chef über den Schreibtisch hinweg.

Überrascht betrachtete Herr Kranichstein die Visitenkarte des Detektivclubs. »Du bist Detektivin?«, fragte er verdutzt. »Ist das ein Scherz?«
Kim lächelte milde. So reagierten viele Erwachsene, wenn sie von der Profession der drei !!! erfuhren. Es dauerte aber meist nicht lange, bis die erfolgreiche Arbeit der Detektivinnen sie davon überzeugte, dass der Club eine ernst zu nehmende Angelegenheit war. »Nein, kein Scherz«, stellte sie klar. »Wir haben als *Die drei !!!* schon viele Fälle gelöst. Wir ermitteln schnell, diskret und absolut zuverlässig. Unsere Erfolgsquote liegt bei einhundert Prozent.«
»Tatsächlich?« Herr Kranichstein sah unschlüssig von der Karte zu Kim.
Kim nickte. »Wir können Ihnen helfen. Vertrauen Sie uns!«
Kims Chef seufzte. »Na gut. Wahrscheinlich hab ich sowieso keine andere Wahl. Diese Sache wächst mir allmählich über den Kopf.«
»Dann sind wir genau die richtigen Ansprechpartner.« Kim deutete auf die beiden Erpresserschreiben. »Darf ich die Briefe mitnehmen? Sie könnten uns wichtige Indizien für

unsere Ermittlungen liefern.«
»Natürlich.« Herr Kranichstein machte eine zustimmende Handbewegung. »Dann bin ich die schrecklichen Dinger wenigstens los.«
Kim griff mit spitzen Fingern nach den Briefen und steckte sie zurück in die Umschläge. Ihr Chef saß immer noch zusammengesunken auf dem Besucherstuhl. Er sah aus wie ein gebrochener Mann.
»Wir werden alles tun, um den Erpresser zu stellen«, versicherte sie. Dann verließ sie das Büro, um die Beweisstücke in ihr Schließfach zu bringen und sich anschließend der wichtigen und erfüllenden Arbeit des Geschenkeeinpackens zu widmen.
Kim summte leise vor sich hin, während sie ihr Schließfach öffnete. Noch nie war sie so dankbar für einen neuen Fall gewesen. Endlich konnten ihre Gedanken um etwas anderes kreisen als immer nur um ihren Liebeskummer. Wer hätte gedacht, dass ihr Wunsch so schnell in Erfüllung gehen würde?

# Ermittlungen zwischen den Zeilen

*Detektivtagebuch von Kim Jülich*
*Dienstag, 19:13 Uhr*
*Juchhu, wir haben einen neuen Fall! Ich kann es kaum erwarten, richtig in die Ermittlungen einzusteigen. Heute haben wir eine außerordentliche Clubsitzung im* Lomo *abgehalten und einstimmig beschlossen, den Fall zu übernehmen.*
*Gerade habe ich ein bisschen im Internet recherchiert. Es ist kaum zu glauben, aber Erpressung mit vergifteten Lebensmitteln gehört schon seit Längerem zum Alltag großer Konzerne. Manche Firmen werden sogar mehrmals jährlich erpresst. Das ist doch Wahnsinn! Ungewöhnlich an unserem Fall ist allerdings, dass es diesmal einen mittelständischen Familienbetrieb erwischt hat. Warum hat sich der Erpresser nicht ein Opfer gesucht, bei dem mehr zu holen ist? Merkwürdig …*
*Ich habe Franzi und Marie die beiden Briefe gezeigt und sie waren genauso entsetzt wie ich. Morgen treffen wir uns bei mir, um sie gründlich auf Fingerabdrücke und andere Spuren zu untersuchen. Ich bin gespannt, ob wir etwas finden! Mehr können wir momentan nicht tun. Wir müssen warten, bis es zur Geldübergabe kommt, dann ist die Chance am größten, den oder die Täter zu schnappen.*
*Hoffentlich meldet sich der Erpresser bald und lässt uns nicht zu lange schmoren!*

*Geheimes Tagebuch von Kim Jülich*
*Dienstag, 19:28 Uhr*
***STOPP!!! Was jetzt kommt, geht niemanden etwas an. Am allerwenigsten euch, Michi und Marie, denn ihr seid schuld am schlimmsten Kummer meines Lebens!***

*Ich bin am Boden zerstört! Es ist tatsächlich wahr: Michi hat sich in Marie verliebt. Er hat es mir selbst gesagt – und statt ihn anzuschreien, ihm gegen das Schienbein zu treten oder etwas anderes Sinnvolles zu tun, bin ich einfach weggerannt. Ich feige Nuss!*

Niemand kann etwas für seine Gefühle.

*Das waren seine Worte. Er hat völlig selbstverständlich von seiner neuen Liebe gesprochen und schien nicht den Hauch eines schlechten Gewissens zu haben. Offenbar sind seine Gefühle für mich schon lange Vergangenheit. Und ich dachte, er würde noch etwas für mich empfinden. Wie man sich täuschen kann …*

*Aber warum bin ich eigentlich so geschockt? Im Grunde war es doch klar, dass das irgendwann passieren würde. Marie sieht schließlich tausendmal besser aus als ich, sie ist schlanker, sportlicher und schlagfertiger. Warum sollte sich irgendein Junge in mich verlieben, wenn er Marie haben kann? Es ist alles so demütigend!*

*Die Stimmung im* Lomo *war heute auch nicht die beste. Ich konnte Maries Anwesenheit und ihre schrecklich gute Laune kaum ertragen. Wie kann sie mich nur so hintergehen? Im Detektivtagebuch habe ich das Thema bewusst ausgeklammert und mich auf die Fakten konzentriert, aber hier kann ich es ja sagen (bzw. schreiben): Ich hätte Marie am liebsten die Augen ausgekratzt! Leider ist es kaum möglich, ihr aus dem Weg zu gehen, solange ich nicht aus dem Detektivclub austrete. Und das kommt natürlich überhaupt nicht infrage, schließlich habe ich den Club gegründet! Außerdem brauche ich die Ermittlungsarbeit gerade mehr denn je. Ohne diese Ablenkung würde ich glatt verrückt werden!*

Niemand kann etwas für seine Gefühle.

*Nein, Michi, ich auch nicht. Leider liebe ich dich immer noch. Und dass du jetzt meine beste Freundin liebst, bricht mir das Herz!*

»Nichts!« Franzi starrte frustriert auf die beiden Erpresserbriefe, die sie professionell mit Grafitstaub eingepinselt hatte. Es waren zwar mehrere glasklare Abdrücke zu erkennen, die sich grauschwarz auf dem Papier abzeichneten, aber sie stammten alle von Kim, wie sich nach einem kurzen Abgleich mit ihren Fingerabdrücken herausgestellt hatte. Der Täter hatte leider keinen einzigen Abdruck hinterlassen, weder auf den Briefen noch auf den Umschlägen.

»Der Erpresser muss Handschuhe getragen haben«, stellte Marie fest.

»Ach nee!« Kim verdrehte die Augen. »Toll kombiniert, Marie!«

Marie sah Kim stirnrunzelnd an. Sie öffnete den Mund, doch bevor sie sich über Kims provozierenden Tonfall beschweren konnte, sprach Kim bereits weiter.

»Ich fasse zusammen: Wir haben – nichts!« Sie zählte die nächsten Punkte an ihren Fingern ab. »Es gibt keine Fingerabdrücke, der Täter hat handelsübliches Druckerpapier und stinknormale Umschläge benutzt. Die kann man in jedem

Schreibwarengeschäft kaufen. Außerdem sind weder Briefmarken noch Poststempel auf den Umschlägen.«

»Die Briefe sind also persönlich abgegeben worden«, sagte Franzi. »Ziemlich schlau, denn so kann man sie nicht zurückverfolgen. Wenn ihr mich fragt, spricht alles für eine professionelle Bande.«

Marie war in die Betrachtung ihrer Fingernägel versunken und summte leise vor sich hin. Offenbar war sie mit ihren Gedanken ganz weit weg. Kim verkniff sich einen spitzen Kommentar und versuchte sich wieder auf den Fall zu konzentrieren. Das war gar nicht so leicht, denn Maries Singerei ging ihr wahnsinnig auf die Nerven.

»Einerseits geht der Täter sehr überlegt und planvoll vor«, stimmte Kim zu. »Aber es gibt auch Ungereimtheiten: Wieso hat er sich keinen großen Konzern ausgesucht? Da lassen sich doch ganz andere Summen erpressen als bei Herrn Kranichstein. Und warum hat er noch keine konkrete Geldforderung gestellt? Das ist ziemlich untypisch …«

Franzi seufzte. »Dieser Fall ist wirklich verzwickt!«

Kim griff nach einem der beiden Briefe. »Vielleicht liegt der Schlüssel ja in den Briefen! Wir sollten nicht nur ihre Oberfläche, sondern auch ihren Inhalt etwas genauer unter die Lupe nehmen. Aus der Ausdrucksweise eines Menschen kann man eine Menge schließen. Wir könnten versuchen, daraus eine Art Täterprofil zu erstellen.«

»Gute Idee!« Franzi griff nach dem anderen Brief und las ihn halblaut vor: »*Ich beobachte dich. Ich sehe alles, was du tust. Ich bin immer bei dir. Bald ist Zahltag. Bald werde ich mit dir abrechnen. Bald.*«

»Der Täter duzt Herrn Kranichstein«, bemerkte Marie. »Als ob er ihn gut kennen würde.«
»Das muss aber nicht heißen, dass er ihn tatsächlich kennt«, gab Kim zu bedenken. »Vielleicht will er nur eine gewisse Nähe herstellen, damit seine Drohungen mehr Wirkung entfalten können.«
»Eigentlich ist das kein Erpresserbrief, sondern ein Drohbrief«, stellte Franzi fest.
Kim nickte. »Stimmt! Der Text ist sehr emotional, es kommt viel Wut rüber. Der Täter muss voller unterdrückter Aggressionen stecken. Das Ziel dieses Briefes ist vor allem eins: Herrn Kranichstein Angst einzujagen. Gleichzeitig klingt der Text beinahe poetisch. Es würde mich nicht wundern, wenn der Täter Gedichte liest und vielleicht sogar selbst welche schreibt. Er ist gebildet, beherrscht Rechtschreibung und Zeichensetzung und kann sich gut ausdrücken.«
»Wow!« Franzi schnalzte bewundernd mit der Zunge. »Was du aus den paar Zeilen alles herauslesen kannst. Du solltest Profilerin bei der Polizei werden!«
»Danke.« Kim lächelte geschmeichelt. Franzis Lob war Balsam für ihre geschundene Seele. »Was haltet ihr von dem zweiten Brief? *Der Zahltag rückt näher. Mach dich bereit. Ich will Geld. Viel Geld. Wenn du nicht zahlst, vergifte ich die* Kranichsteiner Mischung. *Weitere Anweisungen folgen.*«
»Das klingt viel professioneller«, sagte Marie. »Emotionen spielen hier keine große Rolle mehr.«
»Und der Täter spricht diesmal eine handfeste Drohung aus«, stellte Franzi fest. »Wenn Herr Kranichstein nicht zahlt, wird er die Pralinen vergiften.«

»Ich frage mich nur, warum er nicht gleich eine konkrete Geldforderung stellt«, überlegte Kim. »Das ist doch merkwürdig …«

Marie zuckte mit den Schultern. »Vielleicht will er Herrn Kranichstein noch etwas schmoren lassen, damit er auch bestimmt zahlt.«

Kim beugte sich gerade über das zweite Erpresserschreiben, um den Text noch einmal Wort für Wort durchzugehen, als Maries Handy klingelte. Sie hatte einen neuen Klingelton: eine ziemlich alberne Version von *Jingle Bells*, die immer langsamer wurde und schließlich in einer imaginären Explosion endete.

»Kannst du dein blödes Handy nicht ausschalten?«, fragte Kim genervt. »Wir sind mitten in einer wichtigen Clubsitzung!«

»Ups!« Marie grinste verlegen. »Sorry, aber da muss ich eben mal rangehen. Ist wichtig!« Sie hielt sich das Handy ans Ohr. »Hallo? Ach, du bist's!« Ihre Stimme rutschte mit einem Schlag mindestens eine Oktave tiefer.

»Flirtmodus!«, flüsterte Franzi und verdrehte die Augen.

Kim schluckte. Sie wollte nicht hinhören, doch Maries verführerischer Singsang ließ sich kaum ignorieren. Kein Wunder, dass ihr die Jungs reihenweise verfielen. Ob es Michi war, den sie da gerade bezirzte? Bei dem Gedanken wurde Kim ganz anders.

»Schön, dass du anrufst! Was gibt's denn?« Marie kicherte albern. »Ach so, und ich dachte schon, es sei etwas Dringendes. Hör mal, jetzt ist es leider gerade schlecht. Ich bin in einer Besprechung.« Sie kicherte wieder. »Doch, das ist die reine Wahrheit! Sag mal, können wir später telefonieren? … Das ist lieb. Ich melde mich, okay? … Ja, ich freue mich auch. Ciao!« Marie ließ das Handy sinken und seufzte verzückt.

»Ein neuer Verehrer?«, erkundigte sich Franzi.

»Nein.« Marie steckte ihr Handy weg und strich sich eine blonde Haarsträhne aus dem Gesicht. »Eher … ein alter Verehrer.«

Franzi zog die Augenbrauen hoch. »Tatsächlich? Jetzt sag schon, wer ist es?«

Doch Marie lächelte nur geheimnisvoll. »Sei nicht so neugierig! Mit wem ich telefoniere, geht nur mich etwas an.«

»Seit wann denn das?«, wunderte sich Franzi. »Sonst bist du doch auch nicht so zugeknöpft.«

Kim ballte die Fäuste. Ihre Fingernägel bohrten sich schmerzhaft in ihre Handflächen. Sie wusste, warum Marie plötzlich die Geheimnisvolle gab – weil sie gerade mit Michi geflirtet hatte! Hier, in Kims Zimmer, während Kim direkt neben ihr saß! Das war so was von dreist …

Marie lehnte sich entspannt auf Kims Bett zurück, legte die ausgestreckten Beine übereinander und seufzte: »Ach, Mädels, das Leben kann so schön sein!« Sie begann wieder, vor sich hin zu summen.

Jetzt platzte Kim der Kragen. »Hör endlich auf mit diesem albernen Geträller, das ist ja nicht zum Aushalten! Dies ist eine Clubsitzung und keine Castingshow!«

Marie verstummte und starrte Kim verdutzt an. »Warum rastest du denn gleich so aus?«, fragte sie etwas beleidigt. »Das kann man auch freundlicher sagen. Überhaupt hackst du in letzter Zeit ständig auf mir rum. Was hab ich dir denn getan?«

»Was du mir getan hast?« Kim sprang auf. Mit vor Wut verzerrtem Gesicht sah sie auf Marie herab. Jetzt war es so weit. Der Augenblick der Wahrheit war gekommen. »Das kann ich dir sagen, du … du …«

Weiter kam sie nicht. Diesmal war es ihr Handy, das klingelte. Ausgerechnet jetzt! Kim wollte den Anruf schon wegdrücken, doch dann erkannte sie die Nummer von *Feinkost Kranichstein.* Schnell hielt sie das Handy ans Ohr. »Hallo, Herr Kranichstein? Was gibt es denn?« Während Kim lauschte, wurden ihre Augen immer größer. »Alles klar, wir kommen«, sagte sie schließlich knapp.

»Was ist passiert?«, fragte Franzi.

Kim ließ das Handy sinken. Ihr Gesicht war ernst. »Wir müssen sofort los. Der Erpresser hat sich wieder gemeldet!«

# Drama auf der Eislaufbahn

Herr Kranichstein saß zusammengesunken hinter seinem Schreibtisch, als die drei !!! in sein Büro stürmten.
»Alles in Ordnung?«, fragte Kim außer Atem.
Ihr Chef reichte ihr wortlos einen weißen DIN-A4-Bogen. Gespannt beugten sich Kim, Franzi und Marie über das Blatt und lasen den kurzen Text.

MORGEN IST ES SO WEIT.
MORGEN IST ZAHLTAG.
ICH WILL 10.000 EURO.
ANBEI EIN KLEINES PRÄSENT, DAMIT DU SIEHST, DASS ICH ES ERNST MEINE.
WEITERE ANWEISUNGEN FOLGEN.

»Dasselbe Papier, dieselbe Computerschrift, derselbe Tonfall«, stellte Kim fest. »Der Täter wird immer sachlicher, hier finden sich kaum noch Emotionen. Offenbar hat er seine Wut jetzt besser unter Kontrolle.«
»Wut?« Herr Kranichstein sah Kim verwirrt an. »Aber warum ist dieser Mensch denn wütend auf mich? Was habe ich ihm getan?«
»Das wissen wir leider noch nicht.« Kim legte den Brief zurück auf den Schreibtisch. »Erst sind wir davon ausgegangen, dass es sich um eine professionelle Firmen-Erpressung handelt. Aber nachdem wir ein Täterprofil erstellt haben, sieht es ganz so aus, als ob der Erpresser auch ein persönliches

Motiv haben könnte. Es geht ihm offenbar nicht nur ums Geld.«

»Dafür spricht auch, dass er lediglich zehntausend Euro fordert«, fügte Franzi hinzu.

Kim fiel ein, dass sie Franzi und Marie noch gar nicht vorgestellt hatte. »Das sind übrigens die anderen beiden Ausrufezeichen«, sagte sie schnell. »Franziska Winkler und Marie Grevenbroich.«

Herr Kranichstein nickte den Mädchen zu. Dann seufzte er. »Für mich sind zehntausend Euro eine Menge Geld.«

»Ja, aber normalerweise geht es bei solchen Erpressungen um Millionenbeträge«, erklärte Kim. »Offenbar weiß der Täter, dass bei Ihnen nicht so viel zu holen ist.«

»Was doch für eine persönliche Beziehung zwischen Täter und Opfer spricht«, trumpfte Marie auf.

Kim überhörte den Einwurf. »Wollen Sie immer noch zahlen?«, fragte sie ihren Chef.

Herr Kranichstein zuckte hilflos mit den Schultern. »Was bleibt mir anderes übrig? Das hier lag zusammen mit dem Brief im Briefkasten.« Er hielt eine Tüte Pralinen hoch, bei denen es sich eindeutig um die *Kranichsteiner Mischung* handelte.

Franzi wurde blass. »Sind die etwa vergiftet?«

»Davon gehe ich aus.« Herr Kranichstein nickte langsam. »Der Täter ist offenbar zu allem bereit.«

»Wir müssen ihn morgen bei der Geldübergabe stellen«, sagte Kim entschlossen. »Das ist unsere einzige Chance. Das genaue Vorgehen besprechen wir, sobald wir die Umstände der Übergabe kennen.«

»Und ich weiß auch schon, wer in der Zwischenzeit für uns herausfinden kann, ob die Pralinen tatsächlich vergiftet sind.« Marie lächelte triumphierend. »Michi!«
Sein Name aus Maries Mund war wie ein Fausthieb in Kims Magen. Die Wut, die sie nach dem Anruf ihres Chefs mühsam heruntergeschluckt hatte, kehrte zurück. »Und warum ausgerechnet Michi?«, fragte sie hörbar genervt.
»Warum denn nicht?« Marie zuckte mit den Schultern. »Er hat uns doch schon öfter bei chemischen Analysen geholfen. Außerdem müssen wir wissen, um welches Gift es sich handelt. Wenn überhaupt Gift im Spiel ist. Vielleicht blufft der Täter ja auch nur.«
»Das glaubst du doch selbst nicht!« Kim schüttelte ärgerlich den Kopf. Wenn Marie wüsste, wie leicht sie zu durchschauen war. Sie suchte doch nur nach einem Vorwand, um Michi sehen zu können!
»Ich finde Maries Idee gut«, mischte sich Franzi ein. »Die Pralinen sind wichtige Beweisstücke, die wir unbedingt untersuchen lassen sollten.«
»Na also!« Marie streckte die Hand aus. »Handschuhe, Pinzette und eine Tüte bitte.«
Widerwillig öffnete Kim den Rucksack mit den Detektivutensilien, den sie vorhin bei ihrem eiligen Aufbruch schnell noch mitgenommen hatte, und reichte Marie die gewünschten Dinge.
Marie streifte sich die dünnen Plastikhandschuhe über, öffnete die Tüte, nahm mit der Pinzette eine Praline heraus und ließ sie in einen der kleinen Plastikbeutel fallen, die die Detektivinnen zur Aufbewahrung von Beweisstücken be-

nutzten. »Voilà!« Sie hielt den Beutel mit der Praline hoch. »Willst du das Beweisstück bei Michi vorbeibringen?«, fragte sie Kim.
Kim schüttelte den Kopf. Sie hatte genug von diesem scheinheiligen Theater. »Das mach mal schön selbst!«, fuhr sie Marie an. »Ich muss jetzt weg.«
»Aber …«, begann Marie, doch Kim war bereits aus dem Büro gestürmt. Der wütende Knall, mit dem sie Tür hinter sich zuschlug, war bis auf die Straße zu hören.

Am nächsten Tag wartete eine Herausforderung der ganz anderen Art auf Kim. Sie saß gerade am Schreibtisch und versuchte, sich die neuen Englischvokabeln einzuprägen, als ihre Mutter, ohne anzuklopfen, hereinplatzte.
»Du machst das Badezimmer, ich die Böden.« Frau Jülich drückte Kim ohne weitere Umstände einen Eimer, Putzmittel und Lappen in die Hand.
»Muss das sein?« Kim stöhnte. Auch das noch! Den alljährlichen Großputz, den ihre Mutter vor Weihnachten veranstaltete, hatte sie komplett verdrängt.
»Ja, das muss sein.« Frau Jülich klang wild entschlossen. »Es wird höchste Zeit! Es sind schließlich nur noch zwei Tage bis Weihnachten.«
»Ich muss aber dringend Vokabeln lernen«, versuchte Kim sich herauszureden. Normalerweise fand ihre Mutter nichts wichtiger als Hausaufgaben. Doch heute zog dieses Argument leider nicht.
»Das kannst du nachher auch noch machen, ich hör dich auch gerne ab«, bot sie großzügig an.

Na toll! Das hatte Kim gerade noch gefehlt. Mit Leidensmiene stand sie auf und griff nach dem Putzzeug. »Wo sind eigentlich Ben und Lukas? Die könnten ruhig mithelfen.«
»Deine Brüder haben Fußballtraining«, antwortete Frau Jülich. »Und danach arbeiten sie mit einem Schulfreund an einem Referat.«
»Wer's glaubt, wird selig«, murmelte Kim auf dem Weg ins Badezimmer. Wie sie ihre Brüder kannte, bestand die Referatsvorbereitung wahrscheinlich darin, ein neues Computerspiel auszuprobieren. Da hatten sich die Zwillinge ja mal wieder äußerst geschickt aus der Affäre gezogen!
Kim streifte sich Putzhandschuhe über und begann, das Klo zu schrubben. Viel lieber hätte sie jetzt weiter im Erpressungsfall ermittelt, aber Herr Kranichstein hatte noch nichts von sich hören lassen. Der Täter ließ sie ganz schön zappeln. Kim musste an ihren abrupten Abgang gestern in Herrn Kranichsteins Büro denken. Es war ihr immer noch etwas peinlich, dass sie sich so von ihren Gefühlen hatte hinreißen lassen. Ihr Verhalten war alles andere als professionell gewesen. Das hatte Franzi ihr auch klar und deutlich gesagt, als sie Kim am Abend noch einmal angerufen hatte. Kim hatte nicht so richtig gewusst, wie sie sich verteidigen sollte, und schließlich Stress vorgeschoben und Besserung gelobt.
Auch Marie hatte zweimal versucht, Kim übers Handy zu erreichen, aber Kim hatte beide Anrufe weggedrückt. Sie wusste genau, dass sie sich kindisch verhielt und den Kopf nicht ewig in den Sand stecken konnte. Na und?, dachte sie trotzig. Warum soll ich nicht auch mal kindisch sein?
In ihre Grübeleien hinein ertönte der Klingelton ihres Han-

dys. Eine SMS! Kim streifte die Putzhandschuhe ab, zog das Handy aus der Hosentasche und öffnete die Nachricht. Sie war von Herrn Kranichstein und bestand nur aus einem Satz:

*Es geht los!*

Na endlich! Aufgeregt leitete Kim die SMS an Franzi und Marie weiter. Dann warf sie die Handschuhe neben das Klo, ließ das Putzzeug stehen und rannte nach unten. Als sie gerade in ihre Jacke schlüpfte, erschien Frau Jülich mit dem Staubsauger in der Küchentür.

»Nanu!« Sie musterte Kim erstaunt. »Wo willst du denn hin?«

»Sorry, Mama, aber ich muss dringend weg.« Kim überlegte blitzschnell. »Es gibt einen Notfall im Laden, Herr Kranichstein braucht meine Hilfe.« Genial – das war nicht einmal gelogen!

Frau Jülich seufzte. »Na prima, jetzt bleibt also mal wieder alles an mir hängen …«

»Ben und Lukas helfen dir bestimmt gerne, wenn sie nach Hause kommen.« Kim schlang sich ihren Schal um den Hals, griff nach dem Rucksack mit den Detektivutensilien und verließ eilig das Haus. Ab jetzt zählte jede Sekunde!

»Diesmal hat sich der Erpresser per Handy gemeldet«, berichtete Herr Kranichstein den drei Detektivinnen, die fast zeitgleich beim Feinkostgeschäft eingetroffen waren und vor dem Schreibtisch im Büro Platz genommen hatten. »Leider war die Nummer unterdrückt.«

»Haben Sie seine Stimme erkannt?«, fragte Franzi.
Kims Chef schüttelte den Kopf. »Sie klang sehr dumpf. Ich kann nicht sagen, ob ich sie schon einmal gehört habe.«
»Wahrscheinlich hat der Täter ein Tuch um den Hörer gewickelt«, vermutete Marie.
»Jedenfalls soll die Geldübergabe heute auf der Eislaufbahn in der Fußgängerzone stattfinden«, fuhr Herr Kranichstein fort.
»Was?« Kim runzelte überrascht die Stirn. »Warum hat der Erpresser denn einen so belebten Ort gewählt?«
Ihr Chef zuckte mit den Schultern. »Das weiß ich auch nicht. Ich soll das Geld in eine weiße Plastiktüte stecken, sie zukleben und um 18.00 Uhr am Rand der Eislaufbahn unter der zweiten Bank von rechts deponieren.«
»Und genau das werden Sie auch tun«, sagte Kim. »Der Täter darf keinen Verdacht schöpfen. Wir postieren uns am besten schon vorher rund um die Eislaufbahn.«
Franzi nickte. »Nachdem Sie das Geld am vereinbarten Ort abgelegt haben, überwachen wir unauffällig den Übergabeort.«
»Und wenn der Täter auftaucht, schnappt die Falle zu!«, bemerkte Marie zufrieden.
»Seid ihr sicher, dass der Plan aufgeht?« Herr Kranichstein spielte nervös mit seinem Handy herum. »Was, wenn der Täter merkt, dass er beobachtet wird?«
»Keine Sorge, wir haben Erfahrung in solchen Dingen«, beruhigte Kim ihren Chef. »Der Täter wird nichts merken.«
»Haben Sie das Geld schon besorgt?« Franzi sah auf die Uhr. »Es ist halb sechs, wir sollten uns jetzt auf den Weg machen.«

»Ich habe bereits alles vorbereitet, während ich auf euch gewartet habe.« Herr Kranichstein zog die unterste Schreibtischschublade auf und holte ein dickes, weißes Päckchen hervor, das mit durchsichtigem Paketband verschlossen war. »In dieser Plastiktüte befinden sich zehntausend Euro.«
Ehrfürchtig betrachtete Kim das Päckchen. So viel Geld! Doch wenn alles gut lief, würde es nie in die Hände des Erpressers gelangen.
»Keine Sorge, wir werden Ihr Geld keine Sekunde aus den Augen lassen«, versicherte Kim.
»Und jetzt nichts wie los!« Franzi war bereits auf dem Weg zur Tür.
Eine Minute später verließen die Detektivinnen den Laden. Der Countdown lief.

Auf der Eislaufbahn herrschte um kurz vor sechs Hochbetrieb. Lachende und kreischende Kinder, verliebte Paare und kichernde Jugendliche tummelten sich auf dem Eis, das von mehreren großen Scheinwerfern beleuchtet wurde. Kim sah sich unauffällig um, während sie sich mit Franzi und Marie in die lange Schlange vor dem Schlittschuhverleih einreihte. Ein kleines Mädchen war gerade hingefallen und heulte Rotz und Wasser, während seine Mutter vergeblich versuchte, es zu beruhigen. Ein paar Jungs jagten wie die Wilden über das Eis. Es schien alles völlig normal zu sein.
»Ich kann keine verdächtige Person entdecken«, raunte Kim Franzi zu. »Dabei ist der Erpresser bestimmt schon hier.«
Franzi nickte. »Er beobachtet garantiert, ob Herr Kranichstein das Geld auch ordnungsgemäß abliefert.«

»Verdächtige Zielperson gesichtet!«, zischte Marie plötzlich.
»Wo?« Kim reckte den Hals.
»Dort hinten.« Marie nickte zu einem älteren Herrn hinüber, der allein über das Eis glitt und dabei immer wieder zu einer Bank am Rand der Eisfläche hinüberblickte. Da sprang ein etwa sechsjähriges Mädchen mit roter Wollmütze von der Bank auf, auf der es sich seine Schlittschuhe zugebunden hatte. Jauchzend fuhr es auf den Mann zu. Er reichte ihr lächelnd die Hand und sie drehten gemeinsam eine Runde über das Eis.
»Fehlanzeige!«, stellte Franzi fest. »Das ist nur ein harmloser Opa, der Zeit mit seiner Enkelin verbringt.«
Inzwischen waren sie zum Kassenhäuschen vorgerückt. Sie bezahlten, suchten sich passende Schlittschuhe und setzten sich auf eine Bank, um sie anzuziehen.
»Auf geht's!« Franzi war als Erste fertig und begab sich schon mal aufs Eis. Mit sicheren Bewegungen glitt sie über die glänzende Fläche. Kim bewunderte ihre Freundin mal wieder für ihren ausgeprägten Gleichgewichtssinn, den sie durch regelmäßiges Inlineskaten perfekt geschult hatte.
Kim und Marie folgten Franzi. Zu dritt drehten sie mehrere Runden über das Eis. Während sie scheinbar harmlos plauderten, hielten sie unauffällig nach verdächtigen Personen Ausschau.
»Da!«, zischte Kim. »Der Bote ist im Anmarsch!«
Herr Kranichstein näherte sich mit unsicheren Schritten der Eislaufbahn. Er trug einen langen, schwarzen Mantel und hatte eine Aktentasche dabei. Sein weißes Haar leuchtete im Licht der Scheinwerfer. Er stellte sich an die Umrandung der

Eisfläche und tat so, als würde er die Schlittschuhläufer beobachten. Es war drei Minuten vor sechs.
Sobald die Glocke der Stadtkirche zu schlagen begann, setzte sich Kims Chef wieder in Bewegung. Er ging an der Schlange vor dem Kassenhäuschen vorbei zur zweiten Bank von rechts. Dort nahm er Platz und zog etwas Weißes aus seiner Aktentasche. Mit einem schnellen Blick nach rechts und links überzeugte er sich davon, dass niemand auf ihn achtete. Er deponierte das Päckchen unter der Bank, erhob sich und ging davon.
»Alles klar!«, zischte Kim. »Phase eins erfolgreich abgeschlossen.« Das weiße Päckchen war im Schatten der Bank kaum zu sehen. Kein schlechtes Versteck.
»Vielleicht sollten wir uns trennen«, schlug Franzi vor. »Dann können wir die Eisfläche besser überwachen.«
»Gute Idee.« Kim nickte. »Ich postiere mich an der Waffelbude, ihr dreht weiter eure Runden, okay?«
Franzi steigerte das Tempo und rief Marie extra laut zu: »Fang mich doch, wenn du kannst!«
Lachend lieferten sich die beiden eine wilde Verfolgungsjagd. Dass sie dabei die anderen Eisläufer genau im Blick behielten, war nur für einen Eingeweihten zu erkennen.
Währenddessen glitt Kim langsam auf die Waffelbude zu. Sie tat so, als würde sie die Tafel mit dem Angebot des Tages studieren – Waffeln mit Eis und heißen Kirschen –, dabei war ihr Blick in Wirklichkeit auf die Bank gerichtet. Das weiße Päckchen lag noch unangetastet darunter.
Da! Zwei Jungs marschierten zielstrebig auf die Bank zu und setzten sich. Kim kaute nervös auf ihrer Unterlippe herum.

Die beiden Verdächtigen waren etwas älter als Kim und zogen sich lachend und scherzend ihre Schlittschuhe an. Dann betraten sie die Eisfläche, ohne sich um das Päckchen zu kümmern. Kim atmete auf. Falscher Alarm!
Kurze Zeit später erschienen vier sorgfältig gestylte Mädchen, die sich auf der Bank niederließen und unter viel Gekicher und Geflüster in ihre Schlittschuhe schlüpften. Auch sie interessierten sich nicht für das Päckchen.
Kim bekam allmählich kalte Finger. Sie ärgerte sich, dass sie in der Eile vorhin ihre Handschuhe zu Hause vergessen hatte. Gerne hätte sie sich etwas bewegt, um sich aufzuwärmen, aber sie durfte ihren Beobachtungsposten nicht verlassen. Weiter hinten sah sie Franzis roten Haarschopf in der Menge aufblitzen, ein Stück weiter erkannte sie Maries lange, blonde Mähne. Die beiden drehten immer noch ihre Runden, offenbar ohne etwas Verdächtiges entdeckt zu haben.
Kim musste zugeben, dass es gar nicht so dumm von dem Erpresser gewesen war, die Eislaufbahn als Übergabeort auszuwählen. Eigentlich war es sogar ausgesprochen clever. In dem Gewimmel, das hier herrschte, konnte man sich prima unsichtbar machen. Bestimmt waren sie schon mehrmals am Täter vorbeigesaust, ohne ihn zu erkennen. Im Grunde konnte es jeder sein …
Mitten in Kims Gedanken hinein tauchte ein Typ in ihrem Blickfeld auf. Er sauste auf schwarzen Schlittschuhen über die Eisfläche und Kim speicherte blitzschnell seine Personenbeschreibung ab: männlich, groß und schlank, schwarze Hose, dunkle Daunenjacke.
Das Gesicht konnte sie nicht erkennen, weil es mit einer

schwarzen Skimütze vermummt war. Zufall oder Absicht? Bei der Kälte hatten sich viele Eisläufer so dick eingepackt, dass nur noch ihre Nasenspitzen herausschauten …

Doch der Mann steuerte eindeutig die zweite Bank von rechts an. Dabei blickte er sich unauffällig um. Hatte er es auf das Geld abgesehen? Kims Nerven waren zum Zerreißen gespannt. Ihr Herz pochte wie verrückt, während sie dem Verdächtigen unauffällig folgte. Sie war sich jetzt beinahe sicher, dass sein Blick auf das versteckte Päckchen gerichtet war. Er hatte die Bank fast erreicht. Gleich würde er sich das Geld schnappen – und dann hatten sie ihn!

Doch plötzlich schlitterte ein Kind auf die Bank zu. Es war das kleine Mädchen, das vorhin hingefallen war und so schrecklich geweint hatte. Nun setzte es sich genau vor die Tüte! Seine Mutter nahm neben ihm Platz und half ihm beim Aufschnüren der Schlittschuhe.

Kim fluchte innerlich. Ausgerechnet jetzt! Sie fuhr dicht hinter dem Verdächtigen. Was würde er tun? Das Kind von der Bank stoßen, um an das Geld zu kommen? Aber da vollführte der Mann eine schwungvolle Drehung. Der Richtungswechsel kam für Kim völlig überraschend und sie konnte nicht mehr rechtzeitig stoppen. Ungebremst fuhr sie in den Verdächtigen hinein. Sie verlor das Gleichgewicht und landete auf dem Hintern.

»Aua!« Kleine Sterne tanzten vor ihren Augen und der Schmerz nahm ihr einen Moment den Atem.

»Alles in Ordnung?« Der Mann beugte sich zu ihr herab. Seine Stimme kam Kim irgendwie bekannt vor, genauso wie seine Augen, die sie besorgt ansahen.

»Ja«, keuchte Kim, während sich in ihrem Kopf die Gedanken überschlugen. Wer verbarg sich hinter der Skimütze? Wo hatte sie diese Augen schon mal gesehen? Die Antwort war ganz nah, aber kurz bevor sie danach greifen konnte, drehte sich der Verdächtige um und sauste davon. »Halt!«, versuchte Kim zu rufen, doch es kam nur ein Krächzen aus ihrer Kehle. Als sie aufspringen wollte, durchzuckte sie wieder der Schmerz. Stöhnend ließ sie sich zurück aufs Eis fallen.

Franzi und Marie tauchten neben ihr auf.

»Was ist passiert?«, fragte Franzi außer Atem. »Bist du verletzt?«

Kim schüttelte den Kopf und zeigte auf die schwarze Gestalt, die gerade in der Menschenmenge verschwand. »Das ist er!«, stieß sie hervor. »Schnappt ihn euch!«

# Krisensitzung mit Zickenkrieg

Franzi und Marie nahmen sofort die Verfolgung auf. Wie zwei Blitze schossen sie über das Eis und schlängelten sich geschickt zwischen den anderen Besuchern hindurch. Bald waren sie im Gewimmel verschwunden.
Kim rappelte sich auf und hielt sich stöhnend den Po. Vorsichtig stakste sie zu einer freien Bank hinüber und ließ sich ganz langsam darauf nieder. Ihr Steißbein reagierte mit einer neuen Schmerzwelle, die aber schon etwas weniger heftig war.
»Na toll!«, murmelte Kim. »Ein geprelltes Steißbein hat mir gerade noch gefehlt.«
Kurze Zeit später kamen Franzi und Marie zurück – ohne den Verdächtigen. Keuchend ließen sie sich rechts und links von Kim auf der Bank nieder.
»Und?«, fragte Kim, obwohl sie die Antwort schon wusste.
Franzi schüttelte den Kopf. »Nichts!«
»Er war plötzlich einfach weg.« Marie warf ärgerlich ihre Haare über die Schulter zurück. »Wie vom Erdboden verschluckt!«
»Mist!«, schimpfte Kim. »Wir waren so nah dran!« Sie berichtete kurz, was geschehen war.
»Das ist wirklich dumm gelaufen«, stellte Marie fest. »Und was jetzt? Sollen wir die Bank weiter überwachen?«
Kim schüttelte den Kopf. »Das bringt doch nichts. Der Erpresser kommt garantiert nicht noch einmal zurück. Außerdem schließt die Eislaufbahn sowieso in einer Viertelstunde.«

Franzi seufzte. »Also ab nach Hause.«
Kim erhob sich behutsam, um ihr Steißbein nicht unnötig zu reizen, und sicherte das Päckchen mit dem Geld. Frustriert ließ sie es in ihrem Rucksack verschwinden. Was sollten sie nur Herrn Kranichstein erzählen? Ihr Auftraggeber musste sie ja für blutige Anfängerinnen halten. Und das völlig zu Recht: Diese Aktion war gründlich schiefgegangen!

Einen Tag später trafen sich die Detektivinnen zu einer Krisensitzung im *Café Lomo*. Es war der 23. Dezember, aus den Lautsprechern dudelten bekannte Weihnachtshits und das Café war festlich mit Tannenzweigen, Lametta und Kerzen geschmückt. Doch die Stimmung in der gemütlichen Sofaecke, dem Lieblingsplatz der drei !!!, war nach dem gestrigen Misserfolg gedrückt. Marie zupfte sich mit gerunzelter Stirn ein paar Fusseln von ihrem türkisfarbenen Strickkleid, während Franzi mürrisch in ihren Milchkaffee starrte. Kims Laune war sowieso auf dem Nullpunkt. Der Liebeskummer nagte immer noch an ihr und jetzt musste sie auch noch die verpatzte Geldübergabe verdauen. Wenigstens tat ihr Steißbein heute nicht mehr so weh.
Schließlich brach Franzi das Schweigen. »Wie hat Herr Kranichstein eigentlich reagiert, als du ihm gestern Bericht erstattet hast?«, fragte sie Kim.
Kim verzog das Gesicht. Sie erinnerte sich nur ungern an das Gespräch mit ihrem Chef. Da Franzi und Marie nach dem Einsatz auf der Eislaufbahn dringend losgemusst hatten, war Kim die undankbare Aufgabe zugefallen, das Geld zurückzubringen. »Er war natürlich alles andere als erfreut.« Sie seufz-

te. »Er meinte, der Fall sei wohl doch eine Nummer zu groß für uns.« Die Verzweiflung in Herrn Kranichsteins Stimme hatte Kim wesentlich mehr zugesetzt als seine kritischen Worte.
Marie stieß ein empörtes Schnauben aus. »Wir haben schon ganz andere Fälle gelöst! Wenn er uns und unseren Fähigkeiten nicht vertraut, soll er sich jemand anders suchen, der für ihn die Kastanien aus dem Feuer holt. Das hast du ihm doch hoffentlich gesagt, oder?«
»Nein, hab ich nicht«, gab Kim gereizt zurück. »Der arme Mann war total fertig.«
Marie seufzte. »Du musst wirklich mal lernen, Klartext mit den Leuten zu reden. Wenn man immer nur lieb und nett ist, kommt man auf Dauer nicht weiter.«
»Wie wär's, wenn ich mit dir mal Klartext rede?«, schoss Kim zurück. »Warum bist du nicht selbst zu Herrn Kranichstein gegangen, wenn du sowieso alles besser weißt?«
»Weil ich zum Gesangsunterricht musste.« Marie verdrehte die Augen. »Das hab ich doch gestern schon gesagt. Muss ich mich jetzt für jeden Schritt rechtfertigen, den ich außerhalb des Detektivclubs tue?«
»Immer mit der Ruhe«, versuchte Franzi zu schlichten. »Es bringt nichts, wenn wir uns jetzt auch noch streiten. Wir müssen zusammenhalten, sonst lösen wir den Fall nie!«
»Wir hätten den Fall schon längst gelöst, wenn Kim gestern etwas schneller reagiert hätte«, stellte Marie fest.
Kim setzte sich mit einem Ruck auf. »Was willst du damit sagen?«
»Du bist doch mit dem Erpresser zusammengestoßen,

oder?«, fragte Marie. »Er stand direkt vor dir! Warum hast du ihn nicht festgehalten?«
»Ach, jetzt ist es also meine Schuld, dass der Typ entwischt ist! Das ist ja wohl das Letzte!« Die Wut loderte wie eine Flamme in Kim auf.
»Niemand macht dir einen Vorwurf, Kim.« Franzi hob beschwichtigend die Hände. »Du warst nach deinem Sturz auf dem Eis nicht voll einsatzfähig, das war einfach Pech …«
Aber Franzis Worte prallten an Kim ab. Sie war so sauer, dass sie Marie am liebsten jedes ihrer sorgfältig geföhnten Haare einzeln ausgerissen hätte. »Wage es ja nicht, mich noch einmal zu kritisieren!«, zischte sie. »Sonst …«
»Sonst *was*?«, fragte Marie. Ihre Stimme klang gefährlich sanft. Doch Kim wusste, dass die Ruhe nur Fassade war und Marie innerlich vor Wut kochte.
Ehe Kim antworten konnte, ertönte eine Stimme hinter ihr, die ihr Herz sofort zum Stolpern brachte.
»Hallo allerseits!«
Kim fuhr herum. Michi! Er stand neben der Sofaecke und lächelte in die Runde. Als er Kims Blick begegnete, wurde er ein bisschen rot. Oder bildete sie sich das nur ein? Kim sah schnell zur Seite. Sie versuchte, ihren Herzschlag wieder unter Kontrolle zu bringen, doch das war gar nicht so leicht …
»Was willst du denn hier?«, fragte Kim nicht besonders freundlich, um ihre Unsicherheit zu überspielen.
»Äh … ich … also …«, stammelte Michi. Er fuhr sich verlegen durch die Haare.
»Ich habe Michi hergebeten«, verkündete Marie. »Damit er uns seine Untersuchungsergebnisse präsentieren kann.«

»Na toll!« Kim runzelte ärgerlich die Stirn. »Und wann hattest du vor, uns das mitzuteilen?«
»Du hast mich ja nicht zu Wort kommen lassen«, gab Marie zurück.
»Setz dich doch, Michi!«, sagte Franzi schnell. »Schön, dass du da bist.«
»Ja … danke.« Etwas verunsichert nahm Michi auf einem freien Sessel Platz. »Alles klar bei euch?«, erkundigte er sich vorsichtig.
»Alles bestens«, behauptete Marie mit aufgesetzter Fröhlichkeit. »Schieß los, was hast du herausgefunden? Sind die Pralinen wirklich vergiftet?«
Michi nickte. »Allerdings! In der Praline, die du mir gebracht hast, befindet sich ein giftiges Pflanzenschutzmittel. Ich konnte es zweifelsfrei nachweisen. An der Seite der Praline habe ich ein winziges Loch entdeckt. Vermutlich wurde die gesundheitsschädliche Flüssigkeit mit einer Spritze injiziert.«
»Ein Pflanzenschutzmittel?« Franzi runzelte die Stirn. »Das klingt ja ziemlich übel.«
»Ja, das ist echt kriminell«, stimmte Michi zu. »Allerdings war die Dosis in der Praline nicht tödlich. Sie hätte jedoch durchaus Übelkeit und Magenkrämpfe auslösen können. Und wenn jemand eine ganze Tüte Pralinen auf einmal essen würde, könnte es noch wesentlich schlimmere Folgen haben …«
»Woher hatte der Täter das Zeug?«, fragte Marie.
Michi zuckte mit den Schultern. »Es ist ein handelsübliches Pflanzenschutzmittel. Das kann man in jedem Laden kaufen.«

»Verflixt!«, schimpfte Franzi. »Das bringt uns auch nicht weiter.«

»Ihr solltet die Polizei einschalten«, sagte Michi eindringlich. »Vergiftete Pralinen sind eine sehr ernste Angelegenheit. Wenn die in den Handel gelangen, sind die Folgen gar nicht abzusehen!«

»Keine Sorge, die Pralinenproduktion wurde eingestellt«, beruhigte Franzi ihn. »Die vergifteten Pralinen können also momentan keinen Schaden anrichten.«

»Trotzdem!« Michi gab nicht so schnell auf. »Warum informiert ihr nicht Kommissar Peters? Er weiß bestimmt, was zu tun ist.«

»Spinnst du?«, gab Kim ärgerlich zurück. »Der Kommissar würde uns den Fall doch sofort wegnehmen! Außerdem will unser Auftraggeber keine Polizei.«

»Aber …«, begann Michi, doch Kim schnitt ihm das Wort ab.

»Schluss damit!«, sagte sie energisch. »Das ist ganz allein unsere Sache, klar?« Es tat gut, Michi die Meinung zu sagen – wenigstens in dieser Angelegenheit. Vielleicht hatte Marie recht und sie sollte ihren Gefühlen öfter freien Lauf lassen, auch den negativen. Es hatte tatsächlich etwas Befreiendes.

»Sorry, ich wollte mich nicht einmischen. Ihr werdet schon wissen, was ihr tut.« Michis entschuldigender Blick traf Kim mitten ins Herz. Sie hatte plötzlich einen Kloß im Hals und musste sich abwenden, um nicht loszuheulen.

»Wir haben alles im Griff«, behauptete Marie. Sie schenkte Michi ein strahlendes Lächeln. »Und vielen Dank noch mal für deine Hilfe! Es war wahnsinnig nett von dir, dass du dir die Zeit für die Untersuchung der Pralinen genommen hast.« Kim wäre ihr am liebsten an die Gurgel gesprungen. Maries Gesülze war wirklich kaum zu ertragen.

»Ach was, das hab ich doch gern getan. Mir macht so was Spaß.« Michi erhob sich und schielte unsicher zu Kim hinüber. Hatte er jetzt doch ein schlechtes Gewissen? Und wenn schon! Sollte er ruhig, geschah ihm ganz recht.

»Tschüss, Michi«, verabschiedete sich Franzi.

»Und wunderschöne Weihnachten«, säuselte Marie. »Genieß die Feiertage!« Sie erhob sich, um Michi ein Küsschen auf jede Wange zu drücken. Kim biss die Zähne zusammen, um nicht loszubrüllen. Falls Marie sie mit ihrem Verhalten provozieren wollte, hatte sie es geschafft. Kim platzte fast vor Wut.

»Euch auch fröhliche Weihnachten«, wünschte Michi und ging zum Ausgang.

Marie ließ sich zurück in ihren Sessel sinken. »Michi ist einfach ein Schatz!«, schwärmte sie. »So nett und hilfsbereit, ein echter Gentleman.«

Täuschte sich Kim oder sah Marie dabei auffällig in ihre Richtung? Egal, das Maß war voll! Kim konnte sich nicht länger zurückhalten. »Was soll dieses blöde Getue?«, schnauzte sie Marie an. »Zur Abwechslung könntest *du* jetzt mal Klartext reden!«

Marie starrte sie verblüfft an. »Ich habe keine Ahnung, wovon du sprichst!«

»Ach nein?«, fragte Kim höhnisch. »Hör auf dem Theater! Das nehme ich dir nicht mehr ab. Ich dachte, du wärst meine Freundin!«

»Das bin ich doch auch …«, begann Marie.
»Nein, bist du nicht mehr«, stellte Kim klar. »Freundinnen fallen einander nicht in den Rücken. Sie sind immer ehrlich zueinander.«
»Ich *bin* doch ehrlich!« Marie schüttelte verwirrt den Kopf. »Bist du sauer, weil ich dich vorhin kritisiert habe? Da hab ich vielleicht nicht so ganz den richtigen Ton getroffen, aber du giftest mich in letzter Zeit ja auch ständig an …«
»Und das wundert dich?« Kim zitterte am ganzen Körper vor Empörung. »Sei froh, dass ich dir noch nicht an die Gurgel gesprungen bin!«
»Jetzt mach aber mal halblang.« Marie klang nun ebenfalls ziemlich gereizt. »Langsam reicht's mir! Du hackst andauernd völlig grundlos auf mir herum. Das muss ich mir wirklich nicht bieten lassen. Was ist eigentlich los mit dir?«
»Ich bin stinksauer auf dich, das ist los!« Kims Stimme versagte.
»Okay, könntet ihr euch jetzt vielleicht wieder beruhigen?«, bat Franzi. »Ich kapier zwar nicht, worum es hier geht, aber ihr solltet euch dringend aussprechen. Wenn ihr euch weiter so anzickt, können wir den Detektivclub vergessen.«
»Ich hab nicht damit angefangen«, betonte Marie mit provozierender Gelassenheit. »Keine Ahnung, was in Kim gefahren ist.«
»KEINE AHNUNG?« Kim sprang auf. Mit geballten Fäusten stand sie vor Marie. Sie erkannte sich selbst kaum wieder. Diese unbändige Wut, die in ihren Eingeweiden tobte wie ein wildes Tier, dieser brennende Wunsch, Marie wehzutun, das Gefühl, die Kontrolle über sich selbst und die ei-

genen Gefühle zu verlieren, all dies war eine völlig neue Erfahrung für Kim. Eine fremde Seite ihrer eigenen Persönlichkeit. Eine Seite, die ihr nicht besonders gut gefiel. Kim liebte es, alles im Griff zu haben, sich selbst und ihre Gefühle natürlich sowieso.
»Ganz ruhig, Kim!«, sagte Franzi mit derselben beschwörenden Stimme, die sie sonst bei aggressiven Hunden oder nervösen Pferden benutzte. »Setz dich bitte wieder hin, dann können wir die Sache klären.«
Langsam, ganz langsam entspannten sich Kims Finger. Was war nur los mit ihr? Wollte sie diesen Konflikt wirklich mit Gewalt lösen? Nein, auf keinen Fall. An einer Verräterin wie Marie würde sie sich garantiert nicht die Finger schmutzig machen. Außerdem war sie gegen Gewalt. Als Kim gerade wieder Platz nehmen wollte, klingelte ihr Handy.
Franzi seufzte. »Ausgerechnet jetzt! Lass es klingeln, das hier ist wichtiger.«
Aber Kim warf trotzdem einen schnellen Blick aufs Display. Es war Herr Kranichstein! Blitzschnell schob sie ihre privaten Probleme beiseite und schaltete um auf professionelle Detektivin. Sie nahm das Handy ans Ohr, räusperte sich und fragte so ruhig wie möglich: »Hallo, Herr Kranichstein, was kann ich für Sie tun?« Dann lauschte sie der gehetzt klingenden Stimme ihres Chefs. »Was?« Kim wurde blass. »Ich verstehe nicht ganz. Wie …« Doch Herr Kranichstein hatte das Gespräch bereits beendet. Kim starrte auf das Handy in ihrer Hand, dann griff sie nach ihrer Jacke. »Wir müssen sofort los«, informierte sie Franzi und Marie. »Es gibt schon wieder einen Notfall bei *Feinkost Kranichstein.*«

# Achtung, Lebensgefahr!

Kurze Zeit später stürmten die drei !!! in Herrn Kranichsteins Büro. Obwohl am Tag vor Heiligabend im Laden der Teufel los war, hatte sich der Chef hinter seinem Schreibtisch verschanzt und das Gesicht in den Händen vergraben. Er sah aus wie ein Häufchen Elend.
»Was ist passiert?«, keuchte Kim. »Hat sich der Erpresser wieder gemeldet?«
Herr Kranichstein hob langsam den Kopf. Unter seinen Augen lagen dunkle Ringe und sein Gesicht war mit weißen Bartstoppeln übersät. Ohne etwas zu sagen, nickte er zu einem Blatt Papier hinüber, das vor ihm auf dem Schreibtisch lag.
Kim griff danach. Schwarze Computerschrift auf weißem Grund. Ein neues Erpresserschreiben! Kim schnappte nach Luft, als sie den Text las, der diesmal sehr kurz war.
Franzi hatte über ihre Schulter mitgelesen. »Fünfzigtausend Euro?«, rief sie entrüstet. »Bis morgen früh? Der spinnt wohl!«
Auch Marie schüttelte den Kopf. »Wie kommt der Erpresser darauf, seine Forderung so drastisch zu erhöhen? Das ist doch völlig unrealistisch!«
»So viel Geld kann ich auf die Schnelle unmöglich auftreiben.« Herrn Kranichsteins Stimme klang brüchig. »Aber das ist noch nicht alles …« Er verstummte.
»Was ist denn noch passiert?«, fragte Kim vorsichtig. »Sagen Sie es uns, Sie können uns vertrauen!«
»Die Tüte mit den vergifteten Pralinen …«, begann Herr

Kranichstein. Er sprach so leise, dass Kim sich vorbeugen musste, um ihn zu verstehen. »Sie … sie ist weg.«
»Wie – weg?« Franzi runzelte die Stirn.
Aber Kim hatte verstanden. Ihre Beine gaben unter ihr nach, als sie die ganze Tragweite dieser schrecklichen Neuigkeit erfasste. Sie ließ sich auf einen der Besucherstühle fallen und versuchte, das Zittern in ihren Händen zu unterdrücken. Jetzt bloß nicht schlappmachen! Sie musste stark sein und sich konzentrieren. Sonst würde eine Katastrophe passieren!
»Die Tüte mit den vergifteten Pralinen ist also verschwunden«, fasste Kim die Situation zusammen. Sie versuchte ruhig zu klingen, dabei kämpfte sie innerlich gegen die Panik an. »Wann?«
Herr Kranichstein zuckte mit den Schultern. »Ich weiß nicht so genau … Heute Vormittag war sie noch da. Sie stand auf meinem Schreibtisch. Warum hab ich sie bloß dort stehen lassen? Ich hätte sie sofort wegschließen müssen! Wenn jetzt jemand die vergifteten Pralinen isst, bin einzig und allein ich schuld daran. Das verzeihe ich mir nie …« Er schüttelte verzweifelt den Kopf. Seine Augen glänzten verdächtig.
»So weit ist es ja hoffentlich noch nicht gekommen«, versuchte Marie, den aufgewühlten Mann zu beruhigen. »Wenn wir uns beeilen, können wir sicher das Schlimmste verhindern.«
»Aber Sie müssen uns helfen«, sagte Franzi eindringlich. »Versuchen Sie, sich genau zu erinnern.«
Herr Kranichstein nickte. Er riss sich sichtlich zusammen. »Was wollt ihr wissen?«
»Wann haben Sie die Pralinentüte zuletzt auf Ihrem Schreibtisch gesehen?«, fragte Kim.

Ihr Chef überlegte. »Vor der Mittagspause. Sie stand direkt neben dem Aktenstapel mit den Rechnungen, die ich abgezeichnet habe. So gegen ein Uhr hab ich Frau Martin an der Kasse abgelöst. Die nächsten Stunden war ich im Laden beschäftigt. Ihr habt ja gesehen, was heute los ist. Am 23. besorgen alle Kurzentschlossenen oder Vergesslichen schnell noch Weihnachtsgeschenke. Und was eignet sich da besser als eine köstliche Kleinigkeit von *Feinkost Kranichstein*?«

»Wann sind Sie wieder ins Büro zurückgekehrt?«, erkundigte sich Franzi.

»Das muss so gegen vier Uhr gewesen sein.« Herr Kranichstein fuhr sich mit der Hand über sein stoppeliges Gesicht. »Die Tür stand offen, das hat mich stutzig gemacht. Mir ist sofort aufgefallen, dass die Tüte fehlt. Was soll ich denn jetzt tun?«

Kim ignorierte die Frage. »Wer könnte in der Zwischenzeit in Ihrem Büro gewesen sein?«

Ihr Chef dachte angestrengt nach. »Von den Angestellten kann es niemand gewesen sein, die hatten alle Hände voll im Laden zu tun. Max ist einmal hinten gewesen, um eine neue Lieferung Weihnachtsschokolade aus dem Lager zu holen.«

»Max hilft also heute im Laden aus?«, hakte Marie nach.

Herr Kranichstein nickte. »Und Karl auch. Wie gesagt, heute herrscht Hochbetrieb. Karl war übrigens ebenfalls ein- oder zweimal hinten. Max und er hätten sich fast deswegen in die Haare gekriegt.«

»Warum?«, fragte Kim.

Ihr Chef seufzte. »Max hat behauptet, Karl wolle sich vor der Arbeit drücken. Karl hat das natürlich bestritten.« Er lächel-

te etwas gequält. »Die üblichen Streitereien zwischen Brüdern eben, nichts Besonderes.«
»Karl und Max sind doch Cousins, oder?«, vergewisserte sich Kim.
Herr Kranichstein nickte. »Eigentlich schon, aber Max lebt schon seit zehn Jahren bei uns. Wir haben ihn adoptiert. Für uns ist er wie ein zweiter Sohn und für Karl wie ein Bruder.«
Kim fragte sich, ob Max das genauso sah. Aber das gehörte jetzt nicht hierher. Sie mussten handeln, und zwar schnell! Bei dem Gedanken daran, dass sich vielleicht in diesem Moment ein ahnungsloser Fan der *Kranichsteiner Mischung* den Bauch mit vergifteten Pralinen vollschlug, wurde ihr ganz schlecht. Eiskalte Angst krallte sich in ihren Magen. Kim versuchte sie wegzuschieben. Sie durfte sich nicht verrückt machen lassen, sonst konnte sie nicht mehr klar denken.
»Also hatten sowohl Karl als auch Max die Gelegenheit, die Pralinen an sich zu nehmen«, stellte Marie fest.
»Bitte lassen Sie die beiden sofort rufen«, sagte Kim.
»Natürlich.« Herr Kranichstein griff zum Telefon. Kurze Zeit später betraten die ungleichen Cousins den Raum.
Max' Blick flackerte unruhig, als er die drei !!! erblickte. Oder hatte sich nur das Licht der Deckenbeleuchtung in seinen Augen gespiegelt? Er nickte den Mädchen zu, ohne etwas zu sagen. Sein Gesicht war sehr blass und die Gläser seiner Brille waren verschmiert. Er war eindeutig nicht der Typ, der bei den Mädchen gut ankam. Kein Wunder, dass sich Sarah für Sunnyboy Karl entschieden hatte.
»Was ist denn hier los?« Karl fuhr sich überrascht durch seine mit viel Sorgfalt zur coolen Strubbelfrisur gestylten Haa-

re. Dann grinste er. »Hast du etwa noch drei Weihnachtsengel eingestellt, Papa?«

Herr Kranichstein verzog keine Miene. »Ich muss euch etwas fragen. Es ist sehr wichtig, also antwortet bitte ehrlich. Hat einer von euch heute eine Tüte *Kranichsteiner Mischung* von meinem Schreibtisch genommen? Max?« Er sah seinen Adoptivsohn an.

Max schüttelte sofort den Kopf, doch Kim entging nicht, dass seine ungesund bleiche Gesichtshaut eine leichte rosa Färbung annahm.

»Nein!«, versicherte er. »Ich war nicht in deinem Büro.«

Herr Kranichstein nickte, dann richtete er den Blick auf seinen Sohn. »Und was ist mit dir, Karl?«

Karl runzelte die Stirn. »Was soll das?«, fragte er zurück. »Wieso machst du so ein Theater wegen einer lumpigen Tüte Pralinen?«

»Weich bitte nicht aus.« Sein Vater versuchte streng zu klingen, doch die Verzweiflung in seiner Stimme war nicht zu überhören. »Sag einfach die Wahrheit.«

Karl verdrehte die Augen. »Na gut, wenn du es unbedingt wissen willst: Ich hab die Pralinen eingesteckt!«

Herr Kranichstein wurde blass. »Hast du sie etwa gegessen?«, stieß er hervor.

Karl schüttelte den Kopf. »Quatsch, ich mag überhaupt keine Pralinen. Aber ich kapier immer noch nicht, wieso du so einen Wirbel deswegen machst. Und was haben diese drei Grazien damit zu tun?«

Kim zückte eine Visitenkarte. »Wir sind Detektivinnen und ermitteln im Auftrag deines Vaters.«

Karl nahm die Karte und überflog sie zerstreut. »Seid ihr etwa von der Pralinen-Polizei?« Er war der Einzige, der über seinen müden Witz lachte. »Tja, der Fall der verschwundenen Pralinen wäre hiermit gelöst. Ich bin der Täter und stelle mich freiwillig. Bitte verhaftet mich!« Er streckte den drei !!! seine Handgelenke entgegen.
Doch Kim ließ sich nicht beirren. »Leider ist der Fall noch längst nicht gelöst. Was hast du mit den Pralinen gemacht?«
Karl seufzte. »Ist das so wichtig?«
»Ja!«, riefen Kim, Franzi und Marie gleichzeitig.
»Ich hab sie verschenkt«, gab Karl widerwillig zu. »Zufrieden?«
»An wen?«, hakte Kim sofort nach. Es machte sie ganz kribbelig, dass sich dieser Schönling jedes Wort einzeln aus der Nase ziehen ließ.
»An meine Freundin.« Karl grinste. »Sarah steht total auf die *Kranichsteiner Mischung*. Sie kann einfach nicht genug davon bekommen. Darum war sie auch total unglücklich, als die Produktion eingestellt wurde. Dass ich vorhin im Vorbeigehen zufällig die Tüte auf Papas Schreibtisch gesehen habe, war wie ein Wink des Schicksals. Deshalb hab ich sie einfach mitgenommen.«
Kim fuhr sich nervös mit der Zunge über ihre trockenen Lippen. »Wann hast du Sarah die Tüte gegeben?«
»Vorhin, als sie zur Arbeit in den Laden gekommen ist. Sie war total happy und ist mir freudestrahlend um den Hals gefallen.« Karl machte ein selbstzufriedenes Gesicht. Offensichtlich hielt er sich für einen ziemlich tollen Hecht.
Kim war einen Moment wie erstarrt. Sarah! Was, wenn sie

die Pralinen schon gegessen hatte? Vielleicht hatte sie die ganze Tüte auf einmal vernascht und dann … Kim verbot sich, diesen Gedanken zu Ende zu denken. Sie mussten Sarah warnen – und zwar so schnell wie möglich!
Kims Blick fiel auf Max, der mit geballten Fäusten und wie zum Zerreißen gespannt in der Zimmerecke stand und Karl fassungslos anstarrte. Was war mit ihm los? Wusste er mehr als sie alle zusammen?
Doch ehe die Detektivinnen etwas unternehmen konnten, überschlugen sich die Ereignisse. Max schoss plötzlich auf seinen Cousin zu und schubste ihn so kräftig, dass Karl zurücktaumelte.
»Spinnst du? Was soll das?«, schimpfte Karl, aber Max fiel ihm ins Wort.
»Du Idiot!«, schrie er. »Willst du Sarah umbringen?« Sein ohnehin schon blasses Gesicht war kalkweiß geworden und Schweißperlen standen auf seiner Stirn. Seine dunklen Augen waren weit aufgerissen.
Ein Bild blitzte in Kims Kopf auf: dunkle Augen, eingerahmt von einer schwarzen Skimütze …
Max war der Typ von der Eisbahn! Der vermummte Verdächtige, der sie angerempelt hatte und danach verschwunden war. Deshalb war er ihr so bekannt vorgekommen … Und noch eine Erkenntnis blitzte in Kims Kopf auf: Max musste der Erpresser sein!
Jetzt stieß Max seinen Cousin zur Seite und verließ fluchtartig das Büro.
»Woher weiß er, dass Sarah in Lebensgefahr ist?«, fragte Franzi. Dann fiel auch bei ihr der Groschen. »Das heißt ja …«

Kim nickte. »Max ist unser Mann! Hinterher!«
Sie rannte los.

Die drei !!! hechteten in den Laden. Vor der Kasse drängelten sich die Kunden, die kurz vor Ladenschluss noch schnell ein süßes Weihnachtspräsent kaufen wollten. Max rempelte mehrere Leute an, die ihm kopfschüttelnd nachsahen, während er weiterlief, ohne sich zu entschuldigen. Wo wollte er hin? Versuchte er wieder abzuhauen?
»Da!« Franzi zeigte auf eine Gestalt neben dem Eingang.
Sarah! Sie stand im Engelskostüm an der Tür und hielt den Korb mit den Schokotäfelchen in der Hand. Max steuerte direkt auf sie zu. Doch immer wieder schoben sich ihm Kunden in den Weg. Eine Dame zupfte am Ärmel seines weißen Kittels und fragte etwas, aber Max schüttelte nur unwillig den Kopf. Sein Blick war starr auf Sarah gerichtet, die gerade eine kurze Pause einlegte. Sie stellte den Korb auf dem Boden ab und zog eine durchsichtige Tüte aus ihrem weißen Kostüm.
Kim sog scharf die Luft ein. »Sie will die Pralinen essen! Schnell, wir müssen sie warnen!«
Die Detektivinnen legten einen Sprint hin, bei dem sie mehreren Kunden unsanft auf die Füße traten. Kim wedelte wild mit den Armen und rief Sarahs Namen, aber ihre Stimme ging in der allgemeinen Geräuschkulisse des Ladens unter.
Sarah merkte nichts von der ganzen Aufregung. Sie betrachtete liebevoll den Sahne-Trüffel, den sie sich mit zwei Fingern aus der Tüte geangelt hatte, und öffnete den Mund, um die Praline genüsslich zu verspeisen.

»Stopp!« Max hatte Sarah als Erster erreicht. Er schlug ihr die Tüte aus der Hand und die Pralinen kullerten zu Boden. Sarah starrte ihn mit offenem Mund an. »Was soll das?«, schimpfte sie. »Bist du jetzt völlig übergeschnappt?«

»Du darfst die Pralinen nicht essen!«, keuchte Max. »Sie sind vergiftet.«

Er zuckte zusammen, als Kim ihm von hinten eine Hand auf die Schulter legte, während Franzi und Marie schnell die auf den Fliesen verstreuten Pralinen einsammelten.

»Und woher weißt du das?«, fragte Kim ruhig.

Max schluckte und schaute stumm zu Boden.

»Kann mir bitte mal jemand erklären, was hier los ist?« Sarah sah die Detektivinnen mit gerunzelter Stirn und in die Hüften gestützten Händen an. Jetzt wirkte sie eher wie ein Racheengel.

»Das wirst du gleich erfahren.« Kim schob Max in Richtung Büro. »Kommst du bitte mit?«

Die drei !!! eskortieren Max und Sarah zwischen den Kunden hindurch, die die kleine Prozession neugierig anstarrten.

Kim seufzte erleichtert. Sie hatten den Täter gefasst! Und es war niemand zu Schaden gekommen.

Aber es blieben noch viele Fragen offen. Die wichtigste lautete: Warum hatte Max das getan?

# Geständnis eines Erpressers

Eine halbe Stunde später hatte sich die gesamte Familie Kranichstein im Büro versammelt. Es war kurz nach halb sieben, der Laden hatte geschlossen. Endlich Feierabend!

Frau Kranichstein, eine kleine Frau mit kurzen, grauen Haaren, die für ihren Mann die Buchhaltung machte, war aus der Wohnung der Familie im ersten Stock heruntergekommen. Sie trug eine karierte Schürze und ihre Hände waren mehlig.

»So, und jetzt wüsste ich gern, warum du mich vom Plätzchenbacken weggeholt hast, August«, sagte sie energisch zu ihrem Mann. »Ich wollte gerade das letzte Blech in den Ofen schieben, damit wir Heiligabend frische Vanillekipferl essen können.«

Herr Kranichstein räusperte sich. Er stand hinter seinem Schreibtisch und es war ihm anzusehen, dass er sich nicht besonders wohl in seiner Haut fühlte. »Es ist etwas passiert, Marga«, begann er. »Ich … wir … wir sind erpresst worden.«

»Wie bitte?« Marga Kranichstein runzelte die Stirn. »Soll das ein Witz sein?«

Kim schüttelte den Kopf. »Leider nicht.« Sie fasste die Ereignisse der vergangenen Tage kurz zusammen.

Frau Kranichstein wurde blass. »Erpresserbriefe und vergiftete Pralinen?«, wiederholte sie und sah ihren Mann vorwurfsvoll an. »Und du hast mir kein Wort davon gesagt!«

Herr Kranichstein kratzte sich verlegen am Kinn. »Ich wollte dich nicht beunruhigen.«

»Jetzt verstehe ich auch, warum du in der letzten Zeit so angespannt und gereizt warst«, sagte seine Frau. »Ich wusste doch, dass etwas nicht in Ordnung war!« Sie wandte sich an die drei !!!. »Aber wer macht denn so was?«
Kim räusperte sich. Jetzt kam der schwierigste Teil. Konnte man einer Mutter schonend beibringen, dass ihr eigener Adoptivsohn der Familie so viel Leid zugefügt hatte? Nein, das war unmöglich. Kim beschloss, nicht lange um den heißen Brei herumzureden. »Es war Max«, sagte sie langsam und deutlich. »Er hat Sie erpresst.«
»Max?« Frau Kranichstein schüttelte verwirrt den Kopf. »Aber das kann doch nicht sein!«
Auch Karl machte ein überraschtes Gesicht, während sich Sarah mit vor Schreck geweiteten Augen die Hand vor den Mund schlug. Sie trug wieder ihre normalen Klamotten und schmiegte sich eng an ihren Freund.
»Leider haben wir Max zweifelsfrei als Täter identifiziert«, sagte Marie.
»Aber … warum?«, wollte Frau Kranichstein wissen und sprach damit die Frage aus, die sich alle Anwesenden in diesem Moment stellten. Sie sah ihren Adoptivsohn auffordernd und immer noch ein wenig ungläubig an. »Stimmt das wirklich, Max?«
Max antwortete nicht. Er stand mit gesenktem Kopf da und tat so, als würde ihn das alles nichts angehen.
»Hast du Geldsorgen, Junge?« Herr Kranichstein runzelte die Stirn. »Aber das hättest du uns sagen können! Wir können doch über alles reden.«
Immer noch keine Reaktion.

»Du hättest Sarah beinahe vergiftet!« Karl ließ seine Freundin los. Mit zwei Schritten war er bei seinem Cousin, nahm ihn bei den Schultern und schüttelte ihn. »Jetzt mach endlich den Mund auf! Was hast du dir dabei gedacht?«
Wie in Zeitlupe hob Max den Kopf. In seinen dunklen Augen hinter den verschmierten Brillengläsern schimmerten Tränen. »Das wollte ich nicht!« Er sah Sarah an. »Es tut mir leid, Sarah, das wollte ich wirklich nicht. Ich würde doch nie etwas tun, das dir schaden könnte!«
»Warum hast du deinen Onkel erpresst?«, fragte Kim ruhig. »Es ging dir gar nicht ums Geld, oder?«
Langsam schüttelte Max den Kopf. Er nahm seine Brille ab und fuhr sich mit der Hand über die Augen. Ohne Brille wirkte er viel jünger und irgendwie schutzlos. »Nein, das Geld war mir egal. Ich wollte … ich wollte einfach nur Gerechtigkeit! Ich wollte, dass mein Onkel und meine Tante genauso leiden wie ich.«
»Das klingt für mich eher nach Rache als nach Gerechtigkeit«, stellte Franzi fest.
Max setzte die Brille wieder auf. Seine Hände zitterten. »Ja, Rache …« In seinen Augen lag ein seltsamer Glanz.
»Aber mein Junge …« Herr Kranichstein sah seinen Neffen hilflos an. »Was haben wir dir denn getan? Wir wollten doch immer nur das Beste für dich. Wir haben dich behandelt wie unseren eigenen Sohn …«
»Unsinn!« Max spuckte seinem Onkel das Wort förmlich vor die Füße. »Ich hab doch immer nur die zweite Geige gespielt, von Anfang an. Ihr liebt Karl mehr als mich, gebt es doch endlich zu!«

Frau Kranichstein schüttelte den Kopf. »Das stimmt nicht. Und das weißt du auch.«
Aber Max ließ sich nicht beirren. Plötzlich sprudelte alles aus ihm heraus, als wäre in seinem Innern ein Damm gebrochen. »Karl ist euer Liebling, schon immer gewesen. Er kann sich alles leisten: schlechte Noten, Ärger in der Schule, zu spät nach Hause kommen ... Immer findet ihr Entschuldigungen für ihn. Statt im Laden zu helfen, geht er ins Kino und trifft sich mit Freunden. Na und? Kein Problem! Der Junge braucht schließlich auch mal ein bisschen Abwechslung. Außerdem ist ja der dumme Max da und rackert sich in seiner Freizeit gerne im Geschäft ab. Karl hier und Karl da, ständig muss er im Mittelpunkt stehen, das macht mich so was von wütend!«
»Das ist doch gar nicht wahr ...«, begann Karl, aber Kim brachte ihn mit einer Handbewegung zum Schweigen. Jetzt, wo Max einmal angefangen hatte zu reden, war es besser, ihn nicht zu unterbrechen.
»Du merkst gar nicht mehr, wie sehr du dich in den Vordergrund drängst, oder?«, fragte Max bitter. »Kein Wunder, das ist dir vermutlich in Fleisch und Blut übergegangen. Du bist es gewöhnt, dass alle dich mögen, dass dir die Leute zuhören, wenn du sprichst, und dir sämtliche Herzen zufliegen. Einfach so. Weil du gut aussiehst und beliebt bist. Du hast alles und ich habe nichts.«
Bei den letzten Worten warf er Sarah einen Blick zu, der Bände sprach. Kim erkannte darin alles wieder, was sie selbst in letzter Zeit durchgemacht hatte: bittere Enttäuschung, Wut, Verzweiflung und den bohrenden Schmerz, den nur

unerwiderte Gefühle verursachen können. Auf einmal spürte sie fast eine Art Verbundenheit mit Max. Sie wusste genau, wie er sich fühlte, denn sie machte gerade dasselbe durch: herzerweichenden, alles erschütternden, kaum zu ertragenden Liebeskummer.

*Hör auf damit, Kim! Es ist gefährlich, private Gefühle mit den Ermittlungen zu vermischen. Konzentriere dich auf den Fall!*

Kim räusperte sich und versuchte, kühl und professionell zu klingen, als sie die nächste Frage stellte: »Du bist in Sarah verliebt, stimmt's? Aber sie hat sich für Karl entschieden.«

Max ließ den Kopf hängen und nickte so leicht, dass es kaum zu erkennen war.

»Was?«, rief Sarah überrascht. »Davon wusste ich ja gar nichts!«

Max stieß ein trauriges Lachen aus. »Nein, du hattest ja von Anfang an nur Augen für Karl, genau wie alle anderen. Ich hatte nie eine Chance bei dir.«

»Wir lieben dich, Max«, sagte Frau Kranichstein sanft. »Du bist für uns wie ein richtiger Sohn!«

»Ach ja?« Max' Stimme zitterte. »Und warum wollt ihr dann Karl das Geschäft vermachen, wenn Onkel August in ein paar Jahren in Rente geht?«

Herr Kranichstein runzelte die Stirn. »Wie kommst du denn darauf? Davon war nie die Rede. Karl und du, ihr sollt das Geschäft gemeinsam übernehmen, so wie wir es besprochen haben.«

»Hör auf mit dem Theater!«, rief Max. Jetzt blitzten seine Augen wieder vor unterdrückter Wut. »Ich weiß alles! Ich hab gehört, wie du zu Karl gesagt hast, dass er bestimmt ein-

mal ein guter Chef wird. Dass du stolz auf ihn bist und die Führung des Ladens in einigen Jahren voller Freude in seine Hände legen wirst. Von mir war überhaupt nicht die Rede! Ihr wollt mich ausbooten, gib's zu!«
Es war nicht zu überhören, wie verletzt und sauer Max war. Kim konnte sich gut vorstellen, dass er in diesem Zustand auf die Idee mit der Erpressung gekommen war.
Herr Kranichstein schüttelte den Kopf und wollte etwas sagen, aber Kim kam ihm zuvor. »Du warst wütend auf deinen Onkel und du fühlst dich schon lange gegenüber Karl benachteiligt. Hast du deshalb die Erpresserbriefe geschrieben?«
Max zögerte kurz, dann nickte er. »Ich weiß nicht mehr genau, wann es anfing. Aber irgendwann habe ich einen richtigen Hass auf meine Familie entwickelt. Ich wollte es ihnen heimzahlen! Tag und Nacht hab ich in meinem Kopf an verschiedenen Rachefantasien gebastelt. Eine davon war die Sache mit der Erpressung.« Er verstummte.
»Und das Gespräch zwischen Karl und deinem Onkel war sozusagen der Tropfen, der das Fass zum Überlaufen gebracht hat«, vermutete Marie. »Danach hast du deine Fantasie in die Tat umgesetzt.«
»Ich war so sauer, ich musste einfach etwas tun!« Max ballte die Fäuste. »Ich bin sofort in mein Zimmer gerannt, hab mich an den Computer gesetzt und den ersten Brief geschrieben. Dabei hab ich noch gar nicht an eine Erpressung gedacht, ich wollte einfach nur meine Wut loswerden.«
Kim nickte. Max' Schilderungen passten perfekt zu dem Täterprofil, das sie erstellt hatten. »Daher die vielen Emotionen

im ersten Brief. Und du liest bestimmt auch gerne Gedichte, oder?«

Max wurde rot. »Woher weißt du das? Das hab ich noch nie jemandem erzählt.«

»Wir sind Detektivinnen, schon vergessen?«, bemerkte Franzi. »Es ist unser Job, Dinge herauszufinden, die niemand weiß.«

»Und wie ging es weiter?«, fragte Marie.

Max seufzte. »Irgendwie hat die Sache mit der Zeit eine eigene Dynamik bekommen. Es war nicht zu übersehen, wie sehr der Brief Onkel August zugesetzt hat. Ich hatte ein schlechtes Gewissen deswegen, gleichzeitig hat es mich irgendwie beflügelt. Es war ein ganz neues Gefühl für mich, Macht über andere Menschen ausüben zu können. Darum hab ich weitergemacht, erst den zweiten und dann den dritten Brief geschrieben.«

»Und dabei bist du immer professioneller geworden«, stellte Kim fest. »Wie bist du an das Gift gekommen?«

»Ich hab das Pflanzenschutzmittel in einem Gartencenter gekauft«, erklärte Max. »Es ist ein Insektizid, das vor Blattlausbefall schützen soll. Mit einer Spritze aus dem Labor hab ich das Zeug in die Pralinen injiziert. Ich hab extra nur kleine Mengen gespritzt. Ich wollte doch niemandem ernsthaft schaden!«

»Und das Hintergrundwissen über die Zusammensetzung und die Wirkung von Insektiziden hattest du aus deiner CTA-Ausbildung!« Kim ärgerte sich, dass ihr diese Verbindung nicht schon früher aufgefallen war. Als angehender chemisch-technischer Assistent kannte sich Max natürlich

prima mit Giften aller Art aus. Wie hatte sie diesen Zusammenhang nur übersehen können?
Max seufzte. »Ich bin froh, dass es vorbei ist. Ich wusste, dass ich etwas Falsches tue, aber ich konnte einfach nicht damit aufhören. Es war wie ein Rausch.«
»Ich fasse es nicht!« Herr Kranichstein schüttelte den Kopf. »Weißt du eigentlich, was du uns damit angetan hast?« Er sah seinen Adoptivsohn ernst an. »Am schlimmsten finde ich, dass du so wenig Vertrauen zu uns hast. Wie konntest du nur glauben, dass ich Karl hinter deinem Rücken die alleinige Geschäftsleitung verspreche? Warum hast du nicht mit mir darüber geredet? Dann hätte sich alles aufgeklärt und uns wäre viel Ärger erspart geblieben.«
»Aufgeklärt?«, fragte Max verwirrt.
»Was du gehört hast, war nur ein Teil unseres Gesprächs«, stellte Herr Kranichstein klar. »Und den hast du gründlich missverstanden.«
»Aber …«, begann Max.
Sein Onkel unterbrach ihn. »Es ist nicht so, wie du denkst. Ich sehe durchaus, dass du wesentlich mehr im Laden hilfst als Karl. Und ich weiß deine Hilfe zu schätzen. Es tut mir leid, falls ich dir das in der Vergangenheit zu selten gesagt habe. Das war mein Fehler.« Herr Kranichstein machte eine kurze Pause, bevor er fortfuhr. »Jedenfalls habe ich Karl vor einiger Zeit darauf angesprochen, dass er sich so selten im Geschäft blicken lässt. Ich hab ihm gesagt, dass er sich ein Beispiel an dir nehmen soll. Daraufhin …« Herr Kranichstein zögerte und sah zu seinem Sohn, als brauchte er dessen Erlaubnis zum Weiterreden.

Karls Gesicht war ungewöhnlich ernst. Sein Dauergrinsen war wie weggewischt, genauso wie seine übliche Coolness. »Du kannst es ihm ruhig sagen, Vater.« Als Herr Kranichstein schwieg, sprach er selbst weiter. Er sah Max dabei direkt an. »Ich bin … na ja … irgendwie ein bisschen zusammengebrochen. Du scheinst es nicht bemerkt zu haben, aber ich werde schon seit Jahren ständig mit dir verglichen. Immer wirst du mir von unseren Eltern als leuchtendes Beispiel vorgehalten. Warum bist du nicht so gut in der Schule wie Max? Warum strengst du dich nicht ein bisschen mehr an? Warum hilfst du nicht öfter im Laden mit?« Er zuckte resigniert mit den Schultern. »Ich hab einfach keine Chance gegen dich.«
Max machte ein verblüfftes Gesicht. »So siehst du das?«
»Ja, so sehe ich das«, sagte Karl schlicht. »Als Vater mir mal wieder Vorhaltungen gemacht hat, weil ich nicht so oft im Laden helfe wie du, hab ich es einfach nicht mehr ertragen. Ich hab ihm gesagt, dass ich das Geschäft nicht übernehmen will, dass er es dir vermachen soll, weil du sowieso der bessere Chef sein wirst.«
»Das hast du gesagt?« Max sah aus, als könnte er es nicht glauben.
Auch Kim fiel es schwer sich vorzustellen, dass Karl Probleme mit seinem Selbstwertgefühl hatte. Er hatte allen den coolen und völlig von sich überzeugten Herzensbrecher vorgespielt – mit Erfolg!
Nun ergriff Herr Kranichstein wieder das Wort. »Ich wollte Karl aufbauen, darum habe ich all diese Sachen gesagt – dass er mal ein guter Chef wird und dass ich mich darauf freue,

ihm die Leitung zu übertragen. Aber natürlich gemeinsam mit dir! Daran bestand nie der geringste Zweifel.«
Max schluckte. »Dann hab ich also alles falsch verstanden …« Seine Stimme bebte. »Es tut mir so leid! Ihr habt immer hinter mir gestanden und ich mache euch solchen Ärger …«
Frau Kranichstein ging zu ihrem Adoptivsohn und schloss ihn in die Arme. »Wir lieben dich trotzdem! Genauso sehr wie Karl. Ihr seid doch unsere zwei Jungs!« Sie griff nach Karl und umarmte ihn ebenfalls.
Kim wischte sich verstohlen eine Träne aus dem Augenwinkel. Auch Marie, Franzi und sogar Sarah sahen gerührt aus.
Karl löste sich als Erster aus der Umarmung seiner Mutter. Etwas verlegen fuhr er sich durch die Haare. »Es tut mir leid, dass ich mich so oft vor der Arbeit gedrückt habe. Das wird jetzt anders, versprochen. Wenn wir zusammenhalten, Max, kann ich mir auch vorstellen, später das Geschäft mit dir gemeinsam zu übernehmen.« Er zögerte kurz, dann setzte er hinzu: »Ich hab dir das zwar nie gesagt, aber … du bist wie ein echter Bruder für mich.«
»Danke!«, stieß Max hervor. Ein Leuchten ging über sein Gesicht. Zum ersten Mal, seit Kim ihn kannte, sah er einigermaßen glücklich aus.
Franzi wandte sich an Herrn Kranichstein. »Ich nehme an, Sie wollen keine Anzeige gegen Ihren Neffen erstatten?«
Herr Kranichstein schüttelte den Kopf. »Nein, natürlich nicht! Max hat einen Fehler gemacht, aber er hat daraus gelernt. Er wird so etwas bestimmt nie wieder tun. Und glücklicherweise ist ja niemand zu Schaden gekommen.«
»Wir können alle etwas aus den Ereignissen lernen«, fügte

seine Frau hinzu. »Und zwar wie wichtig es ist, miteinander zu reden, Missverständnisse rechtzeitig auszuräumen und einander zu verzeihen, falls sich doch einmal jemand falsch verhält.«

Frau Kranichsteins Worte berührten etwas in Kim. War es auch für sie an der Zeit, ihre negativen Gefühle zu überwinden und Michi und Marie zu verzeihen?

»Vielen Dank für eure Hilfe!« Herr Kranichstein schüttelte den Detektivinnen nacheinander die Hand. »Ihr habt tolle Arbeit geleistet.«

Seine Frau lächelte. »Wie gut, dass sich alles aufgeklärt hat. Jetzt können wir leichten Herzens Weihnachten feiern.«

Kurze Zeit später verabschiedeten sich die drei !!! von Familie Kranichstein. Auch Kims Herz fühlte sich ein wenig leichter an, als sie in den dunklen Dezemberabend hinaustrat. Zum ersten Mal seit Tagen regte sich in ihr die Ahnung, dass selbst der schlimmste Liebeskummer einmal vorbeiging. Irgendwo wartete auch auf sie das Glück. Vielleicht lag es noch in weiter Ferne, vielleicht würde es noch eine Weile dauern, bis sie ihm begegnete. Aber es war da. Und das war die Hauptsache.

# Kims schwerster Heiligabend

»*Morgen kommt der Weihnachtsmann, kommt mit seinen Gaben …*«, schallte es aus den Lautsprechern der jülichschen Musikanlage.

Es war der 24. Dezember. Gleich nach dem Frühstück hatte sich die ganze Familie Jülich im Wohnzimmer versammelt, um gemeinsam den Weihnachtsbaum zu schmücken, so wie jedes Jahr. Und wie jedes Jahr hatte Herr Jülich seine Lieblings-Weihnachts-CD eingelegt: *Bekannte und beliebte Weihnachtslieder gesungen vom Kinderchor Muntere Spatzen.*

Kim hätte den *Munteren Spatzen* am liebsten die Schnäbel zugehalten, das fröhliche Geträller ging ihr furchtbar auf die Nerven. Aber ihr Vater und die Zwillinge sangen begeistert mit und Kim wollte ihnen nicht den Spaß verderben. Ihre Familie konnte schließlich nichts dafür, dass sich Kims Weihnachtsstimmung dieses Jahr in Grenzen hielt.

»Reichst du mir bitte mal die roten Kugeln, Kim?«, bat Herr Jülich.

»Klar.« Kim wühlte in der großen Weihnachtskiste, die ihr Vater vorhin aus dem Keller geholt hatte, und zog eine etwas zerdrückte Schachtel mit rot glänzenden Weihnachtsbaumkugeln hervor.

Herr Jülich öffnete den Deckel und nahm vorsichtig eine Kugel nach der anderen heraus, um sie an den Baum zu hängen. Ben und Lukas hatten sich währenddessen das Lametta geschnappt und bewarfen sich gegenseitig damit. Auch das taten sie jedes Jahr.

»Fröhliche Weihnachten!«, rief Ben und schoss eine Handvoll Lametta auf Lukas ab. Der revanchierte sich augenblicklich und schon war die schönste Lametta-Schlacht im Gange.
»Hört sofort auf!«, schimpfte Frau Jülich, die gerade dabei war, die Kerzenhalter am Weihnachtsbaum mit weißen Wachskerzen zu bestücken. »Wozu hab ich eigentlich die ganze Woche geputzt?« Sie betrachtete ärgerlich den Fußboden, der mit silbernen glänzenden Lametta-Streifen übersät war. »Das sammelt ihr sofort wieder auf!«
»Natürlich, Mama! Sofort, Mama!«, riefen die Zwillinge wie aus einem Mund und machten sich kichernd an die Arbeit.
Kim, die etwas lustlos einen kleinen Glasengel in den dunkelgrünen Zweigen des Tannenbaums platzierte, hing ihren Gedanken nach. Unwillkürlich wanderten sie in Richtung Michi. Was er jetzt wohl gerade machte? Ob er mit seinem Vater und seinem Bruder ebenfalls den Weihnachtsbaum schmückte? Oder traf er sich vielleicht mal wieder mit Marie? Bei dem Gedanken zog sich Kims Herz immer noch schmerzhaft zusammen, aber die ganz große Wut blieb aus. Stattdessen schlich sich eine tiefe Traurigkeit in ihr Herz …
»Frohes Fest, Planschkuh!«
Das Geschrei der Zwillinge holte Kim unsanft in die Wirklichkeit zurück. Ihre Brüder hatten sich von hinten angeschlichen und ließen einen Lamettaregen über ihrer Schwester niedergehen.
»Stopp, sofort aufhören!«, schimpfte Kim und spuckte einen silbernen Faden aus, der ihr in den Mund geraten war.
»Silberne Haare stehen dir gut«, verkündete Ben ernst.

Und Lukas fügte mit einem unschuldigen Augenaufschlag hinzu: »Jetzt siehst du aus wie ein echter Weihnachtsengel.« Dann prusteten die beiden wie auf Kommando los. Kim, die gerade Luft geholt hatte, um ihren Brüdern ordentlich die Meinung zu sagen, musste unwillkürlich mitlachen.
»Und jetzt macht ihr hier endlich sauber«, befahl Frau Jülich ihren Söhnen. Sie warf einen Blick auf die Uhr und stöhnte. »So spät schon! Ich muss in die Küche und den Braten vorbereiten. Der Heringssalat ist auch noch nicht fertig. Wie sollen wir das nur alles rechtzeitig schaffen?«
»Das klappt schon.« Herr Jülich ließ sich nicht aus der Ruhe bringen. »Bisher sind wir noch jedes Jahr pünktlich fertig geworden.«
Kim musste grinsen. Auch das war ein alljährliches Weihnachtsritual: Ihre Mutter machte Stress und ihr Vater war völlig entspannt. Dieses Verhaltensmuster würde sich heute im Lauf des Tages noch steigern, bis ihre Mutter abends völlig fertig unter dem Weihnachtsbaum zusammenbrechen und ihr Vater sagen würde: »Siehst du? Ich hab dir doch gesagt, dass wir alles rechtzeitig schaffen.«
Es klingelte an der Haustür und die Zwillinge nutzten die Gelegenheit, um sich vor dem Lamettaaufsammeln zu drücken. »Wir machen auf!«, riefen sie und stürmten johlend aus dem Wohnzimmer. Kurze Zeit später kehrten sie zurück. »Für dich, Kim«, verkündete Ben.
»Für mich?«, fragte Kim überrascht. »Wer ist es denn?«
»Dein Liiiieeebster«, trällerte Lukas, während sein Bruder laute Knutschgeräusche machte.
»Alberne Kindsköpfe!«, murmelte Kim, konnte aber nicht

verhindern, dass sie rot wurde. Eilig verließ sie das Wohnzimmer und durchquerte mit weichen Knien den Flur. In ihrem Kopf herrschte ein riesengroßes Durcheinander. Michi! Was wollte er von ihr? War er gekommen, um sich mit ihr auszusprechen? Hoffentlich hatte sie kein Lametta mehr im Haar. Und hoffentlich merkte Michi nicht, wie laut ihr Herz klopfte …

»Hallo, Kim!« Michi wartete vor der Tür. Weiße Atemwölkchen stiegen aus seinem Mund, als er Kim unsicher anlächelte.

»Hallo.« Kim verschränkte die Arme vor der Brust. Sie wollte Michi um den Hals fallen und ihm gleichzeitig eine Ohrfeige verpassen, ihn hereinbitten und wegschicken. Sie wusste nicht, was sie tun sollte, darum tat sie vorsichtshalber erst einmal gar nichts.

»Ich … ich wollte dir das hier geben.« Michi zog ein kleines Päckchen aus seiner Jackentasche und hielt es Kim hin.

»Was ist das?«, fragte Kim und ärgerte sich sofort über sich selbst. Blöde Frage! Es war nicht zu übersehen, dass es sich um ein Geschenk handelte.

Michi räusperte sich. »Ein Weihnachtsgeschenk. Für dich.« Er hielt ihr das Päckchen immer noch hin. Als Kim keine Anstalten machte, es zu nehmen, fügte er hinzu: »Ist nur eine Kleinigkeit. Hab ich selbst gemacht.«

Kim rührte sich nicht. Sie hatte das Gefühl, festgefroren zu sein. Und es war nicht die Kälte von draußen, die sie lähmte, sondern die Kälte in ihrem Herzen. Es ging nicht, sie konnte Michi einfach nicht verzeihen. Vielleicht später, vielleicht schon bald, aber jetzt nicht. Es war noch zu früh.

»Ich will kein Geschenk von dir.« Kim erkannte ihre eigene Stimme nicht wieder. Sie klang so kalt wie ein Eiswürfel.
»Warum denn nicht?« In Michis Augen lag ein Flehen, das Kims gefrorenes Herz fast zum Schmelzen brachte. Aber nur fast.
»Das solltest du eigentlich wissen«, sagte Kim. »Und jetzt lass mich bitte in Ruhe.« Sie schloss die Tür und ließ Michi mit seinem Geschenk draußen in der Kälte stehen.
Doch die Kälte in ihrem Herzen nahm sie mit, als sie die Treppe hinauflief, vorbei am Wohnzimmer, in dem die *Munteren Spatzen* gerade *Fröhliche Weihnacht überall* anstimmten. Blind vor Tränen tapste sie in ihr Zimmer, warf sich aufs Bett und vergrub den Kopf im Kissen. Jetzt erst löste sich der Eisklumpen in ihrer Brust. Es tat gut zu weinen. Es tat gut, in ihr Kopfkissen zu brüllen, mit beiden Fäusten auf die weiche Decke einzuschlagen und so heftig zu schluchzen, dass sie fast keine Luft mehr bekam.
Es tat gut, endlich alles rauszulassen.

Kim wusste nicht, wie lange sie geweint hatte. Irgendwann hatte sie keine Tränen mehr und keine Kraft. Alle Energie war aus ihr hinausgeflossen. Irgendwann lag sie nur noch still auf ihrem Bett und starrte zur Decke. Sie fühlte sich müde und leer. Zum Schlafen war sie zu wach und zum Aufstehen zu träge. War Liebeskummer immer so schlimm? Wie oft musste sie das noch durchmachen, bevor sie den Richtigen gefunden hatte?
»Kim!« Frau Jülichs Stimme ertönte von unten. »Kim, wo steckst du?«

Kim stöhnte. Am liebsten hätte sie sich die Decke über den Kopf gezogen und das Rufen einfach ignoriert. Doch dann würde ihre Mutter früher oder später in Kims Zimmer auftauchen. Sie würde wissen wollen, was los war, Kim besorgt die Hand auf die Stirn legen, um zu prüfen, ob sie Fieber hatte, und tausend Fragen stellen.

Seufzend stand Kim auf, wischte sich die letzten Tränenspuren von den Wangen und bereitete sich innerlich darauf vor, nach unten zu gehen und das restliche Weihnachtsprogramm abzuspulen. Innerlich verfluchte sie Heiligabend und alles, was dazugehörte. Warum konnte Weihnachten dieses Jahr nicht einfach ausfallen? Dann hätte sie sich jetzt ins Bett legen und in aller Ruhe um ihre große Liebe trauern können.

»Augen zu und durch«, murmelte Kim. »Auch ein Heiligabend geht irgendwann zu Ende.«

Sie atmete tief ein und wieder aus. Dann verließ sie ihr Zimmer, um sich dem Heringssalat, den Weihnachtsspäßen der Zwillinge und dem fröhlichen Gesang der *Munteren Spatzen* zu stellen.

»So, das müsste reichen.« Frau Jülich schraubte das Gurkenglas zu. »Wenn du die Gurken klein geschnitten hast, kannst du dir den Fisch vornehmen. Ich kümmere mich inzwischen um die Roten Bete.«

Kim starrte missmutig auf die sauren Gurken, die sich vor ihr auf dem Tisch stapelten. Sie hatte bereits gefühlte zehn Kilo Pellkartoffel gewürfelt, unzählige Äpfel zerkleinert und unter Aufbietung ihrer letzten Tränen diverse Zwiebeln ge-

hackt. Trotzdem war die große Plastikschüssel neben ihr noch nicht einmal zur Hälfte gefüllt.
»Brauchen wir wirklich so viel Heringssalat?«, murrte sie. »Letztes Jahr ist total viel übrig geblieben.«
»Du willst dich doch nur vor der Arbeit drücken«, vermutete Frau Jülich nicht ganz zu Unrecht. »Außerdem kommen Tante Hannelore und Onkel Gerd am zweiten Feiertag zum Mittagessen. Onkel Gerd liebt Heringssalat!«
Seufzend begann Kim, die erste Gurke in schmale Streifen zu schneiden.

Der restliche Tag verging quälend langsam. Nachdem der Heringssalat endlich fertig geschnippelt, der Braten gar, der Weihnachtsbaum geschmückt und der Tisch gedeckt war, zogen sich alle in ihre Zimmer zurück, um sich für die Kirche umzuziehen. Kim schlüpfte schnell in Rock und Bluse, zupfte ihre kurzen Haarsträhnen zurecht und trug ein bisschen Lipgloss auf. Das musste reichen, sie hatte heute nicht die Kraft für ein aufwendiges Styling.
Es dämmerte bereits, als Familie Jülich festlich gekleidet zur Kirche aufbrach. Es war klirrend kalt und die Sterne waren hinter dichten Wolken verborgen. Auf halbem Weg begann es sanft zu schneien. Sofort jagten die Zwillinge den Flocken nach und versuchten, sie mit offenen Mündern zu fangen. Zur Feier des Tages hatten sie sich tonnenweise Gel in die Haare geschmiert, was ziemlich albern aussah.
»Wie schön!«, seufzte Frau Jülich. »Weiße Weihnachten, was will man mehr?«
Herr Jülich legte den Arm um seine Frau und drückte sie an

sich. Die enge Verbundenheit ihrer Eltern versetzte Kim einen Stich. Ob sie jemals eine so lange und glückliche Beziehung führen würde wie die beiden? Was, wenn sie nie den Richtigen fand und für immer allein blieb?

Der Weihnachtsgottesdienst rauschte an Kim vorbei. Vom Krippenspiel der Kindergartenkinder, der Predigt des Pfarrers und den musikalischen Einlagen des Chors bekam sie kaum etwas mit. Normalerweise liebte sie die festliche Stimmung in der Kirche am Heiligabend, aber heute drang nichts davon zu ihr durch. Erst als zum Schluss das Licht ausging, alle aufstanden und die Gemeinde bei Kerzenschein *O du Fröhliche* anstimmte, kroch Kim eine Gänsehaut über die Arme. Ihr kamen beinahe wieder die Tränen, als sie in die frohen Gesichter der Menschen sah. Es war, als würde sie hinter einer Glaswand stehen. Sie war abgeschnitten vom Glück der anderen. Sie gehörte nicht dazu. Statt Weihnachtsfreude empfand ihr Herz nichts als Traurigkeit.

Beim festlichen Weihnachtsessen gab sich Kim alle Mühe, ein halbwegs fröhliches Gesicht zu machen. Sie wollte ihrer Familie nicht den Abend verderben und sie hatte keine Lust auf besorgte Fragen ihrer Eltern. Also lobte sie den Braten ihrer Mutter, würgte eine Portion Heringssalat hinunter, obwohl sie überhaupt keinen Appetit hatte, und half hinterher beim Abräumen, während die Zwillinge vor lauter Aufregung wie kleine Gummibälle im Wohnzimmer herumhüpften und überall im Weg waren.

Dann scheuchte Frau Jülich Kim und ihre Brüder in die Küche, um ungestört die Bescherung vorbereiten zu können. Ben und Lukas drängelten sich kichernd an der Tür und versuchten durchs Schlüsselloch zu schauen. Sie glaubten schon lange nicht mehr an den Weihnachtsmann. Ihre Hauptsorge war, ob sie die neuen Fahrräder bekommen würden, die sie sich so sehnsüchtig wünschten, seit sie ihre Rennräder vor einer Weile im Goldfischteich des Schillerparks versenkt hatten.

Kim stand am Küchenfenster und starrte in die Dunkelheit hinaus. Es schneite immer noch, der Garten hinter dem Haus war bereits mit einer Schneeschicht bedeckt, die wie Puderzucker aussah. Kim musste an Michi denken. War es richtig gewesen, ihn heute Vormittag einfach abblitzen zu lassen? Er hatte so traurig ausgesehen, als sie ihm die Tür vor der Nase zugeschlagen hatte. So enttäuscht. Hatte sie ihn jetzt für immer verloren? Der Gedanke schmerzte. Oder sollte sie vielleicht einfach akzeptieren, dass er sich in Marie verliebt hatte? Sollte sie ihm Glück wünschen? Kim seufzte. Wenn das so einfach wäre …

Das helle Bimmeln des Weihnachtsglöckchens riss sie aus ihren Gedanken. Sofort stürzten die Zwillinge laut grölend aus der Küche. Kim folgte ihnen etwas langsamer. Die Tür zum Wohnzimmer war geöffnet. Kim erblickte den hell erleuchteten Weihnachtsbaum. Das sanfte Licht der Kerzen spiegelte sich tausendfach in den glänzenden Kugeln. Die kleinen Glasengel glitzerten wie Schneekristalle und das silberne Lametta funkelte geheimnisvoll. Unter dem Baum stapelten sich bunt eingepackte Geschenke und daneben standen Kims Eltern und strahlten um die Wette.

»Fröhliche Weihnachten!«, riefen sie und Frau Jülich schloss ihre drei Kinder nacheinander in die Arme.

Doch die Zwillinge hatten anderes im Sinn. Sehnsüchtig schielten sie zu den Geschenken hinüber.
»Dürfen wir jetzt endlich auspacken?«, fragte Lukas.
»Bitte, bitte!«, quengelte Ben.
Frau Jülich schüttelte den Kopf. »Erst wird gesungen, wie jedes Jahr.«
»Muss das sein?«, stöhnte Ben. »Immer diese blöde Singerei!«
Aber alles Schimpfen half nichts, Frau Jülich verteilte unerbittlich die Textblätter und stimmte *Alle Jahre wieder* an. Herr Jülich fiel ein und schließlich machten auch die Zwillinge mit.
Kim brauchte kein Textblatt, sie kannte den Text auswendig. Während sie sang, tauchte Michis Gesicht vor ihrem inneren Auge auf. Er lächelte ihr zu.
*Niemand kann etwas für seine Gefühle …*
Michi hatte recht. Gefühle waren unberechenbar. Sie ließen sich nicht steuern, das wusste Kim nur zu gut aus eigener Erfahrung. Viel zu lange hatte sie versucht, ihre wieder erwachten Gefühle für Michi zu unterdrücken, und war kläglich gescheitert. Hätten sie und Michi eine Chance gehabt, wenn sie sich früher zu ihren Gefühlen bekannt hätte? Wäre dann alles anders gekommen? Vielleicht …
In diesem Moment, am Heiligabend unter dem Weihnachtsbaum, während sie mit ihrer Familie die letzten Zeilen von *Alle Jahre wieder* sang, wurde Kim etwas klar: Es war nicht Michis Schuld, dass er sich in Marie verliebt hatte. Und auch nicht Maries oder Kims. Niemand konnte etwas dafür. Es war eben einfach passiert und sie musste es akzeptieren, auch wenn es wehtat. Kim war immer noch traurig, doch plötz-

lich spürte sie, wie sie von einem inneren Frieden erfüllt wurde. Sie war nicht mehr sauer auf Michi. Ihre Wut, die ihr selbst am allermeisten zugesetzt hatte, war verraucht. Endlich konnte sie Michi verzeihen. Sie sah immer noch sein liebes Gesicht vor sich. Einen Moment schloss sie die Augen und schickte ihm all ihre Liebe und Zuneigung. »Viel Glück, Michi!«, flüsterte sie so leise, dass es niemand außer ihr selbst hören konnte.

Niemals würde sie Michi erzählen, dass sie kurz davor gewesen war, ihm ihre Liebe zu gestehen. Niemals sollte er erfahren, dass er ihr das Herz gebrochen hatte. Das würde für immer ihr Geheimnis bleiben.

# Verliebte Weihnachten

Frau Jülich bestand darauf, dass mindestens drei Weihnachtslieder gemeinsam gesungen wurden. Doch dann war die Geduld der Zwillinge restlos aufgebraucht. Kaum war der letzte Ton verklungen, stürzten sie sich mit lautem Kriegsgeschrei auf ihre Geschenke. Im Handumdrehen hatten sie das festlich geschmückte Wohnzimmer ins Chaos gestürzt. Überall flogen zerknülltes Weihnachtspapier und bunte Geschenkbänder herum, während Ben und Lukas im Rekordtempo ein Päckchen nach dem anderen aufrissen.

»Immer mit der Ruhe«, versuchte Herr Jülich seine Söhne zu bremsen. »Ihr habt genug Zeit zum Auspacken.«

Aber die Zwillinge hörten ihn nicht. Sie hatten nur Augen für ihre Geschenke.

»Fußball-Schokolade, cool!«, rief Ben begeistert.

»Wow, lecker!« Auch Lukas hielt eine XXL-Tüte mit kleinen Schoko-Fußbällen hoch.

Kim hatte die Süßigkeiten bei *Feinkost Kranichstein* besorgt. »Dann lasst ihr den Schokoladenvorrat in meinem Zimmer hoffentlich in Zukunft in Ruhe«, sagte sie lächelnd.

Auch Kims Eltern packten ihre Geschenke aus. Frau Jülich bedankte sich überschwänglich für die Musik-CD, die Kim für sie ausgesucht hatte, und ihr Vater leckte sich beim Anblick der Gummibärchen voller Vorfreude über die Lippen.

Kim bekam eine externe Festplatte für ihren Computer, die sie sich schon lange gewünscht hatte, neue Winterstiefel aus glänzendem, dunkelbraunem Leder und einen kuscheligen

Bademantel. Im letzten Päckchen, das Kim auspackte, lag ein flauschiger Pullover in leuchtendem Blau, den ihre Mutter selbst gestrickt hatte.
»Wow, danke!« Kim strich vorsichtig über die weiche Wolle.
»Damit du im Winter nicht frieren musst«, sagte Frau Jülich lächelnd. »Probier ihn doch gleich mal an.«
Gehorsam zog sich Kim den Pullover über den Kopf. Er passte wie angegossen. Kim stellte sich vor, wie ihre Mutter abends, nachdem Kim ins Bett gegangen war, heimlich an dem Pullover gestrickt hatte, und sie war ein bisschen gerührt.
Als Höhepunkt der Bescherung rollte Herr Jülich zwei mit weißen Bettlaken verhüllte Geschenke aus dem Flur herein. »Tatata!«, rief er und zog die Laken weg. »Aber nicht wieder im Teich versenken, ist das klar?«
Die Zwillinge machten große Augen. »Ich glaub's nicht!«, hauchte Lukas ehrfürchtig. Seinem Bruder hatte es ausnahmsweise einmal die Sprache verschlagen. Allerdings nur kurz, dann stürzten sich die Zwillinge laut jubelnd auf ihre neuen Fahrräder. Kim und ihre Eltern sahen schmunzelnd zu, wie die beiden jedes Detail gründlich untersuchten: Bremsen, Gangschaltung, Rahmen, Gepäckträger …
Mitten in Bens und Lukas' freudiges Geschrei klingelte es an der Tür.
Frau Jülich sah auf die Uhr und runzelte die Stirn. »Wer kann das denn sein, um die Zeit am Heiligabend?«
»Vielleicht der Weihnachtsmann«, scherzte Herr Jülich und ging hinaus.
Kurze Zeit später war merkwürdiges Gepolter und Stampfen

im Flur zu hören. Eine vermummte Gestalt erschien in der Wohnzimmertür.
Frau Jülich schrie auf, die Zwillinge vergaßen für einen Moment ihre neuen Räder und Kim zog überrascht die Augenbrauen hoch. Alle starrten auf den merkwürdigen Besucher. Er trug einen langen roten Mantel und hatte sich die Kapuze so tief ins Gesicht gezogen, dass nur die Nasenspitze und ein langer, weißer Bart darunter hervorschauten.
»D…d…das ist ja …«, stammelte Lukas.
»… d…der Weihnachtsmann!«, beendete Ben den Satz.
»Ho, ho, ho!«, rief der Weihnachtsmann und hob grüßend die Hand. »Fröhliche Weihnachten allerseits!«
Kim schluckte. Sie kannte diese Stimme, sie kannte sie sogar sehr gut …
Langsam zog sich der Besucher die Kapuze vom Kopf.
»Michi!«, riefen die Zwillinge begeistert. »Michi ist der Weihnachtsmann!«
Kim war wie gelähmt. Ungläubig starrte sie Michi an. Was wollte er hier? Und was hatte diese Maskerade zu bedeuten?
Frau Jülich seufzte erleichtert. »Hast du mich erschreckt, Michi!«
Michi grinste entschuldigend, während er seinen falschen Bart zurechtrückte. »Tut mir leid, Frau Jülich, das war nicht meine Absicht.«
Herr Jülich tauchte hinter dem Überraschungsgast auf. »Ich hab ihn auch erst auf den zweiten Blick erkannt. Tolles Kostüm, oder? Du solltest das professionell machen, Michi. In der Aufmachung kannst du in der Adventszeit gutes Geld verdienen.«

»Hast du Michi etwa als Weihnachtsmann engagiert?«, fragte Frau Jülich verwirrt.
Ihr Mann schüttelte den Kopf. »Nein, ich war genauso überrascht wie ihr.«
Michi räusperte sich und sah zu Kim hinüber. »Ich … äh … also, ich wollte fragen, ob ich Kim vielleicht kurz entführen darf.« Frau Jülich setzte bereits zu einer Antwort an, aber Michi kam ihr zuvor. »Ich weiß, es ist Heiligabend, und Sie wollen im Kreis der Familie Weihnachten feiern. Aber ich habe ein ganz besonderes Geschenk für Kim und es dauert auch nicht lange.«
»Also, ganz ehrlich, ich finde das heute nicht so passend.« Frau Jülich zog die Augenbrauen zusammen, wie immer, wenn ihr etwas gegen den Strich ging.
»Ach was!« Kims Vater schlug Michi anerkennend auf die Schulter. »Der Junge hat sich so viel Mühe mit seinem Auftritt gegeben. Außerdem sollte man dem Weihnachtsmann nichts abschlagen, sonst gibt es nächstes Jahr keine Geschenke.« Er zwinkerte Michi zu. »Bis später!«
*Und wer fragt mich?*
Die Frage blitzte in Kims Kopf auf und sie hätte sie ihrem Vater gerne an den Kopf geworfen, doch sie blieb stumm. Ihre Zunge gehorchte ihr nicht.
»Danke!« Michi grinste erleichtert. Er hielt Kim die Hand hin. »Kommst du?«
Kim wollte den Kopf schütteln, aber ihr Körper entwickelte ein Eigenleben. Ehe sie etwas dagegen tun konnte, setzten sich ihre Füße in Bewegung. Ihre Hand ergriff Michis und sie ließ sich von ihm aus dem Wohnzimmer führen.

Die Stimme ihrer Mutter drang wie durch Watte an ihre Ohren, während sie im Flur in ihre Jacke schlüpfte.
»Spätestens in einer Stunde bist du wieder da, Kim!«
»Kein Problem, Frau Jülich!«, rief Michi zurück. Dann nahm er Kims Hand und zog sie in die kalte Winternacht hinaus.

Es war wie ein Traum. Ein Winter-Weihnachtstraum. Hand in Hand liefen Kim und Michi durch die stillen Straßen. Außer ihnen war kaum jemand unterwegs. Aus dem schwarzen Himmel fielen immer noch vereinzelte Schneeflocken, Bürgersteig und Fahrbahn leuchteten jungfräulich weiß. Die Stadt schien in tiefem Schlaf zu liegen. Kein Autolärm, keine Polizeisirenen, keine klingelnden Radfahrer oder schimpfenden Fußgänger störten den weihnachtlichen Frieden, der sich über die Häuser gelegt hatte. In den hell erleuchteten Fenstern standen festlich geschmückte Tannenbäume, Menschen saßen zusammen, lachten und redeten oder stießen auf das Weihnachtsfest an.
Kims Lippen prickelten. Ob von der Kälte oder von den vielen ungesagten Worten, die ihr auf der Zunge lagen, wusste sie nicht. Sie wollte Michi so viel fragen, ihm so viel erzählen, aber sie blieb stumm.
»Wo gehen wir eigentlich hin?«, presste sie schließlich hervor.
Michi drückte ihre Hand. »Wart's ab. Ist nicht mehr weit.« Er lächelte geheimnisvoll. »Da du mein Geschenk heute Vormittag nicht annehmen wolltest, musste ich mir etwas ganz Besonderes einfallen lassen.«
Schweigend liefen sie weiter. Es schneite jetzt heftiger. Kim

blinzelte. Millionen dicker, bauschiger Schneeflocken tanzten vom Himmel herab. Kim warf Michi einen verstohlenen Seitenblick zu. In seinen dunklen Haaren glitzerte der Schnee wie winzige Diamanten. Plötzlich musste Kim trotz ihrer Anspannung kichern.

»Was ist los?«, fragte Michi etwas irritiert.

Kim deutete auf sein Kinn und Michi nahm schnell den weißen Vollbart ab. »Das Ding hab ich ganz vergessen.« Er grinste. »Steht mir nicht schlecht, oder? Vielleicht sollte ich mir einen Bart wachsen lassen.« Er blieb kurz stehen, um auch aus dem roten Weihnachtsmannmantel zu schlüpfen. Darunter trug er seine normalen Klamotten. Er stopfte Mantel und Bart in seinen Rucksack und griff wieder nach Kims Hand.

Bald hatten sie den Schillerpark erreicht. Dunkel und still lagen die Bäume hinter dem hohen Zaun. Michi wollte Kim durch das Eingangstor ziehen, aber Kim zögerte.

»Was wollen wir hier?«, fragte sie mit gerunzelter Stirn.

»Das wirst du schon sehen.« Mehr war nicht aus Michi herauszubekommen.

Schließlich gab Kim nach und folgte ihm durch das Tor. Im Park war die Stille fast mit Händen zu greifen. Wie ein feines Tuch lag sie über den Bäumen, deren kahle Zweige in den wolkenverhangenen Himmel ragten. Aber es war nicht so dunkel, wie Kim befürchtet hatte. Es gab zwar keine Straßenlaternen, doch der Schnee schimmerte hell in der Nacht. Leicht glitzernd und noch völlig unberührt lag er vor ihnen, als würde er nur darauf warten, dass sie ihm mit ihren Schuhsohlen ihren Stempel aufdrückten.

Immer weiter führte Michi Kim in den Park hinein. Kim war schon oft hier gewesen. Doch der am Tag so vertraute und belebte Ort wirkte in der Nacht fremd und geheimnisvoll. Als wären sie beim Durchqueren des Tors in eine andere Welt eingetreten. Eine Welt der Schatten und des Schnees. Eine Welt der Stille. Eine Welt, in der alles möglich schien … Die Bäume standen immer dichter. Zwischen den kahlen Laubbäumen tauchten Fichten und Tannen auf, deren spitze Nadeln Kims Jacke streiften. Kim war froh, dass Michi bei ihr war. Mit ihm an ihrer Seite hatte sie keine Angst. Plötzlich nahm sie in der Ferne einen Lichtschein wahr. Sie blinzelte. Was war das? Soweit sie wusste, gab es hier, mitten im Unterholz, weder ein Café noch ein Restaurant.

»Komm, gleich sind wir da.« Michi zwängte sich zwischen den Bäumen hindurch und hielt die stacheligen Zweige einer Fichte zur Seite, damit Kim ungehindert darunter hinwegtauchen konnte.

Kurze Zeit später wichen die Bäume zurück. Sie hatten eine kreisrunde, tief verschneite Lichtung erreicht. In der Mitte stand ein kleiner Tannenbaum, dessen weiß gepuderte Zweige über und über mit roten Herzen geschmückt waren. Dazwischen leuchteten die Lämpchen einer Lichterkette wie kleine Glühwürmchen. Eine leichte Brise wirbelte die um den Baum tanzenden Schneeflocken durcheinander. Es war ein Bild wie aus einem Weihnachtsmärchen.

Stumm vor Staunen starrte Kim den Baum an. Der Anblick war so wunderschön, dass sie keinen Ton herausbrachte. Gleichzeitig wirkte die Szene irgendwie unwirklich. Träumte sie oder war das tatsächlich die Realität?

Michi neben ihr räusperte sich. »Ich … ich hab dich hierhergeführt, weil ich dir etwas sagen wollte.« Er verstummte und kratzte sich verlegen am Kopf. »Ist gar nicht so leicht. Am besten bringe ich es schnell hinter mich, sonst verlässt mich noch der Mut.« Er holte tief Luft. »Kim, ich liebe dich!«

Kim schluckte. »W…was?«, krächzte sie.

Jetzt sprudelten die Worte aus Michis Mund. »Ich hab nie aufgehört, dich zu lieben. Unsere Trennung war die Hölle für mich! Ich hab dich so vermisst, dass ich zeitweise weder essen noch schlafen konnte. Auf deinen Vorschlag mit dem Freundschaftspakt bin ich nur eingegangen, um in deiner Nähe sein zu können. Aber auf Dauer halte ich das einfach nicht aus!« Er grinste schief. »Du kannst dir nicht vorstellen, wie anstrengend es ist, jemandem eine Freundschaft vorzuspielen, wenn man die Person am liebsten rund um die Uhr küssen würde!«

»Doch, das kann ich«, murmelte Kim so leise, dass Michi es in seiner Aufregung gar nicht hörte.

Er fuhr sich mit einer fahrigen Bewegung durch seine dunklen Haare, in denen immer noch Schneekristalle glitzerten. »Ich will wieder richtig mit dir zusammen sein, Kim.« Seine Stimme zitterte leicht. »Gib uns noch eine Chance.«

Kims Herz machte einen Satz. Ihr erster Impuls war, Michi um den Hals zu fallen, ihn festzuhalten und nie mehr loszulassen. Sie musste ihre gesamte Willenskraft aufbieten, um diesen Impuls zu unterdrücken. Widerstreitende Gefühle stürmten auf sie ein: jauchzendes Glück und rosarote Freude, aber auch bohrendes Misstrauen und eine diffuse Angst. Sagte Michi wirklich die Wahrheit?

»Und was ist mit Marie?«, fragte Kim.
Michi stutzte. »Was soll mit ihr sein?«
Kim sah ihn verwirrt an. Wusste er tatsächlich nicht, wovon sie redete? Hatte er schon wieder mit Marie Schluss gemacht? Oder sie mit ihm?
»Na ja … ich dachte, du … du hast dich in sie verliebt«, stammelte Kim. »Ihr seid doch zusammen, oder?«
Einen Moment sagte Michi nichts. Er starrte Kim nur ungläubig an. Dann begann er schallend zu lachen. »Marie und ich?«, gluckste er. »Das ist wirklich total absurd! Wie kommst du denn auf den Unsinn?«
Kim war wie vor den Kopf geschlagen. Michis plötzlicher Heiterkeitsausbruch brachte sie endgültig durcheinander. Jetzt kapierte sie gar nichts mehr. »Ich hab euch zusammen gesehen«, erklärte sie. »Letzten Donnerstag im *Lomo*. Als eigentlich *wir* verabredet gewesen waren. Du hast mit Marie an unserem Tisch gesessen. Ihr habt euch unterhalten und … Händchen gehalten …« Sie schluckte. Die Erinnerung tat immer noch weh. »Zum Abschied habt ihr euch ganz lange umarmt …«
Michi war wieder ernst geworden. »Und deshalb hast du gedacht, wir wären ein Paar?« Er griff nach Kims Händen und drückte sie. »Du bist das klügste Mädchen, das ich kenne. Aber manchmal bist du auch sehr, sehr dumm.« Er warf Kim einen langen Blick zu. In seinen Augen lag so viel Zuneigung, dass Kim beinahe schwindelig wurde.
»Aber es sah alles total eindeutig aus!«, verteidigte sich Kim und löste ihre Hände aus Michis. Die Berührung lenkte sie ab und sie brauchte jetzt einen klaren Kopf.

»Darum bist du also an dem Nachmittag nicht im *Lomo* aufgetaucht«, sagte Michi. »Und deshalb zeigst du mir seitdem die kalte Schulter. Jetzt wird mir einiges klar … Und ich hab mir das Hirn zermartert, was ich falsch gemacht haben könnte. Aber darauf wäre ich nie im Leben gekommen!«

»Was war denn jetzt zwischen Marie und dir?« Kim ließ nicht locker. Sie brauchte endlich Klarheit.

Michi seufzte. »Nichts! Es war überhaupt nichts zwischen uns. Ich hab mich nur mit Marie im *Lomo* getroffen, um über dich zu reden.«

»Über mich?«, fragte Kim überrascht.

»Ich wusste mir einfach keinen Rat mehr«, erklärte Michi. »Ich war völlig am Ende. Am liebsten hätte ich dir sofort meine Liebe gestanden, aber ich hatte keine Ahnung, wie du reagieren würdest. Wenn du mir einen Korb gegeben hättest, wäre alles aus gewesen. Das hätte ich nicht ertragen. Darum hab ich Marie um Hilfe gebeten. Sie war echt nett. Sie hat mir Mut gemacht, dir meine Gefühle zu gestehen. Leider wusste sie auch nicht, ob ich noch Chancen bei dir habe. Doch sie wollte versuchen, es herauszufinden.«

Plötzlich erschien Kim alles, was in der letzten Zeit geschehen war, in einem völlig anderen Licht. »Darum hat Marie also versucht, mich beim Clubtreffen am nächsten Tag auszuhorchen! Ich dachte, sie will wissen, ob sie freie Bahn bei dir hat. Und dann hast du auch gar nicht von dir und Marie gesprochen, als wir uns vor *Feinkost Kranichstein* getroffen haben, oder?«

Michi schüttelte den Kopf. »Nein! Ich hab von uns beiden geredet.«

»Niemand kann etwas für seine Gefühle ...«, murmelte Kim. »Ich hab das total missverstanden! Genauso wie alles andere ...«

»Damit waren meine Gefühle für dich gemeint«, erklärte Michi. »Ich dachte, du hast endlich gemerkt, dass ich viel mehr als nur Freundschaft für dich empfinde. Als du einfach abgedampft bist, war ich ganz schön fertig. Ich dachte, es ist endgültig aus. Heute Vormittag hab ich dann all meinen Mut zusammengenommen und bei dir geklingelt, um dir mein Geschenk zu überreichen.« Michi grinste schief. »Aber das hat ja leider nicht geklappt. Doch diesmal wollte ich nicht so schnell aufgeben. Mein Weihnachtsmann-Auftritt war ein reiner Akt der Verzweiflung, um dich aus dem Haus zu locken.«

Kim musste lächeln. Ihre Gesichtszüge entspannten sich. »Das ist dir ja auch gelungen«, stellte sie fest.

Michi griff in seine Jackentasche und zauberte ein kleines Päckchen hervor. »Und jetzt nimmst du hoffentlich auch mein Geschenk an.«

Kim nickte stumm. Ihre Hände zitterten leicht, als sie das Papier löste. Darunter kam ein braunes Herz zum Vorschein. Es war liebevoll mit buntem Zuckerguss verziert und in Frischhaltefolie gewickelt. »Ein Lebkuchenherz?«, fragte Kim überrascht.

Michi nickte stolz. »Hab ich selbst gebacken. Weil du Lebkuchen doch so gerne magst.«

»Wie lieb von dir! Danke!« Kim schnupperte genießerisch. Selbst durch die Folie war der würzige Lebkuchen-Duft zu riechen. Aber das Allerschönste war der Schriftzug, der in weißem Zuckerguss auf dem Herz prangte. Dort stand: *I love Kim.*

Erst jetzt erfasste Kim so richtig, was Michi die ganze Zeit versucht hatte ihr zu erklären. Er liebte sie immer noch! Und er hatte nie etwas anderes als Freundschaft für Marie empfunden. Ein Strahlen breitete sich auf Kims Gesicht aus. Ihr Herz war plötzlich ganz leicht und das Glücksgefühl überkam sie so heftig, dass ihr schwindelig wurde.

Endlich tat sie das, wovon sie schon so lange geträumt hatte. Sie flog in Michis Arme, legte ihr Gesicht an seinen Hals und sog seinen vertrauten Duft ein. »Du riechst noch besser als Lebkuchen«, murmelte sie.

Michi lachte leise. »Was für eine Ehre!« Er drückte sie an sich. »Heißt das, du gibst uns noch eine Chance?«

Kim musste nicht eine Sekunde über diese Frage nachdenken. »Ja!« Sie küsste Michi dreimal hintereinander sanft aufs Ohr und wiederholte nach jedem Kuss: »Ja! Ja! Ja!«

Eine halbe Stunde später schlenderten Kim und Michi eng umschlungen zurück nach Hause. Es hatte aufgehört zu schneien und Kim konnte ihre Fußspuren von vorhin deutlich auf dem Parkweg erkennen. Wie merkwürdig! Als sie diese Spuren hinterlassen hatte, war sie das Mädchen mit dem schlimmsten Liebeskummer der Welt gewesen, ein Mädchen mit gebrochenem Herzen und versteinerter Seele. Und jetzt? Jetzt schlug ihr Herz Purzelbäume vor Glück und sie fühlte sich so leicht wie eine Schneeflocke! Kim lächelte.

»Was ist?«, fragte Michi.

»Ach, nichts.« Kim kuschelte sich noch etwas enger an ihn.

»Ich dachte nur gerade, wie nah Glück und Unglück manchmal beieinanderliegen.«
»Das kannst du laut sagen!« Michi zog eine Grimasse. »Auf dem Hinweg war ich so nervös, dass ich beinahe gestorben wäre! Ich hatte ja keine Ahnung, wie du meine Überraschung finden würdest ...«
»Der Baum war ein Traum!«, versicherte Kim. »So etwas Tolles hat noch nie jemand für mich gemacht. Und die wunderschöne Beleuchtung! Total romantisch ...«
Michi grinste. »Ich sage nur: solarbetriebene Lichterketten! Die waren bei uns im Elektroladen der Verkaufsschlager in der Vorweihnachtszeit.«
»Danke!« Kim drückte Michi einen schnellen Kuss auf die Wange. »Diesen Abend werde ich nie vergessen, solange ich lebe.«
Sie hatten das jülichsche Haus erreicht. Die Fenster leuchteten einladend und warm. Trotzdem hatte Kim noch keine Lust hineinzugehen. Auf dem Gartenweg blieb sie stehen und schlang ihre Arme um Michis Hals.
»Am liebsten würde ich dich nie wieder loslassen«, sagte sie leise.
»Geht mir genauso«, murmelte Michi.
Kims Blick fiel auf die Buche vor dem Haus, deren Stamm mit feinem Puderschnee bedeckt war. Trotzdem meinte sie, das in die Rinde geritzte *I love Kim* erkennen zu können. Der detektivische Teil ihres Gehirns stellte ganz von allein die nötigen Zusammenhänge her.
»Du warst das, stimmt's?« Sie deutete zu dem Baum hinüber.
»Was denn?«, wollte Michi wissen.

»Tu nicht so!« Kim grinste. »Ich weiß genau, dass du es warst! Du hast *I love Kim* in die Buche geritzt! Es ist der gleiche Schriftzug wie auf dem Lebkuchenherz, das du mir geschenkt hast. Damit bist du überführt!«
Michi hob beide Hände. »Verhaften Sie mich bitte nicht, Frau Kommissarin, ich bin unschuldig! Ich habe nicht die geringste Ahnung, wovon Sie reden! Großes Weihnachtsmann-Ehrenwort!«
Kim runzelte die Stirn. »Aber wenn du es nicht warst, wer war es dann?«
Da ertönte unterdrücktes Kichern hinter den Mülltonnen im Vorgarten. Kim ahnte Schreckliches. »Kommt sofort raus, Ben und Lukas!«, rief sie streng. »Wie lange hockt ihr da schon?«
Mit grinsenden Gesichtern verließen die Zwillinge ihr Versteck.
»Lange genug.« Ben grinste vielsagend.
Lukas verzog schmachtend das Gesicht und flötete: »Am liebsten würde ich dich nie wieder loslassen, Michi!«
Kim seufzte. Leider hatten ihre Brüder verdammt gute Ohren. Damit würden sie sie jetzt bis in alle Ewigkeit aufziehen.
»Aber was die Buche angeht, liegst du leider völlig falsch«, erklärte Ben. »Michi hat nichts damit zu tun.«
»Ach nein?« Kim zog die Augenbrauen hoch. »Und woher wollt ihr das so genau wissen?«
»Weil *wir* den Spruch in die Rinde geritzt haben!«, platzte Lukas heraus.
»Ihr?«, fragte Kim verwundert. Doch nach der ersten Überraschung kam es ihr völlig logisch vor. Das war eine typische

Ben-und-Lukas-Aktion. Warum war sie nicht schon eher darauf gekommen?
Die Zwillinge grinsten triumphierend. »Gib mir fünf!«, rief Ben und hielt eine Hand hoch. Lukas klatschte ihn ab.
»Wir haben es geschafft!« Lukas riss beide Arme in die Luft wie ein Boxer nach dem Sieg. »Wir haben die Super-Detektivin aufs Glatteis geführt!«
Kim verdrehte die Augen, musste aber trotz allem lachen. »Ihr seid unmöglich!«, schimpfte sie der Form halber. Doch eigentlich war sie überhaupt nicht sauer. Dazu war sie gerade viel zu glücklich.
»Geh lieber wieder rein.« Michi nickte zum Haus hinüber. »Wenn du nicht pünktlich zurück bist, macht deine Mutter Hackfleisch aus mir.«
Kim grinste. »Und das wäre doch sehr schade, jetzt, wo wir uns gerade wieder gefunden haben.« Sie spitzte die Lippen. »Aber vorher will ich noch einen Abschiedskuss.«
»Nichts lieber als das!« Michi zog sie an sich und küsste sie. Es fühlte sich wunderbar vertraut an und gleichzeitig ganz neu. Aufregend neu. Kim schloss die Augen und versank in einer anderen Welt. Sie hörte weder das Gekicher von Ben und Lukas noch die peinlichen Knutschgeräusche, die ihre Brüder fabrizierten.
Dieser Moment gehörte nur ihr und Michi.

# Nicht nur Schokolade macht glücklich ...

»Ich glaub's nicht!«

Franzi riss die Augen auf, als Kim und Michi Arm in Arm in der Sofaecke des *Lomo* erschienen. Es war der erste Weihnachtstag und die drei !!! hatten sich zu einem weihnachtlichen Treffen in ihrem Stammcafé verabredet. Neben Franzi saß Felipe und winkte Michi zu. Marie war ebenfalls schon da, wirkte aber im Gegensatz zu Franzi überhaupt nicht überrascht.

»Seid ihr etwa wieder zusammen?«, fragte Franzi, die wie immer sofort zum Punkt kam.

Kim nickte glücklich, während sie sich neben Michi auf ein freies Sofa kuschelte. »Seit gestern. Ist das nicht toll?«

»Wie romantisch!« Franzi seufzte entzückt. »Liebesglück am Heiligabend – das ist fast zu kitschig, um wahr zu sein ...«

»Glückwunsch!« Felipe grinste von einem Ohr zum anderen. »Dann muss ich mir endlich nicht mehr Michis Gejammer anhören. ›Was Kim wohl gerade macht?‹ Kim hier und Kim da ... Es war kaum zu ertragen!«

Michi lachte. »Ja, Felipe musste in letzter Zeit einiges aushalten. Genauso wie Marie, die mir Mut gemacht hat, zu meinen Gefühlen zu stehen. Vielen Dank für eure Hilfe!«

»Gern geschehen«, sagte Marie, doch ihr Lächeln wirkte etwas verhalten. Kim konnte sich denken, warum. Es wurde höchste Zeit, die Missverständnisse, die zwischen ihnen standen, auszuräumen.

Kim holte tief Luft. »Ich muss mich bei dir entschuldigen, Marie. In letzter Zeit habe ich mich unmöglich verhalten.«
»Stimmt!« Marie nickte nachdrücklich. »Franzi und ich haben uns schon gefragt, ob du vielleicht keine Lust mehr auf den Detektivclub hast.«
»Mit dem Detektivclub hatte das nichts zu tun«, versicherte Kim. »Es ging um etwas Privates. Ich … ich dachte, du willst was von Michi.«
»Was?« Marie riss die Augen auf.
Auch Franzi machte ein verdutztes Gesicht. »Wie bist du denn auf diese verrückte Idee gekommen?«
Kim seufzte. »Ich hab die beiden zusammen gesehen – und leider die falschen Schlüsse daraus gezogen.« Sie berichtete schnell, wie alles zusammenhing.
Marie schüttelte ungläubig den Kopf. »Warum hast du denn nicht einfach mit mir geredet? Dann hätte sich das Missverständnis schnell aufgeklärt!«
»Das wollte ich ja«, verteidigte sich Kim. »Aber es kam immer etwas dazwischen. Außerdem passte alles so gut zusammen. Erst hast du mich beim Clubtreffen wegen Michi ausgehorcht und dann war da auch noch diese merkwürdige Gesangsstunde, wegen der du früher wegmusstest. Ich war mir so sicher, dass du dich wieder heimlich mit Michi triffst!«
Marie schnaubte empört. »So ein Unsinn! Ich hatte wirklich eine zusätzliche Gesangsstunde!«
»Und der geheimnisvolle Anruf, den du ein paar Tage später bei mir entgegengenommen hast«, fuhr Kim fort. »Als du uns nicht sagen wolltest, mit wem du am Handy geflirtet hast. Natürlich hatte ich gleich wieder Michi im Verdacht.«

Marie wurde rot. »Äh – nein, das war nicht Michi.«
»Sondern?«, hakte Franzi nach. »Jetzt kannst du es uns doch verraten!«
Marie seufzte. »Okay, wenn ihr es unbedingt wissen wollt: Es war Holger! Ich hatte keine Lust, mir wieder eure dummen Kommentare anzuhören, darum hab ich seinen Namen lieber verschwiegen.«
Franzi grinste. »Na also! Damit hätten wir hoffentlich alle Missverständnisse ausgeräumt.«
Marie warf Kim einen vorwurfsvollen Blick zu. »Ich verstehe immer noch nicht, wie du mir so etwas zutrauen konntest. Ich würde doch niemals mit einem Jungen flirten, in den du mal verliebt warst! Wofür hältst du mich eigentlich?«
Kim biss sich auf die Unterlippe. »Es tut mir leid«, sagte sie leise. »Vor lauter Liebeskummer war ich irgendwie völlig verblendet. Ich hätte dir vertrauen müssen.«
»Allerdings«, sagte Marie. »Schließlich sind wir Freundinnen!«
»Heißt das, du verzeihst mir?«, fragte Kim vorsichtig.
Marie seufzte. Doch dann erschien ein Lächeln auf ihrem Gesicht. »Natürlich verzeihe ich dir, du dumme Nuss!«
Kim fiel ein Stein vom Herzen. Erleichtert sprang sie auf und umarmte Marie. »Danke! Das werde ich dir nie vergessen!«
»Aber ich habe eine Bedingung«, forderte Marie. »Ab sofort gibt es keine Geheimnisse mehr zwischen uns, okay?«
Kim nickte. »Versprochen!« Sie setzte sich wieder neben Michi, der den Arm um sie legte und sie sanft an sich drückte.
Franzi seufzte froh. »Endlich ist die Zeit der miesen Stim-

mung vorbei! Ich hatte schon gar keine Lust mehr auf die Clubtreffen.«

Kim machte ein schuldbewusstes Gesicht. »Wir haben dir ganz schön zugesetzt mit unseren ständigen Streitereien, was?«

Franzi nickte. »Aber jetzt ist alles gut.« Sie griff nach Felipes Hand. »Felipe hat auch wieder Zeit für mich. Das *Yucatán* macht bis Silvester Betriebsferien.«

»Und diese Woche will ich nur mit dir verbringen!« Felipe sah Franzi verliebt an.

Franzi strahlte. »Gleich gehen wir auf die Eislaufbahn und morgen machen wir einen Schneespaziergang im Wald bei Billershausen.«

»Klingt super!« Kim lächelte ihrer Freundin zu. Es war schön, Franzi endlich wieder richtig glücklich zu sehen.

Marie verzog ihre brombeerfarbenen Lippen zu einem Schmollmund. »Und wer macht mit mir einen romantischen Schneespaziergang?«

»Ich!«

Alle fuhren herum.

»Holger!«, rief Marie überrascht. »Was machst du denn hier?«

»Ich wollte euch fröhliche Weihnachten wünschen«, erklärte Holger, der unbemerkt hereingekommen war. »Und mich für dein Geschenk bedanken.« Er lächelte Marie zu. »Ich hab mich sehr über die Nugat-Herzen gefreut.«

Marie errötete leicht. »Gern geschehen«, hauchte sie. »Setz dich doch!«

Holger nahm neben Marie auf dem Sofa Platz. »Ich hab

auch etwas für dich.« Er zog ein kleines Päckchen mit roter Schleife aus der Tasche und überreichte es Marie.
»Oh – wie nett!« Eifrig wickelte Marie das Geschenk aus und hielt es in die Höhe. »Ein Foto von uns, toll!«
»Zeig mal!« Kim beugte sich zu Marie hinüber und auch Franzi reckte den Hals.
Das Foto zeigte Marie und Holger, die fröhlich in die Kamera lachten. Maries blonde und Holgers dunkle Haare bildeten einen schönen Kontrast. Der Rahmen, in dem das Bild steckte, war aufwendig mit Strasssteinchen und bunten Perlen verziert.
»Ihr seid wirklich ein hübsches Paar!« Franzi grinste vielsagend.
Marie ignorierte den Kommentar und fragte schnell: »Hast du den Rahmen etwa selbst gemacht?«
Holger nickte. »Gefällt er dir?«
»Und wie!« Marie schenkte Holger ein strahlendes Lächeln. »Vielen Dank!«
Kim grinste in sich hinein. In diesem Moment hätte sie, ohne mit der Wimper zu zucken, ihre gesamte Krimi-Sammlung darauf verwettet, dass auch Holger und Marie bald wieder mehr sein würden als nur Freunde …
»Apropos Geschenke!« Franzi löste sich von Felipe und stand auf, um einen großen Korb hinter dem Sofa hervorzuholen. »Diesen Präsentkorb hat uns Herr Kranichstein ins Hauptquartier schicken lassen, als kleines Dankeschön für unsere Hilfe. Ist das nicht nett?«
»Wow!« Kim lief beim Anblick all der Köstlichkeiten, mit denen der Korb gefüllt war, das Wasser im Mund zusam-

men. »Weihnachtsschokolade, Gummibärchen, kandierte Früchte, feine Plätzchen und natürlich die *Kranichsteiner Mischung* – sogar drei Tüten auf einmal!«
Franzi kicherte. »Und garantiert giftfrei, dafür haben wir gesorgt.«
»Was haltet ihr davon, wenn wir eine Tüte für Kommissar Peters reservieren?«, schlug Marie vor. »Wir könnten sie nach den Feiertagen in seinem Büro vorbeibringen, als nachträgliches Weihnachtsgeschenk. Ich finde, der Kommissar hat sich ein kleines Dankeschön für all seine Unterstützung bei unseren bisherigen Fällen wirklich verdient.«
Franzi nickte. »Super Idee!«
Auch Kim war einverstanden. »Aber die hier sind nur für uns.« Sie zog eine Tüte *Kranichsteiner Mischung* aus dem Korb, öffnete sie und reichte sie herum.
Franzi nahm sich eine Orangen-Marzipan-Praline und hielt sie mit zwei Fingern in die Höhe. »Ich esse diese Praline auf unseren Detektivclub und den gelösten Fall!«
Marie lachte. »Und ich esse meine Schoko-Chili-Praline auf ein harmonisches Weihnachtsfest ohne Missverständnisse und ohne Streit!«
Kim schnupperte genießerisch an einem Sahne-Trüffel, während ihre andere Hand fest und warm in Michis lag. »Auf die Liebe!«, fügte sie hinzu.
Sechs Pralinen verschwanden gleichzeitig in sechs Mündern und genüssliches Schweigen breitete sich in der Sofaecke aus. Ganz langsam entfaltete sich der göttliche Sahne-Geschmack auf Kims Zunge. Aber das süße Aroma der Praline war nichts gegen das süße Glücksgefühl, das ihr Herz erfüllte. Michi

liebte sie immer noch, Marie hatte ihr verziehen und sie feierte Weihnachten hier im *Lomo* mit ihren besten Freunden. Gab es etwas Schöneres?

Eins wusste Kim ganz genau: Dieses Weihnachtsfest würde sie niemals vergessen!

# LESEPROBE

## Maja von Vogel: Das rote Phantom

In diesem Moment flog die Küchentür auf und ein schwarz-weißer Blitz sauste herein.
»Herrje!« Maxime zuckte zusammen. »Was ist *das*?«
»Pablo!«, rief Frau Jülich streng. »Raus aus der Küche!«
Aber der Hund dachte gar nicht daran. Er rannte direkt auf Franzi zu und sprang schwanzwedelnd an ihr hoch.
»Hallo, mein Hübscher!« Franzi ließ die stürmische Begrüßung lachend über sich ergehen. Sie mochte Pablo, auch wenn der Hund der Jülichs nicht besonders gut erzogen war. Dafür sah er mit seinen langen Schlappohren, dem wuscheligen schwarz-weißen Fell und den treuen braunen Hundeaugen einfach zu süß aus. Pablo war ein Cocker-Spaniel-Mischling, den Jülichs als Welpen aus dem Tierheim geholt hatten. Inzwischen war er ordentlich gewachsen, aber an seinem lebhaften Temperament hatte sich nichts geändert. Genauso wenig wie an seiner Vorliebe für Franzi. Pablo schien genau zu spüren, dass Kims Freundin ausgesprochen tierlieb war.
»Pablo, Pablo, wo bist du?« Kims zehnjährige Zwillingsbrüder Ben und Lukas stürmten in die Küche.

»Warum habt ihr nicht auf Pablo aufgepasst?«, fragte Kim vorwurfsvoll. »Der Hund hat in der Küche nichts zu suchen.«

»Er ist ausgebüxt«, behauptete Lukas.

Bens Magen knurrte. »Wann gibt es Essen? Ich hab Hunger!«

»Hun-ger, Hun-ger!«, rief Lukas und sein Bruder fiel sofort ein.

»Hun-ger, Hun-ger, Hun-ger!«, grölten die Zwillinge und stampften mit den Füßen im Takt dazu.

Kim verdrehte die Augen, Frau Jülich schimpfte, Herr Jülich lachte und Pablo bellte laut. Franzi kraulte ihn beruhigend zwischen den Ohren und betrachtete kopfschüttelnd das Spektakel. Kims Brüder waren eindeutig die größten Nervensägen des Universums. Jedes Mal, wenn Franzi ihnen begegnete, war sie froh, keine jüngeren Geschwister zu haben. Franzis ältere Schwester Chrissie konnte zwar auch ganz schön anstrengend sein, aber das war nichts im Vergleich zu den Zwillingen. Mit ihrem großen Bruder Stefan kam Franzi zum Glück richtig gut klar. Stefan studierte BWL und lebte in einer WG in der Innenstadt.

Schließlich griff Maxime nach einem Kochlöffel und schlug dreimal gegen die Salatschüssel. Die Zwillinge verstummten.

»Sehr schön.« Der Koch nickte zufrieden. »Ihr zwei könnt jetzt den Tisch decken und dann beginnen wir mit der Vorspeise.«

Zum Erstaunen aller leisteten Ben und Lukas der Anweisung augenblicklich Folge. Ohne zu murren, schnappten sie sich Teller und Besteck und verschwanden im Esszimmer. Pablo trabte schwanzwedelnd hinterher.

»Wie haben Sie das gemacht?«, fragte Herr Jülich beeindruckt. »Wenn ich die Jungs bitte, den Tisch zu decken, stellen sie sich immer taub.«
»Nehmen Sie einfach einen Kochlöffel in die Hand, das verschafft Ihnen eine natürliche Autorität.« Maxime zwinkerte Kims Vater zu. »Und wenn das nicht hilft, können Sie vor lauter Ärger immer noch hineinbeißen.«
»Guter Tipp.« Herr Jülich lachte.
»Fertig«, riefen die Zwillinge aus dem Esszimmer. »Wir können essen!«

Kurze Zeit später saßen alle um den festlich gedeckten Tisch. Frau Jülich hatte extra eine weiße Tischdecke aufgelegt und die silbernen Kerzenleuchter poliert. Franzi saß zwischen Herrn Jülich und Marie und freute sich auf das leckere Menü. Aus der Küche zog bereits der verführerische Duft des gebackenen Hähnchens herüber, aber jetzt war erst einmal die Vorspeise an der Reihe.
»Feldsalat mit Pfifferlingen und karamellisierten Walnüssen«, verkündete Maxime und servierte mit einer ausladenden Armbewegung die Salatteller. »*Bon appétit!*«
Das ließen sich die Gäste nicht zweimal sagen. Genüssliches Schweigen senkte sich über den Tisch. Franzi schloss genießerisch die Augen. Der würzige Geschmack der Pilze harmonierte perfekt mit der Süße der karamellisierten Walnüsse.
»Ein wahrer Hochgenuss«, stellte Frau Jülich fest. »Ich hätte nicht gedacht, dass man aus einfachem Feldsalat so eine Delikatesse machen kann.«

»Gibt's noch mehr?« Ben hielt Maxime seinen leeren Teller hin. Er und Lukas hatten ihren Salat im Nu verputzt.
»Die Vorspeise soll den Appetit anregen«, erklärte Maxime den Zwillingen. »Sie ist nicht zum Sattessen gedacht. Aber keine Sorge, gleich ist das Hühnchen fertig.«
Auf den Hauptgang, französisches Rosmarin-Zitronen-Hühnchen mit Backkartoffeln, folgte die Nachspeise, Mousse au Chocolat mit Chili und roten Johannisbeeren.
»Göttlich!« Kim seufzte verzückt, während sie sich den letzten Löffel Mousse au Chocolat in den Mund schob.
Franzi und Marie wechselten einen Blick und grinsten. Kim liebte Schokolade, Kuchen und Süßigkeiten über alles. Sie behauptete immer, ohne eine Extrazufuhr Zucker nicht klar denken zu können, aber Franzi hatte den starken Verdacht, dass das nur eine Ausrede war, um während der Ermittlungen des Detektivclubs hemmungslos Süßes zu naschen.
»Ich kann nicht mehr.« Holger schob sein halb volles Schälchen zur Seite. »Aber es hat ganz vorzüglich geschmeckt.«
»Das finde ich auch.« Michi nickte. »Ich bin wirklich froh, dass ich heute mal eine kleine Lernpause eingelegt habe.«
»Und ich erst!« Kim legte ihre Hand auf Michis. »Wenn du weiter so viel lernst, weiß ich bald gar nicht mehr, wie du aussiehst.«
»Glaub mir, ich hätte die Abschlussprüfungen auch lieber schon hinter mir.« Michi zog eine Grimasse. Seine Ausbildung zum Chemisch-technischen Assistenten war fast zu Ende und er wollte sie unbedingt mit guten Noten abschließen.
»Ich finde es prima, dass du dich so gründlich auf deine Prü-

fungen vorbereitest«, lobte Frau Jülich. »Daran kannst du dir ruhig ein Beispiel nehmen, Kim.«

Kim verdrehte die Augen, was ihre Mutter zum Glück nicht sah.

Maxime tupfte sich mit seiner Serviette die Lippen ab. »Ich hoffe, es hat Ihnen geschmeckt. Leider muss ich mich jetzt entschuldigen, die Pflicht ruft. Es hat mir sehr viel Spaß gemacht, für Sie alle zu kochen.« Er erhob sich.

Frau Jülich stand ebenfalls auf. »Es war mir eine Ehre, Sie persönlich kennenzulernen. Mein Mann und ich werden sicher bald mal in Ihrem Restaurant vorbeischauen.«

Kims Eltern begleiteten den Koch zur Haustür. Die drei !!!, Michi und Holger räumten den Tisch ab. Die Zwillinge hatten sich natürlich mal wieder im richtigen Moment verdrückt. Anschließend machten sich auch Franzi, Marie und Holger auf den Heimweg.

»Vielen Dank für die Einladung!«, rief Marie, während sie sich auf ihr Fahrrad schwang und mit Holger in Richtung Ostviertel davonfuhr.

»Bis bald!« Franzi winkte Kim und Michi zu, die in der hell erleuchteten Haustür standen. Michi hatte den Arm um Kims Schultern gelegt.

»Tschüss«, rief Kim. »Kommt gut nach Hause!«

Auf dem Heimweg trat Franzi kräftig in die Pedale. Obwohl es erst früher Abend war, hatte sich die Novemberdunkelheit bereits über die Landstraße gelegt, die aus der Stadt hinaus und zu dem alten Bauernhaus führte, in dem Franzi mit ihrer Familie wohnte. Die Luft war kühl und feucht. Der nasse

Radweg glänzte im Schein des Fahrradlichts und Franzi beschleunigte das Tempo, um möglichst schnell nach Hause zu kommen. Tinka wartete bestimmt schon auf ihr Abendheu. Franzi freute sich auf die gemütliche Wärme des Stalls, den Geruch nach Stroh und Pferd und das sanfte Schnauben ihres Ponys …

Plötzlich zuckte sie zusammen. Lautlos hatte sich ein Radfahrer von hinten genähert und setzte zum Überholen an. Franzi warf einen schnellen Seitenblick nach links, aber die Gestalt hatte sich die Kapuze tief ins Gesicht und einen dunklen Wollschal über Mund und Nase gezogen, sodass kaum etwas zu sehen war.

Als sie genau auf einer Höhe waren, streckte der Radfahrer blitzschnell den Arm aus und griff nach Franzis Rucksack, der vorne in ihrem Fahrradkorb lag.

»He!«, rief Franzi empört. »Was soll das?«

# Vorsicht, Überfall!

Ehe Franzi reagieren konnte, war die vermummte Person auch schon an ihr vorbeigezogen – mit ihrem Rucksack!
»Verflixter Mist!«, schimpfte Franzi.
Was sollte sie tun? Den Dieb verfolgen? Ein vorbeifahrendes Auto anhalten? Mit dem Handy Hilfe rufen? Franzi war einen Moment unaufmerksam und geriet auf dem feuchten Radweg ins Schlingern. Geistesgegenwärtig lenkte sie gegen und stützte sich mit beiden Füßen ab. Das Fahrrad wurde langsamer und sie schaffte es in letzter Sekunde, einen Sturz abzufangen. Mit zitternden Knien kam sie zum Stehen.
»Mist, Mist, Mist!« Wütend schlug Franzi mit der Hand auf den Lenker. Weiter vorne wurde der Dieb gerade vom Novemberdunkel verschluckt. So ein dreister Kerl! Aber so schnell würde Franzi nicht aufgeben. »Wenn du das glaubst, hast du dich geschnitten, Freundchen«, murmelte sie zwischen zusammengebissenen Zähnen. »Nicht mit Franziska Winkler!«
Franzi schwang sich wieder in den Sattel und nahm die Verfolgung auf. Sie sauste den Radweg entlang, beugte sich tief über den Lenker und trat rhythmisch in die Pedale. Rechts, links, rechts, links … Der Fahrtwind trieb ihr Tränen in die Augen und ihre Oberschenkel brannten vor Anstrengung. Nach einer Weile begann sie zu keuchen – und musste sich eingestehen, dass sie keine Chance hatte. Der Dieb hatte einen zu großen Vorsprung. Und er war verdammt schnell.
Franzi wollte schon aufgeben, da sauste ein Motorrad an ihr

vorbei. Die Landstraße war leer und der Fahrer drückte aufs Gaspedal. Er hatte den Rucksack-Dieb im Nu eingeholt. Das Motorrad überholte den Radfahrer, scherte nach rechts aus, bremste und kam quer auf dem Radweg zum Stehen, direkt unter einer Straßenlaterne. Dem Dieb war der Fluchtweg versperrt.

Franzi drosselte das Tempo und hielt an. Was war das denn für eine Aktion? Das schien sich der vermummte Radfahrer auch zu fragen. Er musste scharf bremsen, um nicht mit dem Motorrad zusammenzustoßen. Einen Moment standen sich beide reglos gegenüber. Es hatte angefangen zu nieseln. Im Licht der Straßenlaterne hingen die Regentropfen wie feiner Nebel in der Luft.

Plötzlich kam wieder Bewegung in den Dieb. Er ließ den Rucksack fallen, wendete sein Rad und sauste in die entgegengesetzte Richtung davon, direkt auf Franzi zu. Er fuhr so dicht an ihr vorbei, dass sie den Luftzug spüren konnte. Dabei murmelte er etwas, das wie »Verdammter Verrückter!« klang. Seine heisere Stimme jagte Franzi einen Schauer über den Rücken.

Der Motorradfahrer stand immer noch reglos auf dem Radweg und blickte dem Dieb hinterher. Oder sah er Franzi entgegen? Das war schwer zu sagen, denn er trug einen schwarzen Helm mit verspiegeltem Visier. Weder seine Augen noch sein Gesicht waren zu erkennen. Trotzdem hatte Franzi das Gefühl, dass der Typ sie anschaute.

Der Motorradfahrer wirkte seltsam unwirklich im kalten Licht der Straßenlaterne, wie aus einer anderen Dimension. Der Sprühregen bildete eine Art feuchten Heiligenschein

um seinen Kopf mit dem schwarzen Helm. Dazu trug er einen roten Lederanzug und schwere, schwarze Stiefel. Auch seine Maschine war feuerrot.
Franzi schluckte. Ihr Mund war plötzlich ganz trocken und ihr Herz klopfte wie verrückt. Wer war dieser Kerl? Woher kam er? Was tat er hier? Sollte sie sich bei ihm bedanken? Immerhin hatte er den Dieb in die Flucht geschlagen. Doch bevor Franzi einen Entschluss fassen konnte, ließ ihr Retter seine Maschine aufheulen. Er nickte ihr zu, drehte am Gasgriff und raste davon. Eine Sekunde später war er in der Dunkelheit verschwunden. Nur das Dröhnen des Motorrads war noch etwas länger zu hören.
Franzi starrte auf die leere Stelle unter der Laterne. Das Motorrad war fort, als wäre es nie da gewesen. Franzi blinzelte verwirrt, während sich ihr Herzschlag allmählich wieder normalisierte. Alles kam ihr so seltsam vor, fast wie ein Traum. Hatte sie das gerade wirklich erlebt? Wie als Antwort auf ihre Frage wurde ihr Blick von einem schwarzen Gegenstand angezogen, der etwas weiter vorne auf dem Boden lag. Ihr Rucksack! Franzi fuhr hinüber, bückte sich und hob ihn auf. Er war ein wenig feucht, aber ansonsten unversehrt. Franzi stellte ihn in den Fahrradkorb, öffnete den Reißverschluss und sah hinein. Portemonnaie, Schlüssel, Lippencreme, MP3-Player – alles da!
Der Regen wurde stärker und Franzi merkte, dass sie erbärmlich fror. Steifbeinig stieg sie auf ihr Rad und legte die letzten Meter bis zu der Abzweigung zurück, die zu ihrem Haus führte. Sie versuchte zu begreifen, was gerade geschehen war, aber ihre Gedanken verknoteten sich immer wieder

wie alte Schnürsenkel. Es hatte keinen Zweck, heute war sie einfach zu müde. Sie würde Tinka noch schnell ihr Abendheu geben und sich anschließend ein heißes Bad einlassen.

Aber eins war klar: Für morgen würde sie ein außerplanmäßiges Clubtreffen einberufen. Sie musste Kim und Marie unbedingt erzählen, was geschehen war. Die beiden würden staunen!

Die drei !!!
Mehr aus der Welt
von Kim, Franzi und Marie
Entdecke „Die drei !!!“
unter diedreiausrufezeichen.de
Freundschafts-
buch
Meine Freunde
Tagebuch
Streng geheim !!!
Geheimnis
der alten Villa
Spiel
Wer findet die Diamanten?
KOSMOS
kosmos.de